KB163095

첫 계절

서혜은　장편소설

VOL.1

동아

첫 계절 1권

초판 1쇄 인쇄일 | 2024년 02월 02일
초판 1쇄 발행일 | 2024년 02월 22일

지은이 | 서혜은
펴낸이 | 조승진
펴낸곳 | 데이즈엔터

출판등록 | 제2023-000050호
주소 | 서울특별시 강서구 양천로 570, NH서울축산농협 NH서울타워 19층 (등촌동)
전화 | (070)8826 - 4508
팩스 | (02)337 - 0668
E - mail | bear6370@hanmail.net

정가 | 11,500원

ISBN 979 - 11 - 7170 - 093 - 6 (04810)
     979 - 11 - 7170 - 092 - 9 (set)

첫 계절
the first season

VOL.1

서혜은 장편소설

목   차

1

"야! 이지서! 이 개같은 년이!"

낡은 화장실 문 너머에서 찢어질 듯한 고함 소리가 들렸다.

"야! 너! 어디 있어?"

쭈그려 앉아 머리를 감던 지서가 고개를 획 돌려 화장실 문을 쳐다보았다. 다행히 잠겨 있었다. 이사 오기 전의 집은 화장실 문고리가 헐거워 효경이 이럴 때마다 매번 열리기 일쑤였는데, 여긴 문고리가 튼튼한 거 하나는 마음에 들었다.

쾅! 쾅!

그러나 안도를 느끼는 것도 잠시, 화장실 문이 당장이라도 뜯길 것처럼 들썩였다.

"씨발, 안 나와!"

효경이 악을 쓰며 씩씩대는 게 문 너머에서 느껴졌다.

거실 한중간에서 휘휘 둘러만 봐도 사람이 있는지 없는지 곧바로 확인될 만큼 좁은 집이었다. 금세 자신이 없다는 걸 알아챈 효경이 화장실로 온 모양이었다. 지서는 서둘러 차가운 물로 머리를 헹궜다.

"으."

꽉 깨문 잇새로 신음이 비집고 흘러나왔다.

봄이라지만 아직 3월이었다. 찬물로 머리를 감으면 두피가 찌릿찌릿했다. 지서는 젖은 머리에 수건을 둘둘 말았다.

"야! 문 안 열어? 이게! 썅!"

새된 목소리를 들으며 지서는 숨을 들이켰다.

폭력은 익숙해지지만, 아픈 건 달라지지 않았다. 맞고 싶지 않지만, 도망칠 곳도 없었다. 그렇다고 이렇게 미적댈 수도 없는 노릇이었다.

"문 열어, 열라고! 썅년아!"

이 이상 머뭇거리다가 효경의 눈이라도 돌아 버리면 더 곤란하니까.

얼마 전에 자신이 미적거렸다는 이유로 화가 난 효경이 다세대주택 마당 한가운데서 고래고래 악썼던 걸 생각하면, 조심해야 했다. 날뛰는 건 효경이지만, 불쌍하다는 시선을 받는 건 자신이었으니까.

"무슨 일……."

화장실 문을 열며 뱉은 말이 채 매듭지어지지 못했다. 좁은 틈으로 억센 손이 날아와 머리채를 거머쥐었다. 다행히 미리 머리에 감아 놓은 수건 덕분에 머리채를 잡히는 수모는 피했지만, 벌써 수건이 바닥에 나가떨어진 건 아쉬웠다.

좀 더 머리를 보호할 수 있었는데.

속으로 한숨을 삼킨 지서가 고개를 들어 효경을 쳐다보았다.

"왜 그래? 갑자기."

미친 것처럼.

뒷말을 삼킨 지서가 한 걸음 물러서며 고개를 들었다. 아직 술이 덜 깨서 벌겋게 충혈된 눈으로 효경이 지서를 노려보았다.

"왜? 왜 그러냐고? 야, 이 씹년아. 너, 내 화장품 손댔지?"

얼마 전 보톡스를 맞았다던 얼굴이 흉하게 일그러졌다. 그 말에 지서가 와락 얼굴을 찌푸렸다.

"무슨 화장품?"

효경의 화장품이 한두 개도 아니고. 알 리 없었다.

"하, 이게 모르는 척해? 야, 내가 쓰는 화장품들이 얼마짜린 줄 알아? 네년이 받는 생활 수급비로는 꿈도 못 꿔! 알아?"

"손 안 댔어."

지서가 효경의 얼굴을 똑바로 마주하며 말했다. 나오려는 한숨을 겨우 참았다.

정확히 말해 손대라고 해도 안 댈 것들이었다.

저 비싸다는 화장품을 바르고 어디 가는지 버젓이 아는데. 거기서 어떤 일들이 일어나는지 다 아는데 어떻게 바를까. 더러워서 못 바르지.

지서는 목 끝까지 차오르는 말들을 꾸역꾸역 삼켰다.

"하, 씨발. 그럼 갑자기 화장품이 이렇게 줄었다고?"

"어제 언니가 술 먹고 와서 다시 나가야 한다고 화장했잖아. 그때 썼겠지."

"야, 내가 집에 왔는데 어딜 간다고 화장을 다시 해?"

"다른 사람이랑 전화하다가 나간다며."

지서는 이럴 줄 알았다는 듯 주머니에서 낡은 휴대 전화를 꺼내 들이밀었다. 어젯밤, 이런 일이 생길 줄 알고 미리 찍어 놓은 사진이었다. 얼마 전에도 제게 화장품을 썼다며 억지를 부린 적이 있었기 때문이었다.

"이거 봐. 언니가 여기 쥐고 있는 파운데이션, 이거지?"

지서의 손이 휴대 전화와 효경의 손을 번갈아 가리켰다. 사진을 빤히 쳐다보던 효경이 얼굴을 구겼다.

"······하, 씨발. 술 좀 끊어야 하나."

기억은 안 나지만, 증거를 들이미니 할 말 없다는 듯 효경의 얼굴이 누그러졌다. 그러나, 사나운 기세까지 사라진 건 아니었다. 오히려 할 말이 없어지자 더 짜증이 났다는 듯 머리를 쓸어 넘기던 효경이 별안간 눈을 번뜩이며 지서를 노려보았다.

"야, 근데 너 웃긴다? 이거 왜 찍었냐? 평소에도 나 이렇게 찍어? 왜? 술 처먹은 언니가 화장하는 게 웃겨?"

"아냐. 꼬아 보지 마. 언니가 오해할까 봐 찍어 둔 거잖아."

참지 못한 지서가 결국 얼굴을 굳혔다.

"야, 너 그 표정 뭐냐? 이게 머리 좀 컸다고 눈 똑바로 뜨는 것 좀 봐. 야, 지금 네가 누구 덕에 먹고사는데 눈을 그따위로 떠? 어?"

효경이 바짝 다가와 위협적으로 눈을 마주하며 물었다. 마치 얹혀사는 기생충이라도 보는 것 같은 눈길에 지서는 쓴웃음을 지었다.

누구 덕이냐니.

기초 생활 수급자인 제 덕에 구한 집에 얹혀사는 건 효경이었다. 효경이 집세의 일부분을 부담하고 있지만, 제집인 것처럼 굴 상황은 아니란 소리였다. 그러나 당장 시비 걸 거리가 필요한 효경에겐 통하지 않을 말이었다.

"이게, 진짜!"

효경이 치켜올린 손에, 지서는 반사적으로 얼굴과 머리를 가렸다. 퍽 하는 소리와 함께 등에서 얼얼한 통증이 퍼졌다. 이어 발길질에 허리가, 주먹에 맞은 어깨가 얼얼했다. 지서는 효경이 알게 모르게 현관문 쪽으로 자리를 옮겼다.

이대로 신발 신고 나가면 되는데…….

지서가 맞는 와중에 흘깃 벽에 걸린 시계를 보았다.

오전 7시 45분.

"읍."

지서는 도망치는 대신, 그 자리에 주저앉아 입술을 꽉 깨문 채 참았다.

도망치면 학교에 못 가니까, 버텨야 했다.

지서는 거울에 비친 제 얼굴을 꼼꼼하게 살폈다.

간신히 얼굴의 상처는 막았다. 언니의 주먹질을 막느라 팔에 멍이 생기긴 했지만, 이건 춘추복으로 어떻게든 가릴 수 있었다. 좀 더워도 소매는 걷어 올리지 않으면 되니까.

이른 아침, 자신을 때리다 지쳐 잠든 효경을 둔 채 지서는 낡은 문을 열고 나섰다. 좁은 골목에서 걸어 나와 모퉁이를 돌자 전보다 조금 더 넓은 길이 나타났다. 여기저기 바닥의 시멘트는 깨져 있었고, 드문드문 오가는 사람들이 던진 쓰레기, 깨진 시멘트 틈으로 꾸역꾸역 피어난 잡초 때문에 길은 눈 둘 곳 없이 더러웠다.

길에서 벗어나 2차선 도로를 끼고 있는 듯 없는 듯 한 인도를 따라 걸었다. 대로로 들어선 지서는 얼마 못 가 폐점한 슈퍼의 유리창 앞에 섰다. 다시 한번 교복의 매무새를 살피고, 가방이 삐뚤어지지 않았는지 확인하다가 시선이 손목에 닿았다.

메탈 시계가 빛을 받아 반짝였다.

'야, 너 생일 언제냐?'

올해 초, 효경이 느닷없이 TV를 보다가 물었다.

'저번 주.'

'뭐? 왜 말을 안 했냐?'

그런 거 서로 챙겨 주는 사이 아니잖아, 라는 말이 목 끝까지 치밀어 올랐지만 꾹 삼켰다. 괜한 분란을 만들고 싶지 않았다.

'하, 씨발.'

무슨 바람이 불었는지 잠시 고민하던 효경은 잠깐만 기다려 보라더니 서랍장을 뒤져 시계 하나를 꺼내 밥 먹고 있던 제게 내밀었다.

'야, 자. 생일 선물. 이거 비싼 거야.'

'갑자기 왜 생일을 챙겨 줘?'

'누가 그러더라. 주변을 잘 챙겨야 복받는다고. 저번에 마담 언니가 가족들한테 비싼 밥 사 먹이고 나서, 복권 2등 됐다더라고. 그래서 한번 줘 봤어. 이걸로 3년 치 생일 선물 퉁친 거야. 알았지?'

고작 그런 이유로 제 생일을……

결국 자신을 아끼는 마음이 아니라, 복권 당첨된다는 미신 때문이었다. 어이가 없어서 헛웃음이 났지만, 시계는 죄가 없으니 챙겼다. 아무리 싼 시계도 몇만 원인데, 이 정도면 감지덕지였다.

일단 고맙다고 대답하며 받긴 했지만, 미처 몰랐다. 이 시계가 100만 원이 훌쩍 넘는다는 걸. 그리고 이 시계가 불러올 파장도.

'야, 이지서 집 부자 맞지?'

'저 시계, 드라마에서 안소진이 찬 그거 아냐?'

'와, 저거 100만 원이 넘는 건데 그냥 막 차고 다닌다고?'

'저거 진짜 사고 싶었는데 돈 없어서 못 샀던 건데.'

시계 차고 등교한 지 며칠 되지 않아 우연찮게 수군거리는 소리를 들었지만 못 들은 척 무시했다. 반 친구들이 직접적으로 제게 묻는 것도 아니고, 자신이 굳이 부자가 아니라는 말을 나서서 설명할 이유는 없다고 판단했다.

얼마 후면 소문도 잠잠해질 거라 여겼다.

그러나 며칠 후, 그 소문은 눈덩이처럼 커졌다.

가방끈이 떨어져 깁고 있던 자신을 발견한 효경이 준 가방 때문이었다.

'야, 이 미친년아. 시대가 어느 시대인데 그걸 깁고 앉아 있어? 씨발, 촛불이라도 켜 줄까? 진짜 진상 제대로 떠네. 너, 어디 가서 내 동생이라고 하지 마. 쪽팔려서 진짜. 야, 어디 가? 이거 써! 이게!'

그러면서 효경은 장롱 구석에 박혀 있던 백팩을 지서에게 집어 던졌다. 어느 날 효경이 충동적으로 샀다가 '아, 초딩 같잖아.'라며 처박아 뒀다가 귀퉁이에 살짝 곰팡이가 올라온 그 가방이었다.

'어휴, 불쌍한 년. 가방이 없어서 기워 쓰고 있네. 쯧.'

지서는 그냥 준다니 거절하지 않았다. 안 그래도 생각보다 가방값이 비싸서 구매를 포기하고 있던 차였다.

효경이 준 가방은 튼튼하고, 무엇보다 가방 내부가 넓어 마음에 들었다. 교과서를 비롯해 문제집 몇 권 넣고 다녀도 공간이 남을 듯했다. 곰팡이도 물티슈로 몇 번 닦으니 보이지 않았다.

물론 그 가방을 받은 대가로 한 달 내내 시녀처럼 아침과 저녁 밥을 차려야 했지만, 상관없었다. 조금 피곤할 뿐이지, 돈이 드는 일이 아니었으니까.

그러나 그 가방이 소문의 쐐기를 박을 줄은 미처 몰랐다.

'저 가방, 엔클 거 아냐?'

'와씨, 저 가방 150이래.'

'저걸 학교 가방으로 써?'

그제야 지서는 제가 책가방으로 쓰고 있는 가방이 명품이라는 걸 알았다. 효경의 장롱에 박혀 있었을 때부터 의심했었어야 했는데.

고가의 시계와 가방을 착용하는 데다 성적까지 잘 나오자 비싼 과외를 한다는 소문이 돌았다. 이 좁은 시골에서 비싼 과외가 뭐가 있겠느냐마는, 반 아이들은 소문을 믿었다.

지서는 그때도 반박하지 않았다.

부자라는 소문이 도는 건 썩 나쁘지 않았다.

'너, 거지야?'

돈 없고 가난하다고 무시당하는 것보단, 부자라는 이유로 시기 질투 받는 게 더 나았으니까.

'야, 니네 언니 술집 다닌다며? 그럼 너도 나중에 거기 취직하는 거야? 와, 대박.'

이딴 소문이 도는 바람에 중학생 시절 3년 내내 고통받았던 것에 비하면 거짓말의 세상이 훨씬 더 편안했다.

친구들을 사귀지 않고 혼자 지내면 되니까.

그것마저도 돈 없는 년의 궁상이 아니라, 도도함으로 비치니까.

그러나 침묵으로 만든 제 아늑한 세상이 2년도 채 되지 않아 깨지려 했다.

"신재언 등교하나 보네."

앞서 걷던 같은 학교 학생의 말에 지서가 반사적으로 고개를 들었다.

학교 정문 앞에 차가 멈춰 섰다. 시골에서 좀처럼 보기 힘든 고급 외제 차에서 누군가 내렸다.

압도적으로 큰 키. 누군가가 다려 준 듯 깔끔한 교복 차림. 정돈된 뒷머리와 하얀 피부.

휴대 전화를 만지작거리며 학교 정문을 향해 성큼성큼 걸어가는 재언의 뒷모습을 지서는 말없이 바라보았다.

그의 어깨에 대충 걸쳐진 명품 가방. 흙먼지를 아무렇지 않게 밟고 지나가는 고급 운동화. 멀어지는 고급 외제 차. 홀로 운동장을 가로지르는 신재언을 제재하지 못하고 눈치만 보는 등교 지도 선생님들.

진짜였다, 신재언은.

가짜인 자신과 다르게.

그러므로 다른 아이들과 다르게 신재언은 제 거짓과 가짜를 빠르게 꿰뚫어 볼 수도 있었다.

그러니 신재언과 최대한 접점을 만들지 않아야 하는데…….

"재언아."

교실에 들어서자마자 또 한 번 익숙한 이름이 들렸다.

창가 쪽 가장 뒷자리에 앉은 재언을 중심으로 사람들이 몰려 있었다.

신재언은 제 뒷자리였다.

곤란하고, 난처하게도.

재언은 책상에 죽 뻗은 두 다리를 올린 채 휴대 전화를 잡고 있었다. 그 곁을 에워싸고 있는 것은, 학교에서 노는 걸로 유명한 애들이었다.

학생들의 돈을 갈취하진 않지만, 자신보다 약해 보이는 애들을 상습적으로 괴롭히는 부류였다. 그런 애들이 재언의 비위를 맞추려고 살살 웃고 있는 이유야 뻔했다.

재언이 두르고 있는 것들, 가지고 있는 것들의 부스러기라도 얻어먹고 싶어서겠지. SR 회장의 직계 손자를 이런 시골에서 만나는 건 기적이니까.

"비켜 줄래? 내 자리라서."

지서는 함부로 제 자리에 앉아 있는 동우에게 말했다. 그 말에 동우가 픽 웃었다.

"아, 어. 존나 미안."

지서가 대답하지 않고 바로 앉자, 곧바로 등 뒤에서 비아냥거리는 소리가 이어졌다.

"와씨, 의자에 금 바른 줄."

동우의 말에 곁에 앉은 몇 명이 킬킬거리며 웃었다.

지서는 제 뒤통수를 찌르는 사람들의 시선을 모르는 척하며 가방에서 교과서를 꺼냈다. 마음 같아선 받아치고 싶지만, 저런 애들과는 상종하지 않는 게 나았다.

습관적으로 각에 맞춰 정리하고, 일찌감치 1교시를 준비하는데 등 뒤에서 대화 소리가 들렸다.

"재언아. 오늘 하교하고 뭐 하냐? 같이 PC방 갈래?"

"……."

"근처에 새로 생긴 PC방 있대."

"……."

"새로 나온 리브스 해 봤냐? 그거 존나 죽인대. 여자 캐릭터들 다 미쳤던데. 몸매 존나 미침."

재언은 한마디 대답도 없이 휴대 전화만 들여다보았다. 재언의 무반응에도 주변을 에워싸고 있던 남자애들끼리 말을 주고받으며 낄낄거렸다. 미리 예습하고 있던 지서의 얼굴이 구겨졌다.

시끄러운 소리도 거슬리고, 남자애들이 이리저리 움직이며 툭 툭 치는 의자도 거슬렸다. 여러모로 성가셨지만, 지서는 꾹 참았다.

괜히 노는 애들 건드렸다가, 제게 관심을 가지면 곤란하니까.

저번에도 '야, 너 부자라며. 근데 신발은 왜 이래?'라며 떠보지 않았던가.

"재언아. 거기 PC방 알바 누나 존나 예뻐. 진짜 보자마자 소리 지름."

"저 새끼, 쌌어."

"뭐래. 씨발아. 봤냐? 네가 내 팬티 봤냐고."

"아, 씨발 진짜."

여태껏 잠잠하던 재언의 입에서 툭 튀어나온 욕설에 주변이 조용해졌다. 동우를 비롯한 애들이 서로 눈짓을 하며 눈치를 살폈다.

재언이 고개를 들었다. 하얀 얼굴에 위로 찢어진 눈매, 화려한 이목구비 위로 냉랭한 기운이 돌았다. 안 그래도 어깨도 넓고 키도 압도적으로 큰 애가 눈을 치켜뜨자 저절로 입이 다물렸다.

　"야, 너……. 하, 씨발. 이름을 모르겠네."

　재언이 하얗고 긴 손가락으로 동우를 가리키다가 눈을 꾹 감았다. 이름을 떠올리려 애쓰는 듯한 재언의 모습에 동우의 얼굴이 벌게졌다.

　여태껏 친한 척하며 떠들어 댔는데, 정작 재언은 제 이름도 모르고 있다는 사실에 적잖이 당황한 듯했다.

　"아, 모르겠고. 하여튼 간에 너, 이 반이야?"

　"어? 아니. 이 반 아닌데……."

　"근데 왜 여기 있어?"

　두 번째 쐐기를 박는 재언의 말에 동우의 얼굴이 험상궂게 구겨졌다.

　이름도 모르고, 같은 반인지 아닌지도 모른다니. 자신을 전혀 신경 안 쓰고 있었단 사실에, 동우가 험악한 표정으로 재언을 내려다보았다.

　"그냥 너 보려고……."

　"그러니까 네가 나를 왜 보냐고."

　"하, 야. 신재언. 너 좀 잘산다고 놀아 주려고 했더니 존나 비싸게 구네."

　"누가? 네가? 나를?"

　동우의 사나운 표정에 재언의 반듯한 입매가 한쪽으로 비틀어졌다. 기가 찬다는 듯이 픽 웃은 재언이 눈만 들어 다시 동우를 쳐다보았다. 그러고는 상체를 기울여 책상 위에 팔을 올렸다.

"내가 너랑 왜 놀아."

"……."

"수준 맞는 게 하나도 없는데."

"……!"

재언의 시선이 동우의 머리부터 발끝까지 찬찬히 훑어내렸다. 어디 하나 만족스럽지 않다는 듯한 시선이 마침내 그의 신발에 닿았다.

"어디서 짭을 신고서."

혼잣말처럼 중얼거린 재언의 말에 동우의 얼굴이 벌게졌다.

"씨발, 짭 아냐! 네가 뭘 알아서!"

"짭이야. 씨발아. 그 브랜드에 그런 신발 없어."

"이……."

"내기할래? 그 신발 정품 아니면 한 달 내내 맨발로 등하교하는 걸로."

"……."

당장이라도 재언을 한 대 칠 것처럼 으르렁거리던 동우의 기세가 순식간에 꺾였다. 동우의 태도에 재언의 한쪽 입매가 보란 듯 비틀어졌다.

"시끄럽게 짖지 말고 네 반으로 가. 난 또 같은 반인 줄 알고 냅뒀더니."

재언이 손가락이 긴 손을 들어 집을 잘못 찾아온 개를 내쫓

듯 휘휘 내저었다.

모멸감을 느낀 동우와 몇몇이 붉으락푸르락해진 얼굴로 재언을 쳐다보았다. 꽉 쥔 주먹이 부들부들 떨리는 게 눈에 보일 정도였다.

그러자 재언이 상황에 어울리지 않게 환하게 웃었다. 상황을 모르는 사람이 본다면 기분 좋은 일이 있나 싶을 정도였다.

"왜? 한 대 치게? 그럼 고맙지. 나는 학교 안 오고 좋거든."

"……."

"안 그래도 우리 변호사님 할 일 없어서 울고 계시던데, 네 덕에 덜 심심해지시겠네."

재언이 고개를 기울이며 자, 라는 표정으로 얼굴을 들이밀었다.

"왜? 너무 멀어?"

그 말이 끝나기가 무섭게 자리에서 일어난 재언이 허리를 숙이며 책상을 짚었다. 그러고는 잘난 얼굴을 보란 듯 들이밀며 까만 눈으로 동우를 똑바로 쳐다보았다. 긴장감이라곤 전혀 없는 얼굴엔 옅은 미소마저 맺혀 있었다.

쾅!

동우의 주먹이 애꿎은 재언의 책상을 내리쳤다.

"아우, 씨발! 진짜! 개같아서! 야, 가자!"

동우를 선두로 같이 온 일행들이 줄지어 뒷문으로 빠져나갔다. 간발의 차로 들어온 담임 선생님이 교실 안을 쭉 둘러보았다.

"분위기가 왜 이래? 무슨 일 있어? 다른 반 놈은 왜 또 여기 드나들어?"

선생님의 말에 아무도 대답하지 않았다. 침묵이 길어지자 교실을 쭉 훑던 선생님의 시선이 단박에 창가 쪽으로 향했다.

"이지서."

자연스레 선생님의 시선이 지서에게 꽂혔다.

"네."

"무슨 일이야? 말해 봐."

선생님의 질문에 지서는 괜스레 등이 따끔한 걸 느꼈다. 지서는 잠시 고민하다가 입을 열었다.

"아무 일도 없었어요."

누가 맞은 것도 아니고, 피해를 입은 것도 아니니 굳이 말할 필요 없다고 생각했다.

"그래?"

선생님은 고개를 갸웃거렸다.

"자, 교과서 펴. 저번 시간에 어디까지 했지?"

교과서를 펴던 선생님이 무심코 교실을 훑다 시선을 고정했다. 창가 쪽 가장 뒷자리에 앉아 있는 재언의 책상이 말끔하게 비워져 있었다.

"재언아, 교과서 없어?"

지서를 부를 때와 사뭇 다른 목소리로 선생님이 물었다.

"네."

"왜?"

"음. 글쎄요. 집에 놔두고 왔나 봐요."

"아……."

재언의 무성의한 대답에 선생님이 곤란한 표정을 지었다. 동시에 지서와 눈이 마주쳤다. 지서는 자신도 모르게 시선을 피했다.

안 돼.

지서는 자신도 모르게 속으로 중얼거렸다.

"지서야. 옆자리 비었어?"

그러나 불행은 비켜 가지 않았다. 선생님의 말에 지서는 얼굴을 구기지 않기 위해 애써야 했다.

"······네."

담임 선생님이 지서의 옆자리가 빈 걸 모를 리 없었다. 알면서도 물어보는 의도는 분명했다.

"그럼 잘됐네. 지서가 재언이랑 같이 교과서 보면 되겠다."

그 말에 지서가 눈을 꾹 감았다. 예상하던 상황이었다. 이틀째 결석 중인 제 옆자리 친구, 공석인 신재언의 옆자리. 고로 교과서를 함께 볼 사람은 자신밖에 없었다.

드르륵.

그 말에 의자 밀리는 소리가 들렸다. 저벅저벅, 다가오는 소리가 뒤따랐다. 그리고 마침내 곁에서 의자 빼는 소리가 들려왔다.

지서는 눈으로 제가 가진 것들을 훑었다. 책상에 있는 거라곤 교과서와 필기류뿐이었지만, 그럼에도 신경 쓰였다.

제 거짓을 신재언이 알아볼까 봐.

어깨를 넘어 등까지 경직되는 기분이었다.

재언이 옆자리에 앉자 주변이 꽉 찬 느낌이 들었다. 옆자리에 체육하는 애가 앉아도 이런 느낌은 없었는데.

지서는 하는 수 없이 교과서를 재언 쪽으로 밀고는, 허리를 곧게 세웠다. 다행히 재언은 공부에 별 관심 없는지 의자 등받이에 기대어 앉아 무심히 교과서만 내려다보았다.

그나마 생각보다 가깝지 않아 다행이었다.

지서는 애써 재언에 대한 관심을 접으며, 칠판을 보았다.

재언은 긴 다리를 앞으로 쭉 뻗은 채, 턱을 괴고서 무심한 얼굴로 교과서를 내려다보았다.

검은 건 글자고, 하얀 건 종이.

제 눈앞에 보이는 건 그것 이상도 이하도 아니었다.

그는 공부에 관심 없었다. 공부하지 않아도 학벌을 만들 수 있는 돈이 있었고, 학벌이 좋지 않더라도 먹고사는 데 지장이 없었다.

그가 태어날 때부터 지금껏 물려받은 주식과 부동산만으로도 일평생 살 수 있었다. 설령 할아버지인 신 회장이 노망나서 제 재산을 몰수해 간다고 하더라도 비빌 외갓집이 있었다.

'친할배가 괴롭히면 언제든 여기로 와! 네가 있을 곳은 여기다! 나를 쏙 빼닮은 새끼가 왜 남의 집 손자가 되어서는……. 네가 내 친손자로 태어났어야 했는데! 언제든 와라! 이 할아버지가 기다릴 테니까!'

헤어질 때마다 저 말을 앵무새처럼 반복하던 외할아버지가 아니던가.

자신을 닮아 잘생기고 키가 크다며 늘 뿌듯해했지만, 실상 외할아버지는 조금도 닮지 않았다.

외할머니의 핏줄을 이어받은 엄마를 닮은 거지.

어쨌든 어느 쪽이든 돈은 넘치게 있었으므로, 그는 간절함이 없었다.

공부에 대한 욕구, 명예, 재산, 학벌 같은 것들.

가능하다면 지금처럼 편안하고 즐겁게 일생을 살고 싶었다.

열심히 사는 건, 없는 사람들이 가지기 위해 하는 거니까.

그는 그렇게 생각해 왔다.

그런데 제 옆의 애는 아닌 모양이었다.

제법 산다고 들었는데……. 왜 이렇게 열심이지?

물론 아주 잘사는 것 같진 않았다. 가방, 시계같이 특정할 수 있는 것만 고가이고 그 외의 나머지 물품들은 평범해 보였다. 오히려 깨끗하지만, 낡아 보이는 것들도 있었다.

그럼 적당히 사는 집의 딸인가.

그게 조금 더 설득력 있어 보였다.

담임 선생님의 수업은 지루하고, 할 건 없다 보니 저절로 옆에 있는 사람에게로 관심이 쏠렸다.

가장 먼저 시선이 간 건, 펜을 쥔 하얀 손이었다.

뒤이어 바른 자세로 칠판과 교과서를 번갈아 보는 태도가 눈에 들어왔다.

하얀 얼굴과 단정하게 한 갈래로 묶은 머리, 그 아래로 이어지는 하얀 목덜미와 깨끗한 교복. 모범생이라는 단어를 사람으로 대체할 수 있다면, 옆자리에 여자애 같았다.

문득, 얼마 전 제 주변에서 시끄럽게 떠들던 애들의 이야기가 떠올랐다.

'야, 근데 이지서 졸라 예쁘지 않냐? 작년보다 올해가 더 예쁜 것 같은데? 머리 기르니 존나 예쁨.'

'집어치워. 이지서가 너 같은 새끼 쳐다보겠냐?'

'왜, 내가 어때서?'

'걔 전교 1등이야. 야속한 년이라고.'

'야속?'

'그…… 있잖아. 욕심 있는 거! 성공하고 싶은 거!'

'씨발, 야망.'

'아, 그래. 야망 있는 년이라니까.'

'야망 있는 년을 야속한 년으로 만드는 네 대가리가 월드급이다, 진짜.'

'하여튼 잘사는 게 야망까지 있으면 피곤해.'

'피곤한 게 아니라 어려운 거겠지.'

'아니, 진짜.'

왜들 뒤에서 이 여자애 이야기를 하는지 알 것 같았다.

하얗고 예쁘장한 얼굴은 두꺼운 막 같았다. 들춰서 안을 들여다보고 싶은 이상한 욕구를 일으키는 얼굴이었다. 묘하게 시선이 가는 분위기 또한 마찬가지였다.

지서를 살피던 재언은 고개를 비스듬히 기울여 교과서 모서리를 보았다.

동글동글한 글씨체로 이름이 적혀 있었다.

이지서.

얘가 전교 1등이랬던 것 같은데.

문득 엄마의 이야기가 떠올랐다.

'여기서 사귈 만한 애들 없어? 하긴 내가 뭘 묻는 거니? 여기에 집안이 번듯한 사람이 있겠니? 돈 많은 사람이 있겠니? 돈 있어 봐자 그냥 우연히 땅 갖고 있다가 개발 들어가면서 돈 번 졸부들밖에 더 있겠니? 어휴, 그냥 공부 잘하는 애들 있으면 어울려. 알았지? 혼자 다니지 말고. 네 할아버지 별채에 계셔도 다 듣고, 다 보고 계신다. 알았지?'

고로, 할아버지 신경 쓰이지 않게 모범적이고 공부 잘하는 친구들과 어울려 다니는 모습을 연출하란 말이었다. 물론, 엄마는 그렇게라도 공부 잘하는 애들이랑 어울려서 공부하라는 의미였겠지만.

재언은 잠깐 갈등했다. 습관처럼 손끝으로 책상 끝을 툭툭 두들겼다.

친구 사귈 생각 없었는데……

이대로 친구 안 사귀면 엄마의 잔소리가 더 심해지겠지……

전교 1등 같은 모범생들이랑 어울려야 동우처럼 모자란 일진 새끼들이 안 엮일 테고.

그런데 바로 옆에 전교 1등이 보란 듯이 있네?

생각의 추가 점점 기울어졌다.

툭.

마침내 재언이 결심한 듯 손끝으로 책상을 꾹 눌렀다.

딩동댕동.

때마침 수업 마치는 종이 울렸고, 고개를 들던 그는 지서와 눈이 마주쳤다. 재언이 지서를 응시했다. 마주 본 이지서의 얼굴은 곁눈질로 볼 때보다 더 눈부셨다.

창가에서 스민 햇살에 환하고 투명하게 빛나는 피부. 그와 맞춘 듯 빛나는 옅은 머리카락과 눈동자 색. 포인트처럼 붉은 입술. 어디에 있든 시선이 갈 정도로 예쁜 얼굴이었다.

그래, 공부 잘하는 데다 예쁘면 당분간 어울려 지내기 괜찮겠네.

물론, 연애의 용도가 아니라 방패의 용도였다. 제게 알게 모르게 찝쩍거리거나 귀찮게 구는 여자애들이 종종 있었는데, 이지서와 어울리면 알아서 떨어져 나갈 듯했다. 이 학교 통틀어 얘보다 예쁜 애는 없는 것 같으니까.

지서를 마주 본 순간, 재언은 결심했다.

시골 뜰 때까지 적당히 어울리며 친구인 양 지내겠다고.

마음먹은 재언이 가볍게 웃었다.

그에게 사람 사귀는 일은 무척 쉬웠다. 미소 짓는 얼굴로 조금만 관심 있는 척 굴면 사람들은 알아서 들러붙었다. 그게 제 집안 때문인지, 제 외모 때문인지 알 수 없지만 상관없었다.

제게 중요한 건 어쨌거나 이번에도 그리되리라는 것이었다.

재언이 눈을 휘며 웃을 때였다.

"뭐 해?"

지서가 무표정한 얼굴로 물었다.

"수업 끝났어. 네 자리로 돌아가."

뭘 해 보기도 전에 축객령이 떨어졌다.

재언은 등받이에 등을 댄 채, 잠시 어이없는 얼굴로 이지서를 쳐다보았다.

이게 무슨 상황이지. 지금 뭐란 거지?

그는 잠시 생각에 잠겼다가 알겠다는 듯 고개를 작게 끄덕였다.

아, 그래. 타이밍이 좋지 않은 거겠지. 자신이 갑자기 빤히 쳐다보니 당황하고 불편했겠지. 그래서 이렇게 뾰쪽하게 구는 거겠지. 아주 가끔 자신이 먼저 말을 걸면, 너무 당황해서 톡 쏘듯이 대답하는 사람들이 있었다.

얘도 그런 거겠지.

그러지 않고서야 지금 저 날카로운 태도가 이해되지 않았다. 지금껏 어디 가서 미움받아 본 적 없었다.

그래, 그런 거야.

재언은 애써 흐트러지는 정신을 다잡았다.

"이지서, 맞지?"

재언이 묻자, 무심하던 지서의 얼굴에 미미하게 금이 갔다. 어째서 저 입에서 제 이름이 튀어나왔는지 모르겠다는 얼굴이었다.

"오늘 교과서 보여 줘서 고맙다고."

"아, 응."

지서의 경계심 가득한 얼굴이 한결 풀렸다. 정확히 말해 경계

29

심이 풀렸다기보단, 조금 안도하는 얼굴에 가까웠지만 어쨌든 상관없었다.

재언의 입매가 보기 좋게 휘어졌다.

"가방 예쁘네."

재언이 비스듬히 고개를 기울여 책상 옆에 걸려 있는 가방을 보았다.

"나도 저기 거 가끔 써."

재언도 아는 브랜드였다. 눈에 튀는 체크무늬라서 보통 등교용으로는 안 쓰는 가방인데, 들고 다녀서 볼 때마다 신기해하던 차였다. 그 말에 지서의 얼굴이 눈에 띄게 굳었다. 그걸 발견한 재언의 고개가 기울어졌다.

뭔데, 싫어하는 가방이야? 반응이 왜 저래?

의아해하기가 무섭게, 지서가 딱딱한 목소리로 말했다.

"미안한데 이제 공부해야 하거든. 네 자리로 돌아가 줘."

말을 마친 지서가 대답도 듣지 않고 교과서로 시선을 돌렸다.

"뭐라고?"

재언은 너무 어이가 없어서 되물었다. 분명 들었지만, 이해가 가지 않았다.

"네 자리로 가라고."

이젠 쳐다보지도 않았다. 오히려 필통 안에서 귀마개를 꺼내 야무지게 틀어막았다. 대화를 거절하겠다는 티가 흘러넘쳤다.

태어나 지금껏 누군가에게 이렇게 야멸차게 거절당해 본 적이 있던가.

이런 상황이 생긴다면, 거절하는 쪽은 늘 자신이었다. 그사이, 지서는 서랍에서 문제집을 꺼내 풀기 시작했다. 쉬는 시간에마저 야무지게 공부하는 지서는 이미 옆에 누가 있는지 하얗게 잊은 얼굴이었다.

"하……."

이 시골구석에 와서 별의별 일을 다 겪는구나.

재언은 기가 막힌 표정으로 제 자리에 돌아가 앉았다.

* * *

"신재언은?"

종례 시간 선생님의 물음에 친구들 몇 명이 서로의 얼굴을 쳐다보며 수군거렸다.

"왜? 어디 갔어?"

"……."

"다들 입이 붙었어? 이지서."

이럴 때마다 이름 불리는 건 신뢰도 높은 이지서였다. 지서는 나오려는 한숨을 꾹 참으며 구부정한 자세로 서 있는 담임 선생님을 보았다.

"네."

"신재언 어디 갔냐고."

"배 아프다고…… 갔습니다."

"아아, 양호실?"

"아뇨. 집이요."

지서의 말에 담임 선생님 표정이 와락 구겨졌다.

30분 전, 7교시 마치자마자 백팩을 어깨에 둘러멘 재언이 지서의 책상을 툭툭 두드렸다. 지서는 고개를 들고 싶지 않았다. 저벅저벅 걸어오는 발소리와 하얗고 긴 손에 걸쳐진 고급 시계만 봐도 누군지 알 수 있었으니까.

'가방 예쁘네.'

재언이 그 말을 한 후로 줄곧 신경 쓰이고 있던 차였다.

유행이 지나치게 많이 지난 가방이면 어쩌지, 알고 보면 짝퉁이라거나.

명품을 휘감고 다니는 신재언의 눈에 꼬투리가 잡힐까 봐 심장이 두근두근거렸다.

마지못해 고개를 들었다가 자신을 내려다보고 있는 재언과 눈이 마주쳤다. 그는 여태껏 한 번도 굽혀 본 적 없을 것 같은 오만한 자세로, 긴 눈매를 내리깐 채 서 있었다.

'왜?'

'나, 집에 간다고.'

'그걸…… 왜 나한테 이야기해?'

'쌤들이 좋아하니까, 널.'

'……'

'담임이 물으면 배탈 나서 집에 갔다고 해.'

'네가 말하고 가.'

'너무 배가 아파서 교무실에 못 들르겠어.'

너무 아프다는 말을 하는 재언의 표정은 멀쩡했다. 오히려 멀쩡하다 못해 조금 띠껍게까지 보였다.

'부탁해.'

부탁이라는 탈을 쓴 명령을 남긴 재언이 확 돌아섰다. 그러곤 잡을 틈 없이 넓은 보폭으로 순식간에 멀어졌다.

"왜 그런 일이 있었는데도 말을 안 해!"

담임 선생님의 호통에 지서는 눈을 내리깔았다.

말하지 않고 무단 이탈한 재언의 잘못이 분명함에도, 담임 선생님의 분노는 지서를 향했다. 신뢰 있는 학생이라는 건, 때때로 만만하다는 뜻이기도 하니까.

지서는 아무 말 하지 않았다. 내신이라는 볼모가 잡혀 있는 한, 선생님한테 찍혀 봐야 좋을 게 없었다.

"휴, 미치겠네."

머리를 벅벅 긁던 담임 선생님이 마저 종례를 이어 갔다. 그렇게 종례가 끝날 즈음, 담임 선생님이 지서를 쳐다보았다.

"이지서. 잠깐 따라와라."

종례를 마친 담임 선생님이 지서를 불러냈다. 따라가 보니 한적한 복도 귀퉁이였다. 선생님이 지서에게 봉투를 내밀었다.

"부탁 하나만 하자."

싸한 기분이 밀려들었다.

"오늘까지 꼭 서명받아야 하는 서류인데, 네가 잠시 재언이 집에 다녀와라."

"네?"

좀처럼 반문하지 않는 성격인데도, 이번엔 놀라서 되물었다.

"급하게 꼭 학부모의 서명을 받아야 하는 일이라서. 오늘까지가 마감이라. 선생님은 지금 꼭 올려야 할 서류가 있어서 그래."

선생님의 말에 지서는 빠르게 눈을 깜빡였다.

"신재언이 어디 사는지 모르는데요."

"주소 거기 써 놨어."

"……."

"지금 잠시 다녀와. 청소는 빼 줄 테니까."

"……."

"잘 부탁한다."

선생님이 지서의 어깨를 툭툭 친 후, 계단을 따라 내려갔다. 지서는 손에 들린 서류 봉투와, 그 위에 써진 주소를 보곤 결국 참았던 한숨을 내쉬었다. 불편하지만 어쩔 도리 없었다.

제겐 이런 심부름을 시켰다고 대신 항의해 줄 부모가 없었으니까.

* * *

인터넷 맵으로 선생님이 알려 준 주소를 확인해 본 결과, 재언의 집은 학교에서 그다지 멀지 않은 곳에 있었다. 학교 정문에서 나와 횡단보도를 건넌 뒤 길을 따라 쭉 직진하다가 모퉁이를 두 번만 돌면 되는 곳이었다.

운동장을 가로질러 나온 지서는 경비원에게 외출증을 보여 준 후에야 교문 밖으로 나설 수 있었다.

봄 햇살은 따가웠다. 손 그늘을 만든 채 걸어가던 지서는 15분도 채 되지 않아 적혀진 주소 앞에 섰다. 기껏 해 봐야 2층짜리 주택이나, 저 멀리 번화가에 세 동짜리 아파트가 전부인 이 시골에 어울리지 않는 화려한 주택이었다.

지서는 이 주택에 대해 알고 있었다.

공사 때부터 온 동네가 시끄러웠다.

어느 눈먼 부자가 짓는 집이다, 요양원이 건설되는 거다 등등 무성한 소문이 퍼졌지만, 사실 확인된 건 하나도 없었다.

그러다 우연히 주말에 저녁을 먹던 중 언니에게 들었다.

'야, 우리 동네 저기 공사하는 거 있지? 저기, 어느 돈 많은 회장님이 죽기 전에 고향에서 한번 살아 보고 싶다고 해서 지은 집이란다. 와, 씨발. 누군 평생 지어진 집 한 채 갖기가 어려운데, 누군 집을 짓고 있네. 개같은 인생.'

돈 많은 회장님.

그 손주가 신재언.

어렵지 않게 생각이 이어졌다.

"후."

지서는 긴 한숨을 내쉬었다.

진짜 앞에서 가짜는 초라해지는 법이니까.

억지로 어깨를 편 지서가 벨을 눌렀다.

-누구세요?

인터폰 너머에서 들리는 소리에 지서가 가까이 다가가 대답했다.

"신재언 반 친구 이지서라고 합니다. 선생님 심부름으로 잠시 방문했습니다."

-네. 잠시만요.

얼마 후, 삑 하는 소리와 함께 대문이 열렸다. 대문을 밀고 들어가자마자 가장 먼저 눈에 들어오는 건 돌계단이었다. 다섯 개의 돌계단을 밟고 올라서자 탁 트인 잔디밭이 한눈에 들어왔다. 잔디밭 끄트머리와 벽돌담 사이에는 알록달록한 꽃들이 피어 있었다. TV에서만 보던 그런 집 같았다.

곁눈질로 갈 길만 대충 확인한 지서가 서둘러 걸음을 옮겼다.

다른 사람이 자신을 보고 있을 수도 있는데, 너무 구경하는 티를 내고 싶지 않았다.

현관문을 두어 번 똑똑 두드린 지서는 잠시 기다렸다가 문을 열어젖혔다. 대문을 열어 줘 놓고 마중 나오지 않는 걸 보니, 현관문도 열고 들어오라는 말이겠거니 싶었다.

"안녕하세요. 이지서라고 합니다."

문을 열고 들어서자마자 인사했다. 이건 어린 시절부터 밴 습관이었다. 누군가에게 책잡히지 않으려면 인사라도 잘 해야 한다는 고아원 선생님 덕분이었다.

"어, 안녕."

생각지 못한 목소리에 지서의 눈썹이 움찔했다. 천천히 고개를 들어 앞을 보았다. 그러고도 상대방의 얼굴이 보이지 않아 고개를 완전히 젖혔다. 그러자 뚜렷한 이목구비가 한눈에 들어왔다.

부드럽지만 만만하지 않은 눈매, 슬쩍 올라간 온기 없는 입꼬리, 하얗고 선이 부드러운 얼굴, 사람을 내려다보는 게 익숙해 보이는 표정까지.

당연히 인터폰을 받은 중년 여자가 나와 있을 거라고 생각했는데…… 신재언이 직접 나와 있을 줄이야.

"배 아프다더니 괜찮아 보이네."

지서가 이내 무표정한 얼굴로 말했다.

"다 나았어."

재언이 눈을 접으며 싱긋 웃었다.

거짓말. 아픈 적 없었으면서.

그러나 지서는 굳이 날 서게 대답하지 않았다.

재언이 불편하다고 해서 그의 집까지 와 그런 티를 풀풀 낼 필요 없었다. 자신은 심부름만 잘 하면 될 일이었다. 지서는 손에 쥐고 있던 서류 봉투를 내밀었다.

"여기. 선생님이 가져다주라고 하셨어. 오늘까지 마감이래. 학부모님 서명 받아서 오라고 하시더라."

"이런 심부름도 하는구나."

서류 봉투를 받아 든 재언이 가볍게 던진 말에 지서가 다시 시선을 들어 올렸다.

여러 가지로 해석될 수 있는 말이었지만, 지서는 깊게 생각하지 않았다. 남이 무슨 뜻을 갖고 말을 하든, 자신이 신경 안 쓰면 되니까.

"응. 해. 선생님이 시키시는 거니까."

"선생님은 좋겠네."

그가 무성의하게 서류 봉투를 들며 대꾸했다.

……그게 무슨?

쉽게 뜻을 파악하기 힘든 말에 지서가 재언을 쳐다볼 때였다.

"누구니?"

재언의 등 뒤에서 들리는 다정한 목소리에, 지서의 시선이 재언의 어깨 너머로 향했다. 편안한 원피스 차림의 중년 여성이 재언의 어깨를 감싸며 물었다. 한눈에 알아보았다. 재언의 어머니라는 걸.

"안녕하세요."

지서는 또 한 번 인사했다.

"재언이 반 친구인가 봐요."

"우리 학교 전교 1등. 이 학교에서 유일하게 한국대를 갈 인재래."

뜬금없는 재언의 말에 지서의 시선이 그를 향했다. 이름도 아니고, 반 친구도 아니고, 갑자기 전교 1등이라니.

"어머, 그래요?"

재언의 어머니 표정이 달라졌다. 우아한 얼굴에 놀라움과 반가움이 가득 찼다.

"일단 들어와요."

재언의 어머니가 몸을 틀었다. 그 옆에 있던 재언이 픽 웃었다.

　　　　　　　* * *

　왜 이렇게 되었을까.

　지서는 은은한 향이 나는 찻잔을 두 손으로 감싼 채 생각에 잠겼다.

　어른의 청을 무시할 수 없어서 들어오긴 했지만, 낯설기 그지없었다.

　높은 층고와 탁 트인 뷰가 고스란히 담긴 통창, 깔끔하고 넓은 인테리어와 거실 중간에 자리한 푹신한 소파까지.

　드라마 세트장 속에 뚝 떨어진 것처럼 낯설었다.

　"미안해요. 재언이 때문에 여기까지 와 줬는데 그냥 보내기가 미안해서 잠시 쉬다 가라고 한 건데, 불편하게 한 건 아닌지 모르겠네요."

　"아니에요. 괜찮습니다."

　"차향이 좋아요. 마셔 봐요."

　"감사합니다. 안 그래도 차향이 좋다고 생각하고 있었어요."

　"어머, 어쩜 말을 이렇게 예쁘게 할까요? 재언이랑은 같은 반인 거 맞죠? 그러니 여기 왔겠지만."

　재언의 모친 말에 지서가 가볍게 고개를 끄덕였다.

　"네. 같은 반이에요."

　지서의 대답이 끝난 후에도 재언의 어머니는 그녀를 빤히 쳐다보았다. 반짝이는 두 눈이 여간 부담스러운 게 아니었다. 차를 마시는 척 지서가 시선을 피했다.

"공부도 잘하고, 선생님들도 좋아해."

의자에 삐딱하게 앉아 있던 재언이 툭 하고 말했다.

"아, 그래? 이름이 뭐라고 했죠?"

"이지서입니다."

"이름도 예쁘네요."

활짝 웃는 재언의 모친 얼굴에 작은 보조개가 생겼다.

"감사합니다."

"우리 재언이가 누굴 이렇게 칭찬하는 게 처음이라 신기하네요. 친한가 봐요."

그 말에 놀란 지서가 얼른 고개를 가로저을 때였다.

"아뇨……."

"친해. 자리도 가깝고. 앞뒤에 앉거든."

"……."

지서의 시선이 재언을 향했다. 재언은 모친에게 말을 하면서 시선은 줄곧 지서에게 두었다.

"오늘 나한테 교과서도 빌려주고."

"……."

"내가 제일 말 많이 하는 친구야."

"……."

"물론 얘는 말을 잘 안 해. 말수가 적더라. 필요한 말 말고는 잘 안 하는 것 같아."

이어지는 재언의 말에 지서의 미간이 좁아졌다.

굳이 하지 않아도 될 말을 구구절절 이어 가는 이유를 모르겠다. 대화라곤 입학 후 오늘 두어 번 해 본 게 전부였다. 모친이 오해할 만한 말을 왜 하는 거지. 지서가 의아하게 쳐다볼 때였다.

"네 할아버지가 좋아하시겠네. 네가 여기 와서 좋은 친구 사귀었다고."

재언의 모친이 흡족한 표정으로 지서를 물끄러미 바라보았다.

"그러시겠지. 할아버지가 딱 좋아하게 생긴 상이잖아. 모범생."

재언의 시선이 지서의 얼굴을 쭉 훑어내렸다.

아아, 그건가.

지서는 하마터면 상황에 어울리지 않게 웃을 뻔했다.

그러니까 신재언은 제 가족들에게 전교 1등의 친구가 있다는 걸 자랑하려는 목적으로 자신을 이용하고 있었다.

지서는 빙그레 웃으며 찻잔을 감싸고 있던 손을 풀었다.

"재언아."

지서의 시선이 재언에게 향했다. 재언이 느긋한 얼굴로 한쪽 눈썹을 들어 보였다. 그는 누군가에게 굽혀 본 적 없고, 누군가에게 몹쓸 소리를 들어 본 적 없을 것 같은 오만한 얼굴을 하고 있었다.

누구든 쉽게 손에 쥐고 흔드는 삶을 살아왔겠지.

그랬기에, 동의도 없이 나를 이용해 먹는 걸 테고.

오랜 시간 있는 힘을 다해 구축해 온 나의 이미지를 허락도 없이.

내가 얼마나 우스웠으면.

이런 식으로 다른 사람들에게 이용당하는 걸 질색하는 지서는 치밀어 오르는 불쾌함을 누르며 무해하게 웃었다. 그에 재언이 웃는 자신을 신기하다는 눈으로 가만히 쳐다보다 픽 웃을 때였다.

"선생님이 아무 말 없이 무단 조퇴하지 말라고 하시더라."

"……."

재언의 얼굴에서 웃음이 사라졌다. 재언의 모친이 무슨 소리냐는 듯 그의 옆얼굴을 바라보았다.

"그리고 교과서 들고 다니고. 아, 필통도. 우리 중요한 시기잖아. 이제라도 늦지 않았으니 열심히 공부해 보자. 그리고 너랑 나, 오늘 처음 이야기 나눴잖아. 어머님이 오해하시겠다."

말을 마친 지서는 몸을 일으켰다. 그러곤 여전히 재언의 옆얼굴을 쳐다보고 있는 그의 모친에게 예의를 갖춰 인사했다.

"저는 그만 가 보겠습니다. 곧 수업이 있어서요."

"아, 그래요."

지서는 현관을 나설 때까지 미소를 잃지 않았다. 우아한 얼굴로 지서를 배웅하던 재언의 모친이 얼떨떨한 얼굴로 재언을 쳐다보았다.

"너, 무단 조퇴했어? 교과서는 무슨 말이야? 오늘 일찍 마쳤다며. 아니었어? 얼른 말해 봐."

모친의 채근에도 현관문을 바라보고 있던 재언은 뒤늦게 기가 찬 듯 웃었다.

지서는 정중하고 바른 태도로 친구를 걱정하는 척했지만, 그는 단번에 알아챘다.

염려를 가장한 비아냥과, 걱정으로 포장된 폭로를.

"와, 이지서."

재언의 입매가 삐딱하게 휘었다.

한 대 얻어맞았네.

그의 시선은 여전히 현관문에 머물러 있었다.

* * *

"아."

문제집을 풀던 지서의 시선이 아래로 향했다. 하얀 종이 위에 빨간 핏방울이 뚝 떨어져 있었다.

오늘 정말 왜 이러니…….

고개를 뒤로 젖힌 지서는 얼른 휴지로 코를 틀어막은 후, 떨어진 핏방울 위에 휴지를 덮었다.

중고로 산 문제집은 오래도록 구석에 있었는지, 종이 상태가 좋지 않았다. 휴지로 문질러 닦으면 문제까지 같이 사라질까 봐 조심조심 두드렸다. 그 덕분인지 문제는 그대로 살아남아 있었다.

"아……. 한 칸만 쓸걸. 아까워."

문제집이 더 더러워지기 전에 닦아야 한다는 생각에, 급하게 휴지를 뜯다 보니 세 장이나 뜯었다는 걸 이제야 발견했다.

안 그래도 휴지 다 써 가는데.

휴지를 아껴 써 달라고 조심스럽게 말해지만, 효경은 듣지 않았다.

'씨발, 손에 똥 묻으면 어쩌려고! 네가 씻겨 줄래? 근데 이게 어디서 언니한테 휴지 가지고 지랄이야?'

오히려 난리 법석만 피울 뿐.

지서는 씁쓸한 표정으로 휴지를 돌돌 말아 아쉬운 대로 책상 끄트머리에 고인 먼지를 닦아 냈다.

그나저나 이번 달에 얼마 남았지? 휴지 살 돈이 남았던가?

지서는 작은 휴지통에 휴지를 버리고는, 서랍 속에 들어 있는 통장을 꺼냈다.

잔고 72,800원.

다행히 휴지 살 돈이 있긴 하지만, 그러려면 식비를 더더욱 아껴야 했다.

기초 생활 수급자가 된 덕에 생활비가 매달 지급되고 있지만, 이걸로는 턱도 없이 부족했다.

집세의 절반을 내고, 각종 공과금을 내고, 대학 등록금을 위해 조금 저금하고 나면 얼마 남지 않았다. 그걸로 먹고, 필요한 생활용품을 사고, 인터넷 강의 금액, 문제집 금액을 내고 나면 매달 간당간당했다.

아르바이트를 할까…….

대학에 합격하더라도 당장 돈이 필요했다. 기초 생활 수급자 자격으로 어느 정도 지원받을 수 있다고 하지만, 그것도 100%가 될지 안 될지 모른다고 했다.

그러니 돈이 필요한데……

새로 사고 싶은 문제집도 있고, 인터넷 강의도 원하는 걸 듣고 싶었다. 돈에 맞춰 듣는 게 아니라, 듣고 싶은 선생님의 강의를 들을 수 있다면 얼마나 좋을까.

"언니한테……. 아냐."

지서는 얼른 고개를 가로저었다.

돈도 빌릴 사람한테 빌려야 한다.

효경에게 돈을 빌렸다간 갚을 때까지 피곤해질지 모른다.

지금도 걸핏하면 손을 치켜드는 언니인데, 얼마나 더 자신을 함부로 대할까.

지서는 끄트머리가 닳고 닳은 통장을 덮고서 시선을 내리깔았다.

돈이 많으면 좋겠다.

여기서 좀 더 많이.

안전하고 괜찮은 아르바이트 자리가 있으면 하고 싶은데…….
주말 아르바이트라도 구할까.

그러다 문득, 오늘 보고 온 재언의 집이 떠올랐다. 넓고 쾌적하며, 드라마 속에서나 볼 법한 집.

겨울이면 따뜻하고, 여름이면 시원할 테지.

그러나 가장 기억에 남는 건, 값비싼 장식품이나 재언이 두르고 있는 명품이 아니라 그의 어머니였다.

재언을 향한 그녀의 시선은 애정으로 가득했다.

그런 시선을 받는 건 어떤 느낌일지 문득 궁금했다.

아무리 추워도 춥지 않겠지. 홀로 있다는 이유만으로 외롭지 않을 테고. 때때로 외로움을 떨치려 사랑받았던 기억을 더듬지 않아도 되겠지…….

지서의 얼굴이 서서히 어두워질 때였다.

쾅! 쾅!

"이지서!"

문을 두드리는 소리에 이어 잔뜩 취한 목소리가 들렸다.

움찔.

지서의 어깨가 떨렸다. 효경의 목소리였다. 눈을 꾹 감았다가 뜬 지서의 얼굴이 무표정하게 변했다.

"씨바알, 내가 얼마나 힘들게 빵이 치면서 돈 벌고 왔는데에! 문도 안 열어 줘!"

빠르게 몸을 일으킨 지서가 문을 열었다. 그러자 거의 헐벗다 시피 한 효경이 바닥에 주저앉아 울고 있었다.

"지서야, 지서야."

옆집 아저씨가 담배를 피우다 말고 효경을 흘깃거렸다. 시선이 효경의 가슴골을 향해 있었다. 지서가 쳐다보자, 아저씨는 헛기침을 하며 시선을 돌렸다. 그러나 그것도 잠깐, 다시 효경을 향해 곁눈질을 해 댔다.

"언니, 들어가."

"지서야. 우리 지서. 언니 이야기 좀 들어 봐. 응?"

갑자기 눈을 번쩍 뜬 효경이 지서의 팔을 꽉 움켜쥐었다. 얼마나 세게 쥐었는지 손목이 시큰할 정도였다.

"아."

"오늘 분명히 그 새끼가 온다고 했거든? 나, 오피스텔 준다고 했단 말이야. 근데 있지. 안 왔어. 전화도 안 받고. 정말 씹새끼 아니니? 응?"

지서는 할 말을 잃은 얼굴로 효경을 내려다보았다. 대체 어느 골 빈 사람이 술집 여자한테 오피스텔을 갖다 바칠까. 설령 그런 골 빈 사람이 있다고 하더라도, 이 동네엔 있을 리 없었다. 다들 고만고만하게 사는 동네였으니까. 서울의 돈 많고 한가한 남자라면 모를까.

"내애가 지이인짜 잘해 줬거등? 그 새끼 말 듣고? 지인짜 최선을 다했는데……. 또 이래. 또. 왜 나한테만 이래? 왜 아무 잘못 없는 나한테……."

다시 효경이 바닥을 내리치며 울기 시작했다. 지서가 고개를 뒤로 젖혔다. 숨이 턱 막혀서 하늘이라도 볼 생각이었다. 그러나 그것도 여의치 않았다. 다세대 주택 이웃들이 모조리 나와 에워싸듯 둘러서서 자신들을 구경하고 있었다. 남자들은 헐벗은 효경을, 여자들은 지서를, 그렇게 동물원 속 원숭이 보듯이.

"저 여자 또 저러네."

"어휴, 미친년."

"이사 안 가나?"

"동생이 불쌍하네."

이런저런 소리가 머리 위로 쏟아졌다. 순간, 명치가 묵직해지며 울고 싶어졌다. 그러나 지서는 아랫입술을 꽉 깨물며 참았다.

"들어가자."

지서는 못 들은 척하며 효경을 자리에서 일으켰다. 물먹은 솜처럼 늘어진 효경의 몸이 너무 무거웠지만, 이를 악물었다. 사람들의 이런 시선을 받고 서 있으니, 내일 근육통에 시달리는 게 나았다.

힘겹게 집에 들어온 지서는 효경을 방에 집어 던지듯 내려놓았다.

"아!"

머리를 부딪힌 효경이 멍하게 있더니 이내 제 이불에 얼굴을 파묻고서 악쓰며 울기 시작했다.

"어…… 어엉. 내가 얼마나 잘해 줬는데. 개새끼. 나쁜 새끼. 흑흑. 아냐, 그냥 내가 나쁜 거야. 내가…… 흐, 흐흑."

효경의 주사였다. 정확히는 명품 사느라 진 빚을 갚기 위해 술집에서 일하게 된 후로 생긴 주사.

지서는 그런 효경을 사나운 눈으로 내려다보았다.

이렇게 미친년처럼 굴 거면 지금이라도 당장 나가라는 말이 턱끝까지 치밀어 올랐다. 그 말뿐일까. 없는 주제에 고등학생 때부터 질 낮은 애들이랑 어울려 다니다가 유흥비로 빚지고, 그 빚을 갚으려고 고등학교 졸업도 못 한 채 술집에 나간 게 누구냐고. 돈 무서운 줄 모르고 막 써 대다가 팔자 꼰 건 너라고. 그 말이 입 안에서 거품처럼 차올랐다.

그러나 지서는 있는 힘을 다해 꾹 참았다.

갑자기 효경이 일어나 발작하며 집 안의 물건을 부수면, 아쉬운 건 자신이었다. 그리고 무엇보다 아직까지 효경이 필요했다.

언젠가 한번, 효경이 잠깐 술집 직원과 눈이 맞아 동거하러 떠난 후 집에 혼자 남은 적이 있었다.

해방감을 느끼는 것도 잠시, 그 후로 제 속옷이 사라지고 내놓은 쓰레기봉투가 헤집어져 있는 일들을 겪어야 했다. 그뿐만일까. 새벽에 제 창문 밖을 왔다 갔다 하는 남자의 실루엣도 본 적 있었다. 얼마 못 가 돌아온 효경에게 그 사실을 조심스럽게 말하자, 성질이 난 효경이 다세대 주택 한중간에 서서 고래고래 악을 썼다.

'어떤 미친 개놈이 속옷을 훔쳐 가? 한 번만 더 걸려 봐라, 아주 거시기를 망치로 찍어 버릴 테니까! 아악! 씨발 새끼, 잡히기만 해라. 내가 진짜 술집 오빠들 불러서 거시기랑 같이 대가리도 깨 버리라고 할 거야!'

효경이 그렇게 며칠을 악쓰고 온 이웃 아저씨들을 들쑤시고 난 후, 잠잠해졌다. 그 후로 지서는 자신이 어른 되기 전까지 미우나 싫으나 당분간 효경과 같이 있어야겠다고 생각했다.

그로 인해, 효경의 우울한 감정을 다 받아 내야 했고, 청소와 빨래가 모두 제 몫이 되었지만.

"얼른 자."

지서는 차가운 눈으로 효경을 바라보다가 문을 닫았다. 오늘은 도저히 효경의 옷을 갈아입혀 주고 비위를 맞춰 줄 기분이 아니었다.

"……야, 이지서. 나랑 이야기 좀 해."

"됐어. 얼른 자."

"이야기 좀 하자고!"

이야기라고 해 봤자 하소연이었다. 조금도 공감되지 않는 하소연들. 친구들을 잘못 사귀었을 뿐인데 왜 제 인생만 이렇냐고, 친구들은 다 대학 가서 취직하고 결혼도 해서 사는데 왜 난 이렇게 사냐는 말만 반복하겠지.

정말 몰라서 묻는 것도 아닐 테다. 본인이 그렇게 살아왔으니, 그렇게 된 것뿐이다. 그런데도 효경은 계속해서 남 탓만 하며 억울해했다.

평소라면 멍하게 듣는 척이라도 하겠지만, 재언의 집을 보고 와서인지, 아니면 자신과 다른 따뜻한 가정을 보고 와서인지 마음이 횃횃해 견딜 수가 없었다. 제게도 엄마가 있었으면, 하고 투정 부리는 꼴이 남 탓하는 효경과 다를 바 없게 느껴졌으니까.

"자, 좀!"

결국 소리를 친 지서가 제 방으로 건너와 방문을 걸어 잠갔다.

"야, 뭐야. 소리쳐? 이 씨발년이, 너까지 날 무시해? 야!"

쾅! 쾅!

"문 열어!"

지서를 뒤따라 달려온 효경이 그녀의 잠긴 방문을 두드리며 악을 썼다.

"다른 사람들이 다 무시해도 넌 나한테 이러면 안 되지! 어? 그래 봤자야! 어차피 넌 내 동생이야! 내 동생! 죽을 때까지 안 바뀐다고!"

저주 같은 말에 지서는 귀를 틀어막았다. 그러고는 부정하듯 고개를 가로저었다.

아니, 나는 달라. 다르게 살 거야. 공부도 열심히 할 거고, 돈도 열심히 모을 거야. 그래서 다른 사람들처럼 보란 듯이 살 거야.

지서는 손등으로 눈물을 훔치며 다시 귀를 틀어막았다.

* * *

교실 창문으로 불어 들어오는 바람에 펜을 쥔 지서의 손이 잠시 멈췄다. 지서는 고개를 들어 창밖 너머를 바라보았다.

효경이 난동을 부린 게 어젯밤의 일인데, 마치 며칠의 시간이 흐른 것처럼 멀게 느껴졌다.

"저기, 지서야……."

멍하게 푸른 하늘을 보고 있는데, 며칠간 결석을 끝내고 등교한 옆자리 남자애가 조심스럽게 불렀다. 조금 성가셨지만 면전에서 무시할 순 없는 터라 지서의 시선이 마지못해 옆을 향했다. 쳐다보자마자 남자애의 얼굴이 붉어졌다.

"저기……. 괜찮으면 이거 마실래?"

남자애가 지서에게 빵과 우유를 내밀었다. 이게 뭐냐는 듯 쳐다보자, 남자애가 우물쭈물거리며 말했다.

"내가 너무 많이 사 와서……. 괜찮으면 먹으라고. 혹시 기분 나쁘면 안 먹어도 돼."

말을 하는 내내 남자애는 어쩔 줄 몰라 하며 손끝을 만지작거렸다.

지서는 책상 선을 넘어온 빵과 우유를 물끄러미 쳐다보았다. 옥수수빵과 우유를 보는 순간 거짓말처럼 식욕이 돌았다.

그러고 보니 어제저녁 급식 이후로 지금껏 물 외엔 먹은 게 없었다. 평소 아침 식사를 챙겨 먹고 나오는 편인데, 오늘은 눈뜨자마자 시비 거는 효경 때문에 도망쳐 나오느라 그럴 틈이 없었다. 성가셔했던 마음도 잠시, 미안함이 몰려들었다. 제게 먹을 걸 주려고 했던 건데…….

"고마워. 잘 먹을게."

빵과 우유를 받아 가던 지서의 시선이 남자애의 가슴팍에 달린 명찰로 향했다.

"우태야."

지서가 조금의 텀을 주고 덧붙였다. 빵과 우유도 줬는데 이름 정도는 알고 먹어야 하지 않을까 싶었다.

"뭐, 뭘. 이게 뭐라고. 하하. 그, 그래도 맛있게 잘 먹어."

"응."

"저기……. 뭐 하나만 물어봐도 돼?"

"뭔데?"

"내가 이 문제들을 몰라서 말이야."

우태가 수학 문제집을 꺼내 지서의 앞에 내밀었다. 한 문제도 아니고, 여러 문제였다. 먹을 걸 준 이유가 있었던 모양이었다. 차라리 잘됐다 싶었다. 그냥 이유 없이 받는 것보단, 차라리 목적이 있는 게 나았다.

"잠시만 문제 좀 볼게."

지서가 순순히 고개를 숙여 문제를 보았다. 그 순간, 우태의 시선이 지서의 하얀 목덜미에 닿았다. 이어 하얀 뺨과 내리깐 눈 때문에 드리워진 속눈썹으로 옮겨 갔다. 우태의 입술이 움찔거리더니 이내 얼굴이 붉어졌다.

진짜…… 예쁘다.

저절로 그런 생각이 들었다.

아니, 그냥 예쁜 것도 아니었다. 이 학교에서 이지서만큼 예쁜 애는 없을 거라 자신했다.

그럼…… 이렇게 예쁜 애의 냄새는 어떨까.

참기 힘든 욕구에 우태가 숨을 천천히 들이마실 때였다.

툭.

어깨가 묵직했다.

"으, 으으."

시간이 지날수록 어깨가 점점 더 무거워지는 기분에 우태의 고개가 위를 향했다.

"누, 누구야!"

버럭 소리 지르던 우태의 얼굴이 딱딱하게 굳었다. 얼굴 대신 가슴이 보였다. 고개를 더 뒤로 젖히자 운동부 출신이라고 해도 믿을 정도로 떡 벌어진 어깨가 시야에 들어왔다. 거기서 고개를 더 젖히니 그제야 상대의 얼굴이 보였다. 고개를 숙인 탓에 짙은 음영이 져 있었지만, 누군지 단번에 알아보았다.

"누구긴, 다정하고 상냥한 너의 반 친구지."

당황한 우태가 빠르게 눈을 깜빡였다.

"어……. 재, 재언아."

"그래. 내 이름을 알고 있구나."

재언이 이를 드러내며 웃었다. 그런데 저를 바라보는 시선이 지독하게 냉담해서 도저히 웃는 것 같지 않았다.

"왜……. 그래?"

저절로 목소리가 기어들어 갔다. 돈 많고, 체격 좋으면서, 종잡을 수 없는 재언은 대하기 어려운 친구였다.

"부탁 하나 하려고. 친구야."

"뭐, 뭔데?"

재언이 제게 부탁할 일이 뭐가 있을까. 의아해하며 우태가 조용히 물었다.

"내가 눈이 나쁘거든. 그래서 말인데. 자리 좀 바꿔 줄래?"

그 말에 여태껏 모른 척하고 있던 지서가 고개를 확 돌렸다.

한 박자 늦게 고개를 돌린 재언이 지서와 시선을 마주했다. 지서의 옅은 색 눈동자가 가늘게 흔들리는 걸, 재언은 눈도 깜빡이지 않고 바라보며 말을 이었다.

"내가 원시라서. 좀 가까이에 앉아서 공부하려고. 누가 나보고 공부 열심히 해야 할 때라고 하더라."

"어, 어? 여, 여기?"

당황한 우태가 평소보다 더 많이 말을 더듬었다. 고작해야 한 칸 앞이다. 그것도 창가 쪽에 더 가까워서 칠판이 제대로 보이지 않는 자리였다.

"응. 거기가 딱 잘 보일 것 같아서."

"어……. 그게……."

우태의 두 눈이 빠르게 흔들렸다.

어떻게 이지서 옆에 앉았는데……!

이지서와 짝이 된 남자애한테 꽤 두둑한 대가를 지불하고서 바꾼 자리였다. 그런데 그 자리를 날름 탐하려 하고 있었다.

우태가 악쓰고 싶은 걸 꾹 참은 채 변명거리를 찾아 눈을 이리 저리 굴릴 때였다.

"친구야."

그 순간, 귓가에 나지막한 소리가 들렸다. 재언이었다.

"아침부터 활기차네."

"……."

"이거 이지서도 알아?"

지나칠 정도로 나긋한 목소리였다. 움찔한 우태가 제 바지 앞섶을 보곤 얼른 상체를 앞으로 숙였다. 지서의 목덜미를 본 순간, 저도 모르게 일어난 신체 반응이었다.

"이 반 친구들은?"

재언이 나긋하게 덧붙여 물었다.

"지, 지금 바꿀게."

결국 우태가 울 것 같은 얼굴로 몸을 일으켰다. 우태가 뭐라고 할 틈 없이, 재언이 한 손으로 우태의 책상과 의자를 동시에 잡아 뒤로 보냈다. 그러고는 제 책상과 의자를 순식간에 당겨 지서의 옆에 붙였다.

"역시 여기가 잘 보이네."

그러더니 칠판을 보며 들으라는 듯 말했다.

"……너, 뭐 하는 짓이야?"

지서가 재언을 보며 물었다.

"공부 열심히 하라며."

"그게 지금 자리 바꾸는 거랑 무슨 상관이야?"

지서의 억눌린 목소리에 재언이 눈만 움직여 그녀를 보았다.
그러고는 싱긋 웃었다.

"공부 잘하는 애 옆에 있어야 공부를 잘한다더라고."

"……."

"끼리끼리 어울린다잖아."

"……."

"그래서 끼리끼리가 되어 보려고."

"……너."

지서가 순간 말문이 막혀 더 말을 잇지 못했다.

"앞으로 잘 부탁해."

재언이 환하게 웃었다.

굳은 지서의 얼굴은 아랑곳하지 않고.

* * *

나무늘보를 닮은 선생님이 느릿한 목소리로 수업을 이어 갔다.

교실 절반은 최면에 걸린 사람들처럼 픽픽 쓰러져 잠에 들었고, 남은 절반은 깨어 있었다. 자신을 포함해 깨어 있는 기특한 인간 중 가장 총명한 건, 단연 제 옆자리의 이지서였다.

이럴 생각은 아니었는데.

정면을 응시하던 재언이 꽉 다문 입 안에서 혀를 찼다.

'엄마가 알아보니까 이지서라는 애가 보통 공부 잘하는 게 아니라더라. 담임 선생님이랑 통화해 보니 이대로만 가면 한국대 수석도 가능하대. 이왕이면 여기 있는 별 볼 일 없는 애들 말고, 그런 친구를 사귀어. 알지? 누굴 만나느냐에 따라 인생이 달라지는 거야.'

평생을 큰아버지와 경쟁하던 아버지는 비장의 한 수로, 어머니와 자신을 시골로 보냈다.

여생은 태어난 곳에서 지내고 싶다는 할아버지를 따라가서 재산 분배를 더 받아 오란 뜻이었다. 어머니는 아버지의 말을 군말 없이 따랐다.

온화한 얼굴과 달리 재언의 모친인 배 여사는 욕심이 많은 사람이었다. 무언가를 나눠 가져야 한다면 자신이 가장 많이 가져야 직성에 풀리는 사람이었다. 할아버지의 재산 또한 마찬가지였다.

그래서 호기롭게 내려왔으나, 생각보다 열악한 환경에 적잖이 당황한 듯했다. 그럼에도 배 여사는 군소리하지 않고 버텼다. 어마어마한 적응력으로 이곳에 정착하는 데 성공했으나, 아무리 뒤져 봐도 막내아들의 친구 삼을 만한 사람이 없다는 사실엔 계속

해서 스트레스를 받아 왔다.

그러던 찰나에 예의 바르고 예쁘고 공부 잘하는 지서를 봤으니 얼마나 눈이 번쩍 뜨였을까.

교류할 만한 괜찮은 집안 자제가 없다면, 공부라도 잘하는 애 랑 친하게 지내게 하려는 의도가 훤히 보였다. 어린 시절부터 다른 건 몰라도 친구 교제만큼은 까탈스럽게 굴던 배 여사였으 니까.

그럼에도 재언은 제 뒤를 졸졸 쫓아다니며 퍼붓는 엄마의 이야 기를 귓등으로 들었다.

공부 잘하는 사람을 친구 삼는다고, 갑자기 공부가 잘될 리가 없으니까.

그럴 거였으면 자신은 진작에 공부를 잘했어야 했다.

서울에 있는 제 친구들 중 천재라고 불리는 녀석들도 꽤 있었 으므로.

그러니 이지서와 가까워질 이유 없다는 게 그의 생각이었다.

그런데 오늘 아침, 생각이 달라졌다.

뒷자리에 앉아 있다 보니 본의 아니게 계속해서 시야에 지서가 걸렸다. 지서는 대부분의 시간을 칠판과 문제집, 교과서를 보는 데 할애했다. 그 흔한 친구도 없어 보였다.

정확히 말해, 친구를 사귀지 않는 것처럼 보였다. 이지서에게 관심 있는 이들은 많았지만, 지서가 곁을 허락하지 않는 것처럼 보였으니까.

그래, 여기엔 건질 놈 하나 없지.

재언은 그 부분에 대해 수긍하면서도, 그중의 하나가 자신이라는 사실은 납득할 수 없었다.

그냥 이지서의 성격이 이상한 거다.

그래. 그거다.

재언은 이지서에 대한 판단을 그렇게 내렸다.

누구도 이지서에게 가까워질 수 없을 거라고. 이지서는 그만큼 까칠하고 성격 이상한 애라고.

그렇게 수긍하려던 찰나였다.

그런 이지서가, 제 눈앞에서 짝과 아주 다정하게 도란도란 대화를 나누고 있었다.

자신은 바이러스라도 되는 양 취급하면서, 정작 제 짝과는 눈을 맞춘 채 빵과 우유를 주고받았다.

'고마워. 잘 먹을게.'

고작 빵 쪼가리와 우유 하나를 받고서 이지서가 빙그레 웃었다. 입매가 부드럽게 휘고, 눈매가 아래로 내려가는 모습을 재언은 눈 한 번 깜빡이지 않고 바라보았다.

'우태야.'

이지서는 심지어 제 짝의 이름까지 불렀다.

그러자 우태가 얼굴을 씰룩거리며 웃었다. 대체 어떤 새끼한테 저렇게 살갑게 구나 싶어서 바라봤는데, 어디 하나 잘난 구석이 없어 보였다. 키도 짤따란 데다 배는 톡 튀어나와 있었다.

비위 좋기도 하지, 이지서.

재언은 기가 막힌 얼굴로 지서의 옆얼굴을 쳐다보았다.

혹시 둘 다 공부를 잘해서 서로 통하는 게 있는 건가 싶었지만, 그러면 자신이 알아야 했다. 하지만 엄마가 가깝게 지내라며 건네준 공부 잘하는 애들 명단에 우태라는 이름은 없었다.

이건 대체 무슨 상황인가, 하며 계속 쳐다보았다.

뭐라고 말하던 우태가 문제집을 들이밀자 이지서는 흔쾌히 고개를 숙여 가까이 다가갔다. 자신이 옆자리에 앉아 있을 땐 전염병 환자를 대하듯 일절 가까이 오지 않았었다. 저만치 먼 곳에서 곁눈질로 제 교과서를 보던 이지서가, 우태와 어깨가 닿을 것처럼 가까이 있었다.

하, 씨발.

감탄사처럼 욕이 터져 나왔다.

태어나 처음 받는 모욕적인 취급에 타격을 입은 재언은 잠시 천장을 바라보았다.

'하.'

내가 저런 새끼한테 밀리다니.

호흡을 고른 후 고개를 내렸을 땐, 더 흉한 상황이 벌어지고 있었다.

벌름거리고 있는 우태의 코, 음흉해 보이는 입술. 우태의 시선이 어디에 닿아 있는지 확인한 재언은 와락 얼굴을 찌푸렸다.

아니, 저 개새끼가.

더군다나 저 기발한 새끼는 발기까지 한 상태였다.

그것도 지서의 옆얼굴을 보면서.

도저히 용납 못 할 일이었다.

자신이 저 변태 새끼보다 못한 취급을 받는 건.

기어코 몸을 일으킨 재언은 우태를 밀어 내고 지서의 옆자리에 앉았다. 그러나 기분이 나아지기는커녕 더 곤두박질쳤다.

자신이 옆자리를 차지하자 한참이나 노려보던 이지서는 고개를 홱 돌리더니 그때부터 자신을 투명 인간 취급 했다. 아니, 벽 취급 했다. 이쪽으로 일절 시선을 돌리지 않았고, 마치 목에 깁스한 사람처럼 고개를 들었다 내리기만 반복했다.

상변태로부터 구해 났더니, 고마워할 줄은 모르고.

"이지서."

도저히 참을 수가 없어서 쉬는 시간이 되자마자 재언이 그녀를 불렀다. 대답은 돌아오지 않았다.

"이지서."

"……."

"이지서."

"말해."

오기가 생겨 계속 부르자, 여전히 문제집에 시선을 둔 지서가 성가시다는 얼굴로 대꾸했다.

"하, 사람이 부르는데 쳐다보지도 않아?"

의자에 삐딱하게 앉은 재언이 기가 찬다는 듯 웃으며 물었다.

"귀는 열려 있어."

순간 어이가 없으면서, 오기가 일었다.

"야, 이지서."

다시 한번 불렀다. 이번엔 묵묵부답이었다.

61

"이지서."

오기가 발동해 또 한 번 불렀다. 그럼에도 지서가 쳐다보지 않자, 재언이 훅 다가가 선을 넘었다.

지서의 책상에 팔을 댄 재언이 고개를 숙여 지서의 얼굴을 마주 보았다.

이지서를 놀라게 하고 싶었다. 동요하게 만들고, 당황하게 만들고 싶었다.

그런데…….

지서가 고개를 들어 얼굴을 마주했다.

가장 먼저 눈에 들어온 건 연한 갈색 눈동자였다. 그 눈동자 색과 잘 어울리는 하얀 피부가 뒤따라 눈에 들어왔다. 고요한 얼굴은 잠잠했고, 눈빛은 또렷했다. 그 모든 것들이 어우러져 한눈에 들어오자 마치 높은 벽을 마주한 것처럼 까마득한 느낌마저 들었다.

순간, 말문이 막히면서 머릿속이 텅 비었다.

모든 신경이 시력에 쏠리는 느낌.

눈앞의 단 한 사람만 분명하게 보이는 느낌.

곤두선 감각이 지서의 표정과, 눈빛에 쏠렸다.

"불렀으면 말을 해."

지서가 덤덤하게 물었다.

"……빵이랑 우유 사 줄까."

……아니, 뭐래.

재언은 자신도 모르게 뱉은 말에 순간 하마터면 제 입을 때릴 뻔했다. 지서도 의아한 듯 자신을 잠시 쳐다보더니 어이없다는 표정으로 고개를 가로저었다.

"아니."

냉담해진 얼굴로 대꾸한 지서가 다시 문제집으로 시선을 돌렸다.

재언의 시선이 뒷자리에 앉아 대화를 엿듣고 있던 우태에게로 향했다. 우태가 입술 끝을 삐죽거리며 웃고 있었다.

순간 만감이 교차한 재언은 손으로 이마를 짚었다.

자신이 뱉은 헛소리에 기가 막히고, 저 기발한 새끼한테 비웃음을 샀다는 사실에 어이가 없었다.

하, 집에 가고 싶다.

재언이 얼굴을 와락 찌푸렸다.

* * *

점심시간, 급식실에서 식사를 마치고 나온 재언은 어슬렁거리며 학교 주변을 둘러보았다. 그래 봤자 손바닥만 한 학교였다. 개중에 갈 만한 곳은 더더욱 없었다.

다른 곳을 찾아 서성일까 하다가 관두고 등나무 그늘 아래 앉았다. 그러고는 습관처럼 휴대 전화를 꺼냈다. 밀린 친구들의 메시지가 한가득이었다.

아니, 이 새끼들은 공부도 안 하나.

"요즘 밥 맛있어지지 않았어?"

"어, 맞아. 내가 그 이야기 하려고 했어."

그사이, 삼삼오오 모여 지나가는 학생들의 이야기를 듣던 재언은 휴대 전화에 시선을 둔 채 픽 웃었다.

그럴 수밖에.

'뭐? 급식이 맛없어?'

살이 왜 이렇게 점점 빠지냐고 묻는 엄마에게 재언은 순순히 급식이 맛없다고 고백했다. 하루 세 끼 중 두 끼를 학교에서 먹는데 맛이 없다는 말에 아연실색한 엄마는 곧장 후원을 가장한 급식 지원에 나섰다.

자라나는 아이들의 올바른 성장을 위해서 엄마 같은 마음으로 후원한다고 포장했지만, 결론은 내 아들 밥상 제대로 차려 내라는 말이었다.

그 덕에 먹을 만한 밥상으로 바뀌었다.

그러나 그걸 아는 이들은 거의 없었다.

요즘 세상이 어떤 세상인데. 재벌이라고 예전처럼 막 나갈 수 없는 시대라고 했다. 그 때문에 자신도 최대한 얌전히 지내는 게 아닌가.

재언은 심드렁한 얼굴로 휴대 전화를 만지작거렸다. 선선한 바람이 불어 머리끝을 흔들었다. 기분 좋은 바람임에도 재언의 얼굴은 쉬이 풀리지 않았다.

[어니어니, 언제 어니?]

[저 새끼 내보내]

[설에 언제 놀러 옴?]

[우리 놀아야지이이이이이]

쉴 틈 없이 쌓인 메시지를 읽은 후, 답변하지 않았다.

귀찮고, 성가셨다.

어차피 서울에 가면 볼 놈들에게 따로 에너지 들여 연락하고 싶지 않았다. 그러다 문득 이지서에게도 자신이 굳이 에너지 들여 답하고 싶지 않은 놈인가 싶어 왈칵 기분이 나빠질 때였다.

"……저기, 재언 선배."

갑작스러운 부름에 재언이 눈만 치켜뜬 채 앞을 보았다. 인기 척은 진즉 느끼고 있었다. 제 발치에 그림자를 드리웠다 말았다 성가시게 굴고 있었으니까. 다만, 굳이 먼저 나서서 알은척할 필 요 없어서 무시하고 있던 중이었다.

"왜?"

재언이 미간을 구긴 채 묻자 놀랐는지 여자애가 움찔하더니 우 물쭈물거렸다. 그러다 이때가 아니면 안 되겠다 싶었는지 휴대 전화를 죽 내밀었다.

"선배, 폰 번호 좀 알려 주세요! 아니면 SNS라도 알려 주면 안 돼요? 친하게 지내고 싶어서 그래요!"

휴대 전화를 내밀고 있는 여자애의 얼굴을 빤히 쳐다보았다. 고개를 살짝 젖히니 여자애 얼굴이 보였다.

딱 이지서만 한 키였다. 피부도 지서처럼 하얗긴 했지만, 걔만 큼은 아니었다.

아니, 걔 생각을 왜 하고 있어?

순간 어이없어진 재언은 고개를 가로저었다. 그런 재언의 태도를 오해한 여자애가 풀 죽은 얼굴로 그를 흘깃거렸다.

"……고백하는 건 아니고요. 그냥 친해지고 싶어서요."

여자애가 우물우물 말을 덧붙였다.

재언은 대답 없이 여자애를 보다 픽 웃었다.

이어 고개를 든 재언이 주변을 둘러보았다. 남녀 할 거 없이 모두 이곳을 쳐다보고 있었다.

그래. 이게 정상이지. 자신과 친해지고 싶어 하는 거.

그러니까 이지서가 비정상인 거고.

그런 비정상은 처음 보는 탓에 거슬리고 신경 쓰이는 걸 테고.

생각을 정리한 재언은 전보다 더 가뿐한 몸놀림으로 일어났다. 그러고는 주머니에 손을 푹 찔러 넣은 채, 여자애를 내려다보았다. 여자애는 있는 힘을 다해 짜낸 용기였는지, 금방이라도 울 것 같은 얼굴을 하고 있었다.

"미안."

재언은 그 한마디를 남긴 후, 홀가분하게 교실로 향했다.

* * *

그래, 비정상이라서 신경 쓰이는 거야.

생각을 정리한 재언은 뒤로 쭉 빼낸 의자에 다리를 꼬고 앉았다. 그러곤 한결 개운해진 얼굴과 몸짓으로 휴대 전화를 들여다보았다.

[신재어니 메시지 읽고 튀었음]
[나쁜 새끼]

그사이에 수다스러운 서울 친구들은 연신 메시지를 쏟아 내고 있었다.
차단이 어디 있더라.
재언이 진지하게 차단 기능을 찾아 여기저기 누를 때였다.

[여친 생김]

친구 하나가 불쑥 여자 사진을 올렸다.

[착하고 귀여움]
[이번엔 얼마나 가려고?]
[두 시간?]
[미친, 30분에 내 폰 케이스를 건다]
[이 새끼들이]

재언은 답 한 번 하지 않은 채 액정에 떠 있는 여자애 사진을 물끄러미 보았다.
새카만 머리카락에 귀염상이었다.

그래, 귀엽네. 귀여운데…….

드르륵. 그때 곁에서 의자 미는 소리가 들렸다. 자연스럽게 시선을 든 재언은 옆자리에 앉는 지서를 보았다. 교복 치마를 단정하게 쓸어내린 지서가 의자를 바짝 당겨 허리를 세우고 앉았다.

가느다란 선을 가진 얼굴과, 발레리나처럼 곧게 쭉 뻗은 팔, 무슨 생각을 하는지 알기 어려운 표정까지.

귀여운 거보단 예쁜 게 낫지.

"하, 씨발."

제 생각이 끝나기가 무섭게 재언의 입에서 툭 하고 욕이 튀어나왔다.

그와 동시에 지서와 눈이 마주쳤다. 지서의 미간이 슬쩍 구겨졌다가 펴지는 걸 본 재언은 곤란한 듯 눈썹에 힘을 바짝 주었다.

하필 이 타이밍에.

재언이 무슨 말이라도 해야겠다 싶어 입을 달싹이다가 다물었다.

뭐라고 해? 내 친구 여친보다 이지서, 네가 훨씬 더 예뻐 보인다고?

머리에 총을 맞지 않은 이상 이지서에게 그런 말을 할 수 있을 리 없었다. 더군다나 이지서는 자신을 불편하다 못해 불쾌한 눈으로 바라보고 있었다.

어쨌거나, 갑자기 사람 면전에 대고 욕한 건 제 잘못이었으므로 사과하려 할 때였다.

지서가 홱 고개를 돌려 다시 문제집에 시선을 두었다.

더는 할 말 없고, 하기도 귀찮다는 듯이.

"하……"

재언이 짧게 헛웃음을 치며 제 머리를 쓸어 넘겼다.

아주 짧게나마 이지서가 놀랐을까 봐 걱정한 내가 미친 새끼지.

재언 역시 휴대 전화로 시선을 옮겼다.

드문드문 옆자리에서 사각거리며 움직이는 펜의 소리가 신경 쓰였지만, 아닌 척 그는 휴대 전화 액정만 노려보았다.

얼른 제 여자 친구가 예쁘다고 대답하라는 친구의 메시지를 모조리 씹으며.

2

원목과 흙의 질감을 고스란히 살린 별채에서 나오던 배 여사가 정원을 가만히 둘러보았다. 부드럽게 자란 잔디 너머로 소담하게 핀 꽃들이 자리하고 있었다. 바람 따라 가벼이 흔들리는 꽃들을 바라보던 배 여사는 우울한 표정을 지었다.

말년에 고향 땅이 자꾸 생각난다며 회사 일을 모조리 아들들에게 떠넘기고 고향으로 돌아온 신 회장에게 방금 전, 보약을 한 포 따뜻하게 데워 바쳤다.

'요새 재언이 꼬박꼬박 학교 나가제?'

몸에 좋은 만큼 쓰다는 보약 한 포를 꿀떡 삼킨 신 회장이 대뜸 재언에 대해 물어 왔다.

'네. 그럼요, 아버님. 재언이 열심히 학교 다니고 있어요. 아버님 덕분에 공기 좋은 곳에 와서 그런지 아주 열심이에요.'

이때다 싶어 얼른 대답했지만, 신 회장의 얼굴은 시큰둥했다.

'열심히만 해서 뭐 해. 뭐라도 해내야 하는 세상인데. 요즘 세상이 어디 노력만 알아주는 곳인가.'

아픈 곳을 폭 찌르는 신 회장의 무심한 대답에 배 여사는 어색하게 웃었다.

'곧 해낼 거예요. 아시잖아요, 아버님. 재언이 똑똑한 거.'

'똑똑한 녀석이 아무것도 안 하니 문제인 거지. 너무 배가 부른 게야.'

신 회장의 말에 배 여사의 입이 딱 다물렸다.

신 회장의 말처럼 태생부터 가진 게 많은 탓인지 재언은 욕심이 없었다. 아니, 없어도 너무 없었다. 하고 싶은 것도 없고, 관심사도 그다지 없었다. 그 때문에 배 여사는 재언을 볼 때마다 속이 타들어 갔다.

그럴 거면 기대도 안 하게 대충 생겨 먹던지.

용이 여의주를 물고 승천하는 범상치 않은 태몽으로 제 존재를 알린 재언은, 태어나서도 특별했다.

가르치지 않은 한글도 척척 떼고, 수학도 제 형들 하는 걸 어깨너머로 보고서 터득했다. 언어 쪽 발달도 상당해 하나를 가르치면 열을 뱉어 내는 아이였다.

제 형들도 영재였지만, 재언은 천재에 가까웠다. 두뇌도 두뇌지만, 외형 또한 부족함이 없었다. 아니, 과하게 넘쳤다.

고2인데 벌써 183에 육박하는 장신인 데다, 제 아버지의 큰 체격을 물려받아 넓은 어깨와 긴 다리를 갖고 있었다.

이렇게 넘치게 잘 태어났으면 두뇌를 살려 공부를 하든지, 외형을 살려 연예인을 하든지, 하다못해 연애에라도 관심을 보이든지.

그러나 불행히도 재언은 속이 터질 만큼 그 어느 것에도 무심했다.

그나마 다행인 건, 눈치가 빠른 데다 약게 느껴질 정도로 계산이 빨라 어디 가서 맹하게 당하고 오지 않는다는 거였다. 누군가에게 휘둘리느니, 휘두르는 녀석이었다.

하지만 그 정도로 신 회장의 마음에 찰 리 없었다.

'재언이 과외는 계속 하고 있지?'

다 아는 사실을 신 회장이 확인하듯 물었다. 배 여사는 가슴이 조마조마했다.

'그럼요.'

'그거라도 시켜. 아까운 녀석 가만히 놀리지 말고. 그것도 못 시킬 것 같으면 짐 싸서 얼른 서울 올라가고.'

'계속 공부할 거예요. 과외 선생님도 계속 오시고 계신걸요.'

'어디 보자……. 좀 있으면 모의고사지? 그때 성적 한번 보자꾸나.'

신 회장의 이어진 말에 배 여사는 가슴이 철렁 내려앉는 걸 느꼈다.

모의고사 날짜까지 알고 있다니…….

배 여사는 눈앞이 까마득해졌다.

'네. 이번에는 잘할 거예요.'

'그래야지. 저가 공부 말고 뭘 한다고. 그것도 못하면 어디에 써.'

'네. 당연하죠, 아버님.'

당당하게 말하고 나왔지만, 눈앞이 캄캄했다. 신 회장이 이렇게 대놓고 말한다는 건 성적을 올리라는 압박이었다.

"대체 무슨 수로······. 하아."

배 여사가 손으로 얼굴을 쓸어내렸다.

대한민국 내로라하는 유명 과외 선생님들은 이 구석진 지방까지 내려오려 하지 않았다. 겨우 설득해 내려온다고 하더라도 두어 번 해 보고는 못 하겠다며 포기를 선언했다. 거리가 너무 먼 데다가, 재언의 성격이 워낙 까칠해서 금세 지쳐 나가떨어졌다.

해서 겨우 커트라인을 낮춰 과외 선생님 하나를 구했지만, 재언의 눈치를 보며 휘둘리고 있었다. 그뿐일까. 재언의 비위를 맞춰 어떻게든 친목을 다져 보려 애쓰고 있었다. 그런 사람에게 계속해서 재언을 맡길 수 없었다.

"후우. 아직 마땅한 사람 못 찾았죠?"

본채로 들어온 배 여사가 때마침 뒤따라오던 비서에게 물었다.

"네. 계속해서 찾고 있습니다만 마땅한 사람이 없습니다."

"이렇게 인재가 없어서야."

배 여사가 짧게 혀를 찼다.

"이곳에 재언 군을 가르칠 만한 대학생은 없어 보였습니다. 혹시나 해서 학원 선생님들 역시 찾아봤지만 그족에도 적합한 사람은 없었습니다."

"여기 학군 괜찮다면서 왜 변변한 학원도 없고, 선생도 없는 거야?"

배 여사가 초조한 표정으로 중얼거렸다.

괜찮은 사람만 나타나면 1년간 과외 하나만 하면 먹고살 수 있게 해 줄 텐데.

"어쩔 수 없지. 지금 하고 있는 과외 선생, 계약 연장해요."

마지못해 배 여사가 대답할 때였다.

"저……."

배 여사의 눈치를 보던 비서가 조심스럽게 말문을 열었다.

"무슨 일인데 그렇게 머뭇거려요?"

"안 그래도 말씀드리려고 했는데, 이번에 맡은 과외 선생님이 교통사고를 당했답니다."

"하, 일이 꼬이려니 별의별. 그래서 이번 주는 힘들대요?"

배 여사가 까칠해진 목소리로 물었다.

"아뇨. 교통사고가 크게 나서 한 달은 입원해야 할 것 같다는 소식을 전해 왔습니다."

"뭐라고요? 한 달? 가지가지 하네, 정말."

배 여사가 아랫입술을 깨물며 손으로 이마를 덮었다.

영 마음에 안 들었지만 다른 대안이 없어서 쓰던 선생이었다. 그런데 그마저도 못 오게 된다니. 안 그래도 중요한 시기에. 그나마 선생이 있어야 앉아서 교과서라도 보는 애인데, 과외가 없다고 하면 하루 종일 휴대 전화만 잡고 있거나, 자거나, 웹툰이

나 볼 게 뻔했다.

그 꼴은 절대로 못 보지.

"학교 쪽을 알아볼까요?"

비서가 조심스럽게 물었다.

"아뇨. 괜한 말 나올 수 있어요. 아버님도 안 좋아하실 테고. 하아, 똑똑한 사람 하나 찾기가 이렇게 어려워서야……."

배 여사가 주름이 잡힌 미간을 문지르며 중얼거리다 말고 멈칫했다.

문득, 머릿속으로 누군가가 스쳐 지나간다.

똘망똘망한 얼굴에 한국대 입학은 따 놓은 당상이라는 여자애. 이름이 뭐더라…….

생각을 더듬던 배 여사의 눈이 가늘어졌다.

"……이지서라는 여자애 좀 알아봐요."

마침내 기억났다는 듯 배 여사가 눈을 번쩍 떴다.

* * *

허리를 곧게 세우고 앉은 지서의 옅은 갈색 눈동자가 조심스럽게 집 안을 훑었다.

열 명은 둘러앉아도 될 법한 기다란 식탁, 우드로 맞춘 실내 인테리어.

커다란 대문 너머 세 채의 집 중 중앙의 집은 전반적으로 따뜻하고 부드러운 분위기를 풍겼다. 눈에 닿는 모든 것들이 고급스럽고 깨끗하며 반질반질 빛이 났다.

지서가 여기 있게 된 건, 석식 시간이 시작되자마자 받은 전화 한 통 때문이었다.

'지서 학생이죠? 나 재언이 엄마예요.'

지서는 머리부터 발끝까지 우아함이 흘러넘치던 중년의 여자를 어렵지 않게 떠올렸다.

'안녕하세요.'

'미안해요. 무작정 연락해서. 메시지를 보낼까 하다가 통화를 하는 게 덜 의심스러울 것 같아서요.'

그렇게 시작된 배 여사의 말은 한 번 만났으면 한다는 거였다.

'재언이에게는 비밀로 해 줬으면 해요.'

'저를 왜 보자고 하시는 건지 먼저 여쭤봐도 될까요?'

'그건 얼굴 보고 이야기해요. 언제 시간 괜찮아요?'

재언의 어머니가 제게 따로 연락할 일이 뭐가 있을까 의아했지만, 궁금함이 앞섰기에 응했다.

'내일 오후 2시쯤 찾아봬도 될까요?'

'내일이…… 토요일이네요. 그래요. 그럼. 내일 봐요.'

그 통화를 끝으로 만난 게 지금의 상황이었다. 약속 시간에 맞춰 도착한 보람 없이 배 여사는 보이지 않았다.

지서는 심심함을 달래려 조용히 집 안을 훑었다. 모든 게 제집과는 비교조차 할 수 없었다. 비교되지 않는 게 어디 집뿐일까. 재언의 고상한 어머니와, 제 언니만 해도 하늘과 땅 차이였다.

"미안해요. 내가 늦었죠?"

불쑥 들리는 배 여사의 목소리에 자리에서 일어난 지서가 허리를 숙여 인사했다.

"안녕하세요."

"그래요. 반가워요. 이렇게 다시 보니 좋네요."

입바른 말이라는 걸 알면서도 지서는 티 내지 않고 생긋 웃었다. 거실 소파의 상석에 앉은 배 여사의 시선이 지서를 향했다.

언뜻 보면 제 자식의 친구를 바라보는 따뜻한 눈길로 여겨졌다. 그러나 여기저기서 눈치를 보며 살아온 지서는 본능적으로 알 수 있었다.

자신의 머리부터 발끝까지 점수가 매겨지고 있다는 걸.

마침내 지서를 쭉 훑은 배 여사가 싱긋 웃으며 말했다.

"들어 보니 중학생 때부터 쭉 공부를 잘했다죠? 고등학교는 수석 입학하고. 단 한 번도 전교 1등을 놓쳐 본 적 없다던데. 정말 대단하네요."

순간, 지서는 흐트러지려는 표정을 빠르게 다잡았다.

"열심히 한 결과가 좋았습니다."

"그래요? 정말 기특하네요. 그러기 쉽지 않은데 말이죠. 바쁠 테니 돌려 말하지 않을게요. 우리 재언이 공부를 봐줬으면 해요."

아아, 이거였나.

지서의 입꼬리가 슬쩍 더 위를 향했다.

"죄송합니다."

지서가 딱 잘라 거절하려 할 때였다.

"친구니까 그냥 해 달라는 말 아니에요. 적당한 보수를 지급할 거예요. 일주일에 2회. 주중에 한 번, 주말에 한 번. 기본급은 100만 원이에요."

무슨 말이 나오든 거절하려고 했던 지서의 입이 다물렸다.

100만 원.

그 말에 순간 머릿속이 하얗게 탈색되었다.

한 달 생활 수급비가 몇십만 원이었다.

100만 원이면 당장 급한 불들을 끌 수 있다.

이를테면 찢어져 솜을 드러내기 시작한 이불을 바꿀 수 있고, 좌식 책상에 앉을 때 쓸 방석도 살 수 있었다. 물론 쓸 건 쓰고, 절반 넘게 저금도 할 수 있을 거다. 대학 갈 때 큰 도움이 되겠다는 생각이 순식간에 들었다. 그런 지서의 갈등을 알았는지 배 여사가 느긋하게 웃으며 말을 이었다.

"성과가 좋으면 성과급도 지급할 거예요. 그렇지만 성과가 별로면 그에 대한 책임도 져야 한다는 말이에요. 일단 한 달만 해 봤으면 하는데, 어때요?"

성과급이라면 100만 원보다 더 벌 수 있다는 말이었다.

안 그래도 아르바이트를 해야 하나 싶었는데…….

이건 생각지 못한 기회였다.

거기다가 주 2회, 한 달이면…… 공부에 크게 방해되지 않을 것 같았다.

어차피 자신이 아는 걸, 다시 알려 주면 되는 거니까…….

"어때요? 생각할 시간이 많이 필요할까요?"

배 여사가 빙긋 웃는 얼굴로 물었다.

지서의 눈이 가늘게 떨렸다.

그러나 기쁨도 잠시, 현실감이 돌아왔다.

다른 사람도 아니고 신재언이었다. 걸핏하면 욕을 하고, 때때로 자신을 노려보는 신재언. 재산부터 외모까지 가진 것들이 넘치게 많아서 다른 사람들의 이목을 자연스럽게 끄는 신재언. 이상하게 불편하고 신경 쓰이는 그 신재언.

자신이 과외를 시작하면 자신이 잘산다는 사실을 의심할 거다. 아마 진짜 신재언은 가짜 부자 행세를 하는 제 신세를 단박에 파악할지 모른다. 학교에 제 소문이 퍼지는 것도 순식간이겠지.

그럼에도 갈등되는 건 고액이라서였다.

"……비밀 유지도 되는 건가요? 학교에는 소문나지 않았으면 해서요."

"그럼요."

배 여사의 선선한 대답에 지서는 입술을 꾹 깨물었다. 배 여사가 자신만만하게 비밀을 지켜 주겠다고 말해도, 신재언이 따르지 않으면 그만이었다.

그렇지만……

"……언제부터 시작하면 될까요?"

그 어떤 것도 100만 원을 이기지 못했다.

* * *

대문을 열고 나가는 지서의 뒷모습을 창 너머로 바라보는 배 여사의 얼굴엔 웃음기가 없었다.

"애가 야무진 걸 넘어서서 뭐랄까……."

배 여사의 눈이 가늘어졌다.

"독하네."

애한테 할 말은 아니지만, 이 말만큼 어울리는 말이 없었다.

'들어 보니 중학생 때부터 쭉 공부를 잘했다죠? 고등학교는 수석 입학하고. 단 한 번도 전교 1등을 놓쳐 본 적 없다던데. 정말 대단하네요.'

이 말을 한 순간, 흔들리는 지서의 표정을 포착했다. 보통 애들이라면 자신을 알아봐 주고, 칭찬해 줬다는 사실에 기뻐할 텐데, 지서는 제 뒷조사를 했다는 걸 알아챘는지 찰나에 불쾌한 표정을 드러냈다가 금세 지웠다.

'하루에 몇 시간씩 과외를 하면 될까요?'

'성과급을 주신다고 하셨는데, 어느 정도로 성적을 올렸을 때를 말씀하시는 걸까요?'

거기다 웬만한 애들이라면 기가 죽어 입도 벙긋 못 할 제 앞에서, 꼼꼼하게 물었다. 거기까진 애가 야무져서 그렇다고 생각할 텐데…….

'아까 지서 학생이 말하긴 했지만, 나 역시도 재언이 과외한다는 사실이 외부로 알려지지 않았으면 해요. 두 사람이 같이 공부하는 사실을 놓고 이런저런 말이 나오는 거, 서로 불편하잖아요.'

배 여사의 말에 지서는 빙긋 웃었다.

'네. 제가 조심하겠습니다.'

'고마워요. 그런데 지서 학생, 참 예쁘네요. 인기 많겠어요. 아, 이런 질문 실례인가.'

떠보듯 던진 말에 지서는 믿음직스러운 미소를 지었다.

'연애에 관심 없어서 모르겠어요. 누가 절 어떻게 보든, 제 관심사는 한국대 수석 입학이라서요. 맡겨 주신 만큼 친구로서 재언이를 최선을 다해 돕겠습니다.'

'친구로서'에 힘을 주어 말했다. 마치 네가 어떤 우려를 하는지 다 안다는 듯한 태도에 하마터면 웃음을 터트릴 뻔했다.

신재언에게 관심 없으니 걱정하지 말라니.

"하하."

다시 생각해도 어이없다는 듯 배 여사의 얼굴에 희미한 웃음이 흘렀다.

어린 게 속에 수십 마리의 능구렁이를 담고 사네.

그래도 뭐, 눈치 없이 구는 것보단 훨씬 낫지.

확실히 뒤탈은 없을 것 같았다.

지서가 사라진 방향을 바라보던 배 여사는 가뿐한 걸음으로 몸을 돌려세웠다.

* * *

[재언아. 주영이 형이야. 전화를 안 받네. 들었는지 모르겠지만 형이 교통사고가 났어. 크게 다쳐서 낫는 데 시간이 두 달 정도 걸린대. 힘들지만 최대한 빨리 치료해서 복귀하도록 할게. 그때

까지 내 자리가 있었으면 좋겠어. 염치없이 이런 부탁 해서 미안해. 만약 내가 복귀 못 하더라도 우리 연인은 끝까지 이어졌으면 좋겠다. 넌 내가 만난 애들 중에 최고였어.]

아침에 눈을 떠 시간을 확인하려고 휴대 전화를 들었다가 메시지를 보았다. 모르는 번호로 온 메시지에 재언의 얼굴이 와락 찌푸려졌다.

"누구야, 이건?"

주영? 난생처음 들은 이름이었다. 거기다가 형?

침대에 걸터앉은 재언이 마른세수를 하며 얼굴을 찌푸렸다. 그러다 문득 얼마 전까지 과외 선생님이라며 찾아왔던 흐릿한 얼굴 하나가 스쳐 지나갔다.

유난히 제 입 안의 혀처럼 굴던, 그러면서 감언이설을 줄줄 내뱉던 그 인간. 문제 하나만 맞혀도 기립박수를 칠 것처럼 요란하게 굴던 인간. 자신과 눈이 마주칠 때마다 비굴하게 웃어 대서 짜증이 나 있던 차였다.

"아니. 이 새끼, 내 번호 언제 훔쳐 간 거야?"

과외에 관한 일정은 모두 어머니의 개인 비서를 통해 잡혔었다. 알려 준 적도 없는 번호를 알고 있다는 건, 자신이 자리를 비운 틈에 번호를 가져갔다는 말이었다.

아니나 다를까, 혹시나 해서 찾아본 통화 내역에 건 적도 없는 전화가 걸렸었다고 찍혀 있었다.

시골구석에 굳이 지킬 프라이버시가 있을까 싶어서 잠금 설정을 해 놓지 않은 게 화근이었다.

재언은 기가 막힌다는 듯 메시지를 들여다보다가 무언가를 발견하곤 얼굴을 와락 찌푸렸다.

"인연이겠지, 어디다가 대고 연인이래."

진지한 문자 가운데 찍혀 있는 오타를 발견한 재언이 휴대 전화를 집어 던졌다. 그러고는 신경질적으로 머리를 쓸어 넘기며 몸을 일으켰다.

한 번도 누군가를 좋아해 본 적도 없고, 사귄 적도 없는 순수하고 깨끗한 제게…… 웬 남자 새끼가 연인이라고 하다니.

실수라는 걸 알아도 기분이 더러웠다.

재언이 치를 떨며 고개를 세차게 가로젓다가 전화번호를 수신 차단했다. 그러고는 찝찝한 기분을 떨치려는 듯 팔을 쭉 뻗어 길게 스트레칭했다.

어쨌거나, 그 안경 쓰고 구부정한 과외 선생님이 다쳤다니 한동안 과외하라고 들볶을 일은 없어 보였다.

"괜찮은 토요일이네."

오늘은 뭐 하고 놀아야 하나.

재언이 콧노래를 흥얼거리며 휴대 전화를 집어 들 때였다.

똑똑.

문을 두드리는 소리에 재언이 네, 하고 대답하자 곧 문이 열렸다.

"이제 일어났니? 시간이 몇 시인데."

"몇 시인데요?"

제 방을 찾아온 배 여사에게 심드렁하게 물으며 시간을 확인했다. 배 여사는 예의 없는 재언을 못마땅하다는 표정으로 흘겨보았다. 평소라면 한 소리 하겠지만, 지금은 심기를 거스르면 안 되는 상황이었다.

"오후 2시야."

"배 안 고픈데요."

당연히 밥 먹으러 오라고 한 거라 생각한 재언이 휴대 전화에 시선을 둔 채 말했다.

"잘됐네."

재언이 뭐가, 라는 표정으로 배 여사를 쳐다보았다. 눈뜨자마자 제게 밥을 못 먹여 안달이 나기 일쑤인 배 여사가 오늘 갑자기 왜 이러나 싶었다.

"옆방으로 가 봐. 새 과외 선생님 오셨어. 세 시간만 공부하고 밥 먹어."

"와씨, 교통사고 났다면서요."

"다른 사람으로 구했어."

능력도 좋으시네, 배 여사님.

삐딱하게 선 재언이 짧게 한숨을 내쉬었다.

"쉴 틈을 안 주시네."

"재언아."

배 여사의 목소리가 낮아졌다.

"아, 갈게요. 가!"

재언이 잔소리할 것 없다는 듯 손을 휘휘 내저었다. 어차피 과외 안 한다고 버텨 봤자 자신만 손해다. 괜히 할아버지 귀에 그 소리가 들어갔다가 바둑 두자는 핑계로 세 시간 내내 무릎 꿇고 혼날 바에야, 대충 편한 의자에 앉아 세 시간 견디고 나오는 게 현명했다.

침실 옆에 자리한 공부방의 문고리를 잡았다.

"재언아."

배 여사의 다급한 목소리를 듣는 것과 동시에 공부방 문이 벌 컥 열렸다. 재언의 심드렁한 시선이 내부를 향했다.

독서실처럼 꾸며진 공부방.

과외를 염두에 둔 널찍한 하나의 책상과 두 개의 의자.

너무 어둡지 않게 탁 트인 창문에서 봄볕이 쏟아지고 있었다.

그곳에 이미 누군가가 앉아 있었다. 작은 체구에 한 갈래로 단 정하게 묶은 머리. 묘하게 익숙한 뒷모습이었다.

……이지서?

머릿속으로 이름이 스쳐 지나가는 것과 동시에, 대답이라도 하 듯 지서가 돌아보았다. 봄볕을 받아 하얀 얼굴이 더 하얗게, 엷 은 갈색 눈동자는 반짝거리는 빛을 머금고 있었다.

재언의 눈이 살짝 커졌다. 보고 있으면서도 믿기지 않았다.

"안녕."

그때, 지서가 인사를 건네왔다.

얘가, 성질 급하기는.

새로 오신 선생님이 누군지 설명하기도 전에 문을 열어젖힌 재언을 슬쩍 흘겨본 배 여사가 입을 열었다.

"새로 오신 선생님이야. 같은 나이라고 함부로 대하지 말고."

지금쯤 장난치냐며 삐딱하게 나올 거라 예상한 것과 달리, 재언에게선 이렇다 할 만한 반응이 없었다. 배 여사가 얼른 달래듯 재언의 등을 두드리며 덧붙였다.

"많이 놀랐어? 같은 반 친구라서? 그럴 수 있지만, 실력 면에서 가장 우수한 분한테 부탁드린 거야. 알지?"

혹시나 하는 마음에 학부모 면담이라는 명목으로 담임 선생님을 만나, 은근슬쩍 돈까지 찔러 주며 물어봤다. 이 근방에 괜찮은 선생님은 없는지, 딱히 없다면 이 학교에서 가장 공부를 잘하는 아이는 누구인지.

담임 선생님은 숨도 쉬지 않고 답했다.

이지서라고.

'애가 아주 똑똑합니다. 우리 학교에서 지서보다 똑똑한 애는 없을 거예요. 아니, 이 학교뿐만 아니라 이 시에서 없을 겁니다.'

실제로 이 근방을 다 뒤져 봐도 이지서보다 똑똑한 애는 없었다.

입학과 동시에 줄곧 전교 1등. 이 작은 시골 학교에서 전교 1등 하는 게 뭐 어렵겠나, 싶겠지만 전국 석차도 한 자릿수였다.

이 정도면 머리가 타고났거나, 공부하는 비법을 깨우쳤거나 둘 중 하나라는 말이었다.

머리가 타고났다면 가르치는 것도 잘할 거고, 공부하는 비법을 깨우쳤다면 더더욱 좋은 일이었기에 배 여사는 기쁜 마음으로 지서에게 연락했고, 지금의 자리가 만들어졌다.

"재언아."

망부석처럼 서 있는 제 아들의 이름을 다시 한번 부를 때였다.

쾅.

방문이 닫혔다. 재언이 닫아 버렸다.

"얘가!"

여태껏 재언의 비위를 맞추던 배 여사가 참지 못하고 소리쳤다.

"같은 나이라고 해도 배울 점이 많으면 선생님이야. 엄마가 고심해서 고른 선생님인데 이럴래?"

배 여사의 다그침에도 이렇다 할 만한 반응이 없던 재언이 확 돌아섰다. 그러고는 곧장 화장실로 들어갔다.

어디로 도망치는 거야, 지금?

배 여사가 황당한 얼굴로 닫힌 화장실 문을 쳐다보았다. 저렇게 둬선 안 되겠다 싶어 가까이 다가가는데, 문이 벌컥 열렸다.

하얀 얼굴을 타고 물방울이 뚝뚝 떨어져 내렸다. 날카로운 눈매 끝에 맺힌 물방울이 뒤늦게 툭 떨어졌다.

수건으로 젖은 얼굴을 닦은 재언이 배 여사를 쳐다보았다.

"일단 정신 좀 차리게. 이게 꿈이 아니란 소리인데……. 왜 이제야 말해?"

"어머, 얘 봐. 말하려고 했는데 문 열어젖힌 게 너잖아."

"좀 일찍 말해 주든지. 아, 머리는 왜 또 이래."

재언이 짜증스럽게 제 머리를 다시 쓸어 넘기며 불만스럽다는 듯 중얼거렸다.

……같은 반 친구한테 자다 일어난 꼴을 보이는 게 부끄러운가. 아니, 그럴 애가 아닌데.

엉망진창인 꼴로 누군가 앞에 서서도 '뭐, 왜.'라며 되물을 정도로 부끄럼 없는 게 제 아들이었다.

배 여사가 어이없다는 눈으로 재언을 쳐다보다 얼른 정신 차리며 말했다.

"늦었어. 들어가서 공부해. 한 번에 세 시간밖에 안 해 주셔. 이렇게 시간 낭비하면 안 돼."

"이런 건 좀 진작 말해."

재언이 눈썹을 위로 치켜올리고 말하더니 성큼성큼 걸어가 제 공부방 문을 확 열어젖혔다. 그러고는 뒤도 돌아보지 않고 제 자리에 가서 앉는 뒷모습을, 배 여사가 황당한 눈으로 쳐다보았다.

그러거나 말거나 의자에 다리를 꼬고 앉은 재언은 팔짱을 낀 채 옆을 보았다.

한 갈래로 단정하게 묶은 머리, 차분하게 가방을 정리하고 있는 모습, 문제집을 펼치는 가느다랗고 긴 손가락.

이런 것들을 천천히 훑던 재언은 조금씩 현실이 파악되었다.

그러니까 이지서에게, 무려 동갑에 같은 반이기까지 한 이지서에게, 과외를 받게 생겼단 말이었다.

"하."

뒤늦게 기가 찬 듯 헛웃음이 흘러나왔다.

아무리 그래도 같은 반 친구끼리 과외라는 게 말이 되나.

선생님이 아무리 없어도 그렇지. 인터넷 강의라도 시키든가.

그러다 인터넷 강의를 켜 놓고 게임했다가 걸렸던 기억이 난 재언이 얼굴을 찌푸렸다.

어쨌거나 이 상황도 어처구니없는데, 가장 어이없는 건 이 모든 상황을 알고 있었으면서 어제까지 시치미 뚝 떼고 있었던 이 지서였다.

시치미만 뗐을까.

학교에서 제 쪽은 쳐다보지도 않았다. 사람 취급 안 해 놓고, 버젓이 제 집에 와서 천연덕스럽게 '안녕.'이라고 말한 게 기가 막혔다.

"너, 날 가르치는 거라는 거 알고 있었어?"

재언이 불편한 표정을 노골적으로 드러내며 물었다.

"응."

"하, 언제부터?"

"며칠 됐어."

"하."

무려 며칠이나 됐어?

시간이 흐를수록 당혹스러움은 사라지고 기분이 점점 가라앉았다.

"근데 왜 학교에서 말 안 했어?"

재언이 발끝을 까딱거리며 고개를 비스듬히 기울였다. 그러고는 치뜬 눈으로 어떤 대답을 하나 보자는 듯 지서를 빤히 응시했다.

"나야말로 네가 과외하는 거 알면서 모르는 척하는 줄 알았어."

그러자 지서가 지지 않고 재언의 눈을 똑바로 응시하며 대답했다.

"내가 왜?"

"동급생을 가르치는 내 입장에선 부끄러울 거 없는데, 넌 다르잖아."

"……."

지서의 그럴싸한 대답에 순간 말문이 막혔다.

그래, 그렇네.

언제 어디서 누가 보고 있을지 모를 학교에서 '내가 네 과외 선생님인 거 알지?' 하고 구태여 알은척할 필요 없었단 말이었다. 누가 듣고 소문이라도 내면 부끄러운 건 제 쪽이니까.

"그러니까 날 배려한 거다?"

"그런 셈이지."

그런 거면 그런 거지, 그런 셈은 대체 뭐야.

그러나 속으로 툴툴대는 것과 달리 재언의 마음이 누그러졌다. 소문을 내 주지 않아 감사한 쪽은 오히려 이쪽이다. 하지만 그렇다고 이 상황이 납득되는 건 아니었다.

"나 너한테 배울 생각 없는데."

재언이 삐딱하게 지서를 노려보았다.

안 그래도 공부에 뜻이 없는데, 선생이 너무 좋지 않았다. 배우고 싶은 열의가 싹 없어졌다.

평소에 친했으면 몰라. 학교에서 벽 취급 해 놓고 이제 와 안녕, 이라고 인사하는 꼴이 너무 기가 막혔다. 더군다나 같은 반 친구에게 공부를 배운다는 게 조금 자존심 상하기도 했다.

재언은 심드렁한 얼굴로 지서를 빤히 보았다.

아무리 지서가 학생이라고 해도, 배 여사 성격상 급여를 적게 주진 않았을 거다.

아침에 받은 주영이인가, 부엉이인가 하는 사람한테 온 문자만 해도 구구절절하지 않은가. 늘 제 곁의 사람들은 그렇게 구구절절하다 못해 구질구질했다.

이 집안이, 이 집안이 이끌고 있는 SR 그룹의 힘이 그랬다.

재언이 슬쩍 고개를 치켜들었다. 그러자 아나나 다를까 지서의 미간이 슬쩍 좁아졌다.

난처하겠지. 돈은 미리 받았을 테니까.

돈이라는 게 그랬다. 받은 돈을 다시 돌려주는 것뿐인데도, 내 돈을 뺏기는 것처럼 기분이 상하는 법이었다.

지서의 작은 입술이 꾹 다물렸다. 동시에 눈이 가느스름해졌다. 그 모습을 보고 있으니 날 선 마음이 조금 누그러졌다.

좀 적당히 해 줄까?

"정 그러면……."

재언이 선처를 베풀듯 입술을 달싹였다.

매일 학교에서 알은척하고, 학교에서도 상냥하게 대해 주면, 이 과외를 고려해 보겠다는 말을 하려고 할 때였다.

"어쩔 수 없지."

마음의 결정을 내린 듯 담백하게 대답한 지서가 몸을 사뿐히 일으켰다. 그러고는 책상 위에 가지런히 정리해 둔 책들을 차곡 차곡 챙기기 시작했다.

"……뭐 해, 지금?"

재언이 다리를 풀며 멍하게 물었다.

"못 하겠다며."

"그래서 가겠다고?"

"응. 안 하겠다는 사람 공부시킬 재주는 없거든."

"……."

"공부는 기본적으로 열심히 하겠다는 마음가짐이 있어야 하는데 넌……. 하여튼 나도 성과 없는 일에 매달리고 싶지 않아. 시간 아깝기도 하고."

"아니, 잠깐만."

재언이 지서의 손에 들린 문제집을 다급하게 빼앗았다. 그러다 되레 당황한 듯 제 손에 들린 문제집과 지서를 번갈아 보았다.

빼앗고서야 자신도 알아챘을 만큼, 몸이 먼저 움직였다.

씨발, 내가 무슨 짓을…….

상황을 파악하기 무섭게, 지서와 눈이 마주쳤다.

"돌려줄래?"

지서는 하얀 손을 뻗어 문제집을 달라고 채근했다.

재언은 눈을 꾹 감았다.

"하."

저절로 한숨이 터져 나왔다.

얘는 뭐가 이렇게 쉽지 않아?

"받은 돈 뱉어 내게?"

다시 눈을 번쩍 뜬 재언이 물었다. 물으면서도 스스로가 구질구질하게 느껴졌지만, 멈출 수가 없었다. 문제집 줘 버리면 이지서는 뒤도 안 돌아보고 훌쩍 떠날 테니까.

"그래야지."

"돈 아까울 건데."

"뭐, 어쩔 수 없이 다른 과외 구해 봐야지."

지서의 대답에 재언의 눈매가 날카롭게 뻗었다.

"다른, 과외를, 구한다고?"

"응."

"……."

재언이 혀로 입술을 축이며 제 방을 쭉 훑어보았다.

만에 하나 재수 없이 우태 같은 새끼 과외를 맡게 된다면…….

이런 좁은 곳에 나란히 우태 같은 새끼랑 앉아 있으면…….

또 공부밖에 모르는 담백하고 순진하고 무심한 이지서는 옆에서 기발한 짓을 하든 말든 모를 테고…….

"하, 씨발."

상상만으로도 속이 들끓으면서 욕지거리가 툭 튀어나온다.

손으로 얼굴을 거칠게 쓸어내린 재언은 불량하게 찢어진 눈매로 지서를 노려보았다.

"나랑 해."

"뭘?"

지서가 아무것도 모른다는 의뭉스러운 얼굴로 물었다.

"날 가르치라고."

"……."

"날 앉혀서, 쥐여 주고, 풀어 주고, 다 하라고."

갑자기 발작적으로 소리 지르는 재언의 말에 지서는 눈을 깜빡였다.

"널 의자에 앉혀서, 펜을 쥐여 주고, 문제를 풀어 주라는 말, 맞지?"

"어."

뒤늦게 제 말에 많은 것들이 축약되어 있었음을 안 재언이 잠깐 눈을 감았다가 떴다.

앉혀서, 쥐여 주고, 풀어……. 내가 지금 뭐라고 한 거야.

재언이 속으로 스스로에게 욕을 할 때였다.

"미안."

"……뭐?"

거절당할 거라고 추호도 생각지 못했던 재언이 저도 모르게 큰 소리로 되물었다.

"미안한데 난 열심히 하는 애만 가르치고 싶어."

지서가 재언의 손에 쥐어진 문제집을 가져갔다. 재언은 제 빈 손만 망연히 바라보았다.

그사이 지서가 문제집과 필통을 챙겨 넣은 백팩을 멨다.

"안녕."

처음 만났을 때와 같이 담백한 인사를 남긴 지서가 돌아섰다. 조금의 머뭇거림도 없이 방문을 열고 나간 지서의 모습이 문틈으로 사라져 갔다.

방문이 완전히 닫히기 직전, 누군가의 힘에 의해 강제로 활짝 열렸다. 지서의 시선이 문틈을 벌리고 있는 재언의 손에 닿았다가, 코앞에 서 있는 그의 얼굴로 옮겨 갔다.

　"문 닫지 말까?"

　천연덕스럽게 묻는 지서 때문에 재언의 매끈한 미간이 빗금이 갔다.

　"하, 넌 진짜."

　"왜?"

　"아냐. 다시 들어와. 할 말 있어."

　재언의 말에 지서는 고개를 가로저었다.

　"싫어. 문은 안 닫을게. 네가 닫아."

　"공부한다고! 할 테니까!"

　결국 재언이 버럭 소리치다 호흡을 골랐다.

　"……좀 들어오라고."

　뒤이어진 재언의 누그러진 목소리에 그제야 지서의 행동이 뚝 멈췄다. 그러나 멈췄을 뿐, 다시 방으로 들어오진 않았다. 할 말이 그것뿐이냐는 듯 쳐다보는 말간 눈에 재언은 고개를 떨구며 눈을 꽉 감았다.

　"……제대로 공부할게. 들어와."

　또 한 번 이어진 재언의 말에 지서가 희미하게 웃었다.

　"그래. 마음 바꿔 줘서 고마워."

　지서의 살가운 말에 재언은 자신도 모르게 시선을 피했다.

　씨발, 내가 다른 사람에게 구질구질하게 같은 말을 몇 번이나 하면서 매달리다니.

기가 막혀 손으로 눈가를 가릴 때였다.

그 순간, 코끝으로 익숙한 향기가 스쳐 지나갔다. 한 번씩 교실에서 바람이 불면 실려 오는 향이었다.

눈을 뜨니 자신을 스쳐 지나가는 지서의 모습이 보였다. 자신을 보며 가볍게 웃는 지서의 표정이 눈에 박히듯 들어왔다.

뒤늦게 문을 꽉 거머쥔 재언의 손끝이 희게 변했다.

* * *

이게 잘한 짓이 맞을까.

재언은 제 행동을 또 한 번 되돌아보며 옆자리에 앉아 있는 지서를 보았다. 가깝지도, 그리 멀지도 않은 자리에 앉은 지서는 선생님이 되자마자 가장 먼저 문제지를 건넸다.

'네 실력이 어느 정도인지 확인해 봐야 해서. 이것 좀 풀어 봐.'

주어진 수학 문제는 30문항이었다.

지금 내가 황금 같은 주말에, 수학 문제 따위를 풀고 있는 게 맞는가, 하는 생각이 연신 들었다. 옆을 보니 지서는 그 틈에 아주 복잡한 수리 문제들을 막힘 없이 풀고 있었다.

그에 비해 재언은 한 문제마다 고비였다.

가장 큰 고비는 자신이 겨우 푼 문제들을 지서에게 건네주었을 때였다. 지서는 답안지를 보지 않고, 머릿속에 이미 답이 있는 사람처럼 채점하기 시작했다.

문제는 동그라미와 빗금의 개수였다.

눈보라가 내릴 거라 예상한 문제집 위에 소나기가 내리고 있었다. 빗금 표시가 늘어날 때마다 재언의 얼굴이 서서히 굳었다.

그래도 절반은 맞을 줄 알았는데, 아주 개판 났다.

소나기가 아니라, 장마였다.

"중간에 그건 뭐야?"

얼굴을 찌푸린 재언이 동그라미도 아니고, 빗금도 아닌 세모 표시를 가리켰다.

"답은 맞았는데, 문제 풀이가 틀렸어."

"……."

……문제 풀이도 보고 있었어?

만감이 교차했다. 이 와중에 차분한 지서의 태도에서 괴리감이 느껴졌다.

얘는 뭔데 이렇게 늘 차분하지?

책상에 턱을 괴고서 고개를 삐딱하게 기울인 재언이 지서를 노려보듯 쳐다보았다.

허리를 꼿꼿하게 세운 채, 펜을 가지런히 쥔 지서의 눈동자가 위에서 아래로, 좌에서 우로 움직였다. 옅은 갈색 눈동자가 움직일 때마다, 재언의 시선도 홀린 듯 따라 움직였다.

지서의 시선이 자신이 앉아 있는 좌측으로 올 때면, 재언은 저도 모르게 긴장했다. 그러나 제게 채 닿지 않고 문제집 끄트머리에 닿았다가 멀어지는 눈동자를 볼 때마다 기분이 이상했다.

낚아채서 자신을 보게 만들어 볼까.

그럼 어떤 얼굴로 변할까.

적어도 저 무표정한 얼굴만큼은 사라지겠지.

저도 모르게 삐딱한 마음이 들 때였다. 고개를 돌린 지서와 가깝게 얼굴을 마주했다. 연갈색 눈동자와 시선이 얽혔다. 순간, 명치가 살짝 뻐근해졌다. 동시에 뻐근한 곳에서 간질거리는 이상한 기분이 번질 무렵이었다.

"30문제 중에 20문제 틀렸어."

"……."

재언이 얼굴을 찌푸렸다.

이 와중에, 날 보고 할 말이 저것뿐이야?

다른 여자애들처럼 얼굴을 붉히거나, 멋쩍게 장난을 치거나 그런 걸 바라진 않았다. 다른 사람도 아니고 이지서에게 그런 걸 바랄 리가. 그렇지만 적어도 길의 돌멩이 보듯 하진 말았어야지.

"10문제는 맞혔는데……. 문제 풀이 없는 게 몇 개 있던데. 푼 거 맞지?"

"……."

재언이 반박하려 문제를 보다가 움찔했다. 실제로 몇 개 찍었는데, 맞았다.

스스로도 당황스러운데, 지서는 인상을 쓰거나, 실망감도 느끼지 않았다. 마치 이럴 줄 알았다는 듯이.

"너, 내가 이렇게 많이 틀릴 줄 알았어?"

재언이 설마, 하는 표정으로 물었다.

내가 그렇게 하찮고, 멍청해 보일 리가 없는데…….

"대충은."

그러나 이어진 지서의 대답에 재언의 입술이 자그맣게 벌어졌다.

"아니, 왜? 대체 내가 너한테 어떤 이미지길래?"

그 정도로 공부에 전혀 관심 없는 이미지인가.

재언이 진지하게 고민할 때였다.

"글쎄. 고민해 본 적 없는데."

"……."

고민의 대상조차 안 됐대.

재언이 또 한 번 얼빠진 얼굴로 지서를 보았다.

"근데 왜 내가 이렇게 많이 틀릴 줄 알았다는 건데?"

재언이 삐딱하게 물었다.

"동갑인 나한테 과외받으려면 심각한 상태가 아닐까 싶어서. 그냥 추측한 거야."

"……."

"지금 못하는 건 상관없어. 앞으로 잘하면 되는 거니까. 그래도 공부 안 한 것치고 10개나 맞았잖아. 잘했어."

"……그거 칭찬이야, 욕이야?"

재언의 눈썹이 사납게 치켜 올라갔다.

"당연히 칭찬이지. 문제 풀이할 테니까 여기 봐 봐."

지서가 연필 끝으로 문제지 2번을 톡톡 가리켰다.

일단 칭찬이라고 하니 더는 할 말이 없어진 재언이 마지못해 문제로 시선을 돌렸다.

* * *

"다음 주에 봐."

백팩을 멘 지서가 사뿐한 걸음으로 방을 벗어났다. 홀로 공부방에 덩그러니 남겨진 재언은 믿기 힘들다는 눈으로 시계를 확인했다.

정말 세 시간이 흘러가 있었다.

과외 시간은 3분도 견디기 힘들었는데, 세 시간을 버티다니.

뒤늦게 몸을 일으킨 재언이 창가에 섰다. 얼마 뒤, 현관문을 열고 나오는 지서의 뒷모습이 보였다. 정원을 가로지르는 돌다리를 건너간 지서가 대문을 열고 나갈 때까지, 그는 꼼짝도 하지 않았다.

"재언아, 오늘 어땠어?"

이미 활짝 열려 있는 공부방으로 들어온 배 여사가 창가에 기대서 있는 재언을 보았다.

"소리 들어 보니 잘하는 것 같던데."

첫날이다 보니 배 여사는 그러면 안 된다는 걸 알면서도 계단 중간에서 그들의 이야기를 엿들었다.

친구끼리 만났으니 잡담을 하는 건 아닐까, 혹시나 지서가 무심한 척하면서 제 아들에게 수작을 거는 건 아닐까, 아니면 제 아들이 다른 선생님들을 그랬듯 지서를 구워삶아서 대충 시간을 때우는 건 아닐까.

수많은 우려에도 불구하고 재언과 지서는 초반을 제외하곤 공부 이야기만 나누었다. 평소라면 지긋지긋하고, 힘들고, 피곤하다며 일찌감치 이탈하고도 남았을 시간인데, 오늘은 웬일인지 순순히 앉아 있었다.

"오늘 어땠냐니까."

다만 뭐 때문에 충격을 받은 건지, 재언은 아무리 물어도 입을 딱 다물고 있었다.

멍하게 창문 너머 하늘을 바라보던 재언이 다시 의자에 앉아 틀린 문제를 빤히 쳐다보았다. 정확히 틀린 문제 아래 적힌 문제 풀이와, 그에 쓰인 수학 공식까지.

'이 정도면 그래도 고1 실력은 되잖아. 천천히 레벨 업하면 되지.'

삐딱하게 앉아 건넨 제 말에 지서의 표정이 처음으로 달라졌었다. 꽤 놀랐다는 얼굴로 자신을 빤히 보던 지서가 입을 열었다.

'아니. 중3 정도 실력인데. 그것도 이제 막 공부 시작한 중3.'

이지서를 놀라게 한 게 제 얼굴도, 제 피지컬도, 제 집안도 아닌 거지 같은 수학 실력이라는 사실에 말문이 막혔다.

아니, 씨발. 나한테 놀랄 게 그런 것밖에 없어?

자존심이 상해도 너무 상했다.

"다음 주에 고1 된다."

일주일에 한 학년씩 올려 주지.

홀로 중얼거린 재언이 펜을 들었다.

묵묵히 공부를 시작하는 재언의 뒷모습을 바라보던 배 여사가 입을 틀어막았다.

신재언을 낳고 처음 보았다.

아무도 시키지 않았는데 스스로 공부하는 재언의 모습은.

* * *

툭.

무거운 가방이 낡은 바닥에 떨어졌다. 문제집, 필통 등이 잔뜩 들어 있어서 가방이 제법 무거웠다. 간단히 가방 정리를 마친 지서는 좌식 책상에 앉아 문제집을 펼쳤다. 그러면서 뻑뻑한 눈을 감았다 뜨길 반복했다.

긴장이 풀어지니 잠이 몰려왔다.

도저히 안 되겠다 싶어 몸을 일으킨 지서는 화장실에 들어가 찬물에 세수를 하고, 금이 간 거울에 비친 제 얼굴을 보았다. 거울 속, 자신이 들고 있는 푸른 수건에 커다란 구멍이 나 있었다.

몇 년 전, 찜질방에서 개업 선물로 나눠 줄 때 줄 서서 받아 온 거였다. 수건을 다시 수건걸이에 걸어 둔 지서는 얼마 남지 않은 로션을 손톱만큼 짜내 얼굴에 얇게 펴 발랐다.

그러다 문득, 재언이 떠올랐다.

'나 너한테 배울 생각 없는데.'

정확히는 그 아이가 했던 말이.

배울 생각이 없다, 라······.

순간, 수많은 생각이 스쳐 지나갔다.

어릴 때 그녀는 배우고 싶은 것들이 참 많았다. 친구들이 피아노 가방을 어깨에 메고 다니는 걸 보면 부러웠고, 엄마가 여기저기 학원을 자꾸 보낸다며 볼멘소리하는 것조차 부러웠다. 그중 가장 부러운 건 영어와 수학 학원을 다니는 친구들이었다.

영어를 잘하면 외국에 나갈 수 있겠지…….

수학을 잘하면 장학금이라는 걸 받을 수 있지 않을까…….

사실 여부와 상관없이, 막연히 그런 것들을 부러워했다.

그러나 부모님이 버리고 도망쳐 겨우 고아원에서 숙식을 제공받는 그녀에게 학원 수강은 바랄 수 없는 일이었다.

독립한 효경과 단둘이 살게 되었을 때도 마찬가지였다. 조금 받는 생활 수급비로는 생활을 연명하기도 힘들었다. 10만 원이 훌쩍 넘는 학원 같은 건 꿈도 꿀 수 없었다.

그러면 안 된다는 걸 알면서도, 인터넷 강의 수강도 몇 명 모여 1/N 결제하는 걸로 겨우 들을 수 있었다.

그런데 눈앞의 신재언이 말하고 있었다.

배울 생각이 없다고. 호화로운 집에, 세상 모든 재앙을 막아 주는 부모님 그늘 아래에서, 원하는 것들을 모조리 누리고 살고 있으니까 간절함이 없는 거겠지.

세상은 참 불공평했다.

지서는 보일 듯 보이지 않게 입술을 비틀며 옅게 웃었다.

어쨌거나 재언이 배우지 않겠다고 선언한 건 제게 비통한 일이었다.

신재언이 과외를 안 하겠다고 나섰으니, 100만 원이 사라질 수 있는 상황이었으니까. 그러나 지서는 그 상황이 불편하지만, 불안하진 않았다.

긴 다리를 꼬고 앉아 자신을 빤히 쳐다보는 신재언의 앉은 자세는 몹시 불량하며 못마땅했다. 그럼에도 자신을 쳐다보는 불량한 얼굴에는 희미한 즐거움이 맴돌고 있었다.

평생을 눈치 보며 다른 사람들의 감정을 신경 쓰면서 살아왔기에 지서는 신재언의 마음은 얼마 전부터 눈치채고 있었다.

싫은 건 쳐다도 안 보는 신재언이, 매번 자신을 힐긋댈 때부터.

아니, 시력이 안 좋다는 돼먹지 않은 핑계로 제 옆자리에 앉을 때부터.

제게 조금 관심이 있다는 걸.

다른 반 아이들 이름은 기억 못 해도 제 이름은 단 한 번도 틀린 적 없었으니까.

그러면서도 신재언은 자신이 감정적 을이 되었다는 사실이 못내 불쾌하고 짜증 나서 툴툴대고 있다는 것도 알고 있었다.

그러다 제 집에 굴러들어 온 자신과 마주했으니 얼마나 반갑고, 만만했을까.

'나 너한테 배울 생각 없는데.'

그러니 그건 일종의 오만한 화풀이였다.

자신을 어르고 달래서 기분을 풀어 달라는 철없는 애새끼 같은 화풀이.

그래서 군말하지 않고 자리에서 일어났다.

'응. 안 하겠다는 사람 공부시킬 재주는 없거든.'

반은 협박이고, 반은 진심이었다.

아니나 다를까,

'날 가르치라고. 날 앉혀서, 쥐여 주고, 풀어 주고, 다 하라고.'

갑자기 폭주하듯 신재언이 말을 쏟아 냈다.

그 말을 듣는 순간 생각했다.

……얘는 언어 능력도 부족하구나. 언어도 가르쳐야 하는데, 막막하다.

어쨌거나, 결국은 신재언에게 '……제대로 공부할게. 들어와.' 라는 말을 들었다. 태도가 불량하고, 성격이 사납지만, 제 말을 번복할 만한 성격으론 보이지 않았기에 일단 믿기로 했다.

물론, 신재언의 실력이 믿음직스럽진 않지만.

지서는 마른 수건으로 얼굴을 또 한 번 닦았다. 마치 머릿속에 들러붙은 신재언의 생각을 떼어 내려는 듯.

한참 만에 방으로 들어간 지서는 좌식 책상에 앉아 문제집들을 꺼냈다. 해야 할 공부가 산더미였다.

머릿속에서 자연스레 신재언이 사라졌다.

* * *

이른 아침, 교실 창문으로 봄 햇살이 치고 들어왔다. 푸른 하늘 아래 벚꽃들이 하나둘씩 꽃망울을 터트리는 기분 좋은 날씨였다.

"오늘 날씨 존나 좋지 않냐?"

재언은 귓가에 들리는 상스러운 소리에 얼굴을 찌푸렸다. 광우인가 광태인가 뭔가 하는 놈을 물리친 지 얼마 되지 않아, 또 다른 반에서 논다는 몇몇이 재언에게 친한 척 굴었다. 그렇게 몇 번 더 물리쳤더니 한동안은 잠잠했다.

그런데 오늘 또 첨 본 새끼가 친한 척 굴었다. 그것도 제 자리까지 찾아와 지서를 가리며 흉한 얼굴을 들이댔다.

이 새끼들은 좀비인가. 왜 자꾸 나타나?

"오늘 PC방 갈래?"

갑자기 시야의 절반이 가려지자 재언이 얼굴을 와락 찌푸리며 고영을 밀쳤다.

"야. 너, 씨……. 후."

습관적으로 욕을 하려다가 옆자리에 앉아 있는 지서를 보고 꾹 참았다.

"야. 너, 우리 반 맞아?"

재언이 눈만 움직여 고영을 옆으로 쳐다보며 물었다.

"야, 넌 내가 어느 반인지도 모르냐? 저쪽에 앉아 있잖아."

하, 네가 우리 반인지 한 학년 아래인지 알 게 뭐야.

재언은 삐딱하게 앉아 고영을 노려보았다. 친한 척하지 말라는 말이 치밀어 올랐지만, 그 말을 하는 것조차 귀찮았다. 이런 새끼랑 1분, 1초 말을 더 섞는 것조차 시간 낭비였다.

"야, 네 자리로 가라. 피곤하니까."

재언이 큰 손을 휘휘 내저었다.

"야, 그러지 말고."

"씨발, 좀 가라고."

기어코 욕을 뱉은 재언이 눈을 치떴다.

그 반응에 고영이 멈칫했다. 키도 크고 어깨도 넓은 재언이 눈까지 치켜뜨자 험악한 기운이 흘러나왔다. 한 대 치면 많이 아프겠다는 생각이 들자마자 저절로 몸이 뒤로 물러났다.

"그, 그럼 나중에 이야기하자."

"나중에도 오지 마. 귀찮으니까."

재언이 손을 휙 내젓자, 고영이 울상이 되어 멀어졌다.

"후우."

어디에 있든 제게 말을 붙이지 못해 안달 난 새끼들이 판을 쳤다.

부모님을 따라간 모임에서도, 난다 긴다 하는 정·재계 자녀들이 다 모인다는 학교에서도 그랬다. 시골 학교는 애들이 순수해서 괜찮겠지, 했는데 눈치 없이 더 질척거렸다. 거절해도 거절당한 줄도 모르고.

그래, 이렇게나 다들 나와 친하게 지내려고 전전긍긍인데 너는 대체 왜…….

생각이 끝나기가 무섭게 재언의 시선이 제 옆자리로 향했다.

하얀 교복을 입은 지서가 꼿꼿한 자세로 펜을 쥐고서 공부하고 있었다. 마치 학생 잡지의 표지 같았다. 그런 지서를 재언은 물끄러미 쳐다보았다.

아침부터 일찍 눈이 떠져 기분 좋게 등교했다. 그리고 지서를 발견했을 때만 해도 기분이 좋았다.

　이제 집에서 단둘이 몇 시간씩 나란히 앉아 있는 사이가 되었으니, 학교에서 친한 척은 아니더라도 인사 정도는 하겠지. 몇 마디 대화도 할 테고. 뭐, 그러다가 보면 장난도 치게 되는 거고, 친해지는 거지.

　그런데 눈이 마주치자마자 지서는 아무 감흥 없는 얼굴로 시선을 내렸다. 그러고는 벌써 30분째 줄곧 교과서만 보고 있었다.

　"이지서."

　결국 짜증이 치민 재언이 지서의 책상을 툭툭 두드렸다.

　"왜?"

　대꾸하면서도 시선이 문제집에 가 있었다.

　"옆자리에 사람이 왔으면 인사를 해야지. 인사를. 동방예의지국에서 이러면 곤란하지. 넌 내가 그 문제집에 있나?"

　"넌?"

　"뭐?"

　느닷없는 물음에 재언이 쳐다보았다.

　"넌 나한테 인사했어?"

　"……."

　……아니. 안 했네.

　생각해 보니 자신도 지서를 쳐다보기만 하고 있었다. 머쓱하고 당황스러워진 재언은 다시 지서를 응시했다.

　너도 안 해 놓고 왜 나한테 난리야, 라고 따질 줄 알았는데 지서는 아무 말 하지 않았다. 마치 그런 말을 하는 데 에너지를 쓰고 싶지 않아, 라고 하는 것 같아 기분이 와락 상했다.

이건 방금 고영인지 고양이인지 하는 놈을 대하던 제 태도와 별반 다를 게 없었다.

재언이 손으로 머리카락을 쓸어 넘기며 눈을 치떴다.

그깟 인사 먼저 하면 되지!

"안녕."

그러고는 똑똑히 들으라는 듯, 인사를 건넸다.

"응. 안녕."

무미건조하게 인사를 한 지서는 문제집 뒷장을 넘겼다. 그리고 그게 끝이었다. 기운이 쭉 빠졌다.

인사하랬더니 진짜 인사만 하네.

그것도 잠시, 슬슬 오기가 생겼다.

그래. 그깟 대화 내가 먼저 시작하면 되지! 인사도 내가 먼저 했는데, 대화쯤이야!

"과외 오늘……."

과외 오늘로 바뀐 거 알고 있냐고 물으려 할 때였다.

"재언아."

지서가 말을 뚝 잘랐다. 느닷없이 지서의 입에서 제 이름이 나오자 재언의 입이 딱 다물렸다.

"그런 이야기는 다음에 하면 안 될까?"

이어진 지서의 반응은 몹시 차가웠다.

"뭐? 왜?"

"그런 이야기 나누다가 다른 사람들이 들으면 네가 곤란하잖아."

"너도 곤란해지지."

재언의 까만 눈과, 지서의 옅은 눈이 허공에서 마주쳤다.

"맞아. 곤란해."

"……."

"그러니까 하는 말이야. 한번 생각해 봐. 굳이 우리 둘 다 곤란해질 필요 있을까?"

지서의 물음에 재언은 순간 할 말이 없어졌다.

지서의 말처럼 굳이 사서 곤란해질 필요는 없으니까.

"이해해 줘서 고마워."

지서는 재언의 침묵을 동의라고 생각했는지, 옅게 웃어 보인 후 문제집으로 시선을 돌렸다.

그리고 대화는 그게 끝이었다.

……씨발, 웃으면서 고맙다는데 시비 걸 수도 없고.

맞는데, 속이 답답하다. 당장에라도 터질 것처럼.

대체 이 기분은 뭔지…….

"후우."

한숨을 내쉰 재언이 책상에 엎드려 누웠다.

* * *

그 후로, 하루 종일 이지서와 한 마디도 나누지 않았다. 할 말도 없는 데다, 이지서는 하루 종일 공부하느라 바빠 보였다. 그러다 보니 어느새 하교 시간이 되었다.

대충 가방을 둘러멘 채 건물을 나서던 재언은 고개를 젖혀 하늘을 보았다. 오늘 비 예보가 있었다며 엄마가 꾸역꾸역 손에 우산을 쥐여 준 보람 없이 비는 내리지 않았다.

귀찮게.

재언이 운동장을 걸어가다가 멈칫했다.

고만고만한 키들, 똑같은 교복들, 비슷비슷한 가방들 사이로 누군가의 뒤통수가 눈에 꽂히듯 들어왔다.

단정하게 묶은 한 갈래 머리칼, 대체 뭐로 머리를 감는지 반질반질한 머릿결, 살짝 헐렁한 교복, 흐트러짐 없는 걸음걸이.

고개를 삐딱하게 든 재언은 조금 빠른 속도로 걸었다. 그리고 마침내 지서의 옆자리에 나란히 섰다.

지서의 키가 제 어깨까지밖에 오지 않았다.

제 턱까지는 올 줄 알았는데…….

작고, 귀엽네.

재언의 입꼬리가 슬쩍 위를 향했다. 그러고는 아침에 그랬던 것처럼 먼저 인사하려 입술을 달싹일 때였다.

"안녕."

인기척을 느꼈는지 고개 돌린 지서가 인사를 건네왔다.

말문이 막힌 재언이 놀란 얼굴로 지서를 내려다보았다.

쟤가 먼저 인사를 하다니…….

"……어, 안녕."

한참 만에 재언의 입에서 대답이 흘러나왔다. 당황함을 숨기려는 노력이 무색하게도, 부자연스러웠다.

"나중에 봐."

상냥하게 인사를 건넨 지서가 속도를 높여 걸어갔다. 잡을 틈 없이 멀어지는 지서의 뒷모습을 쳐다보던 재언은 뺨을 쓸어 내렸다.

갑자기 왜 저렇게 친절하고, 다정하지?

이제 드디어 가까워졌다고 생각하는 건가.

와, 드디어 이제야?

재언이 픽 웃었다. 그러다 손으로 눈가를 가리며 입술을 깨물었다.

"안녕."

그사이, 옆에서 누군가 불쑥 인사를 건넸다. 재언이 반사적으로 옆을 돌아보았다. 이름은 모르겠지만 눈에 익은 여자애가 서 있었다. 짧은 단발에 키가 컸다.

같은 반인가 보지.

재언은 대충 그렇게 생각하며 인사했다.

"어. 안녕."

"저기, 재언아."

여자애가 뒤이어 말하려는 찰나, 재언은 홱 돌아서서 운동장을 가로질러 걸어갔다. 질척한 흙이 운동화에 묻어도 개의치 않았다.

* * *

"아, 더워."

귀가한 재언은 곧바로 교복을 벗으며 욕실로 들어갔다.

간단히 샤워를 마친 후, 평소처럼 거울 앞에 선 재언이 드라이기로 다 말린 머리를 살짝 위로 띄워 봤다가, 다시 슬쩍 아래로 내렸다.

이리저리 살펴봤지만 썩 마음에 드는 게 없다.

결국 평소대로 머리를 흐트러트린 후, 습관적으로 티셔츠와 트레이닝 바지를 들었다가 얼굴을 구겼다.

"공부는 태도와 마음가짐이라는데 이렇게 입으면 안 되지."

면바지와 깔끔하게 말 로고가 들어간 티셔츠를 입고서 거울 앞에서 꼼꼼하게 살펴볼 때였다.

"지서 양 왔어요."

방문 너머에서 김 씨 아주머니의 목소리가 들렸다. 김 씨 아주머니는 오랜 시간 엄마를 도와 부엌살림을 이끌고 있는 일등 공신이었다.

이 목소리가 들린다는 건, 집에 엄마가 없단 말이었다. 별채에 있거나, 아니면 안방에서 아빠와 통화하고 있다거나.

"나가요."

방문을 활짝 열어젖힌 재언이 옆방으로 건너갔다. 책상 두 개 덜렁 있는 탁 트인 독서실 같은 룸에 지서가 미리 와서 앉아 있었다. 학교 마치고 곧바로 여기로 왔는지 교복 차림이었다.

"안녕."

하교할 때도 그러더니 이번에도 지서가 먼저 인사했다.

그만큼 자신이 편해졌다는 거겠지.

"어. 안녕."

재언의 입꼬리가 슬쩍 위를 향했다.

"앉아."

지서의 말에 재언은 그제야 자신이 계속 서 있었다는 걸 알았다.

자리에 앉은 재언이 옆에 앉은 지서를 흘깃 쳐다보았다. 학교에서부터 느낀 거지만, 지서에게선 늘 좋은 냄새가 났다.

얘는 걸어 다니는데 땀도 안 나?

"복습하라는 건 했어?"

지서가 불쑥 묻는 말에, 재언이 얼굴을 찌푸렸다.

"하긴 했어. 근데, 나 뭐 하나만 물어보자."

"뭘?"

지서가 흘깃 재언을 바라보았다.

"너, 차 타고 왔어?"

재언이 펜을 쥐며 대수롭지 않게 물었다.

"……그건 왜?"

"그냥 뭐, 학교부터 여기까지 머니까."

너한테 땀 냄새가 안 나서, 라고 말하려니 이상해서 재언은 어물거리듯 말했다.

"아니. 걸어 다녀."

"뭐?"

매끈한 미간이 접히도록 얼굴을 구기는 재언을 보며 지서는 하마터면 같이 얼굴을 찌푸릴 뻔했다.

"너만 차 타고 다녀. 우리 학교에서."

"아, 그래?"

재언이 난생처음 알았다는 듯 대꾸했다.

재언의 주변 친구들은 기사가 데리러 오거나, 하다못해 부모님이 찾아왔다. 학교 마치고 학원까지 거리가 멀어서 차를 타지 않으면 안 되는 상황이었다. 무엇보다 금 같은 시간을 길가에서 낭비할 수 없는 노릇이었고.

재언이 지내던 서울에선 그것이 당연하고 자연스러운 것이라, 걸어 다니는 지서가 이상하게 느껴졌다.

그런데 여기선 그게 당연한 것이었을 줄이야.

"몰랐어?"

지서가 조용히 물었다.

"어. 주변에 관심 없어서. 차를 타고 다니는지 아닌지 알 게 뭐야."

"……그럼 나한테는 왜 묻는데?"

"어? 그냥. 뭐 궁금해서. 어쨌든 힘들겠네. 공부할 시간도 없을 텐데."

재언이 지서의 얇은 손목을 보았다. 지서는 손목뿐만 아니라 모든 뼈대가 얇았다. 발목도 가느다랄 텐데, 저 무거운 가방을 메고 오간다는 게 신경 쓰였다. 학교랑 제 집이 가까운 것도 아니고.

"괜찮아. 걸어 다닐 만해."

"부모님이 강하게 키우시는구나. 돈도 직접 벌게 하시고."

재언의 대답에 지서는 하마터면 헛웃음이 날 뻔한 걸 꾹 참았다.

잘살지도 못하고, 강하게 키워 줄 부모님도 없다.

지서는 다시 한번 재언이 당연하게 생각하는 세상의 범주 밖에서, 자신이 살고 있다는 걸 깨달았다.

지서는 새어 나오려는 씁쓸함을 꾹 참으며 미리 골라 온 문제를 내밀었다.

"문제 풀자."

"왜 자꾸 공부하래? 앉은 지 1분 됐거든?"

"쉴 만큼 쉬었으니까."

"그럼 언제 또 쉬는데? 사람이 쉬는 시간이 있어야 할 거 아냐."

재언이 반박했다.

"55분 공부하고, 5분 쉬자."

"50분 공부하고 10분 쉬어."

"안 돼. 쉬는 시간이 너무 길어."

지서가 딱 잘라 말하자, 재언이 멍하게 쳐다보았다.

"50분 쉬고, 10분 공부하자는 걸로 잘못 들었어?"

"아니."

"그런데 길긴 뭐가 길어? 너무 길면 못 해, 난."

의자 등받이에 등을 기댄 채 다리를 쭉 뻗고서 앉은 재언이 불퉁한 얼굴로 대꾸했다. 잘생긴 얼굴이 한껏 구겨져 있었다.

배 째라고 드러누워 있는 재언을 바라보던 지서가 조용히 한숨을 내쉬었다. 여기서 더 쪼아 댔다간 재언이 이탈할지도 모른다. 그럼 곤란한 건 자신이니…….

잠깐 고민하던 지서가 입술을 달싹였다.

"휴, 좋아. 그럼 53분 공부하고 7분 쉬자. 어때?"

"좋아."

결국 협상이 끝났다.

"문제 줘."

비장하게 손을 내민 재언이 지서가 내민 문제지를 내려다보며 펜을 거머쥐었다.

오늘은 지서를 놀라게 할 자신 있었다.

* * *

지서가 의외라는 표정으로 재언을 보았다. 저번처럼 장맛비가 내릴 거라는 예상과 달리, 절반 이상 맞았다.

"공부했나 봐."

살짝 커진 지서의 눈을 보며 재언이 눈꼬리를 휘어 접으며 웃었다.

거봐, 놀랄 줄 알았다니까.

"그냥, 조금?"

"그랬구나."

재언은 조금이라고 말했지만, 지서는 그 말을 믿지 않았다.

공부란 아주 조금 한다고 해서 성과를 낼 수 있는 게 아니었다. 특히 며칠 만에 이렇게 실력이 오르려면 공부를 꽤 했단 말이었다.

의외로 성실하네.

그렇게 생각하던 지서가 불현듯 느껴지는 시선에 고개를 돌렸다. 어느새 책상에 엎드려 누운 재언이 그녀를 올려다보고 있었다.

자세히 들여다본 재언의 이목구비는 화려하고 아름다웠다. 오만하고, 제멋대로인 성격이 고스란히 드러나는데도 자꾸만 눈길이 가는 외모였다. 그런 그가 자신을 가만히 쳐다보고 있으니, 신경 쓰였다.

"왜 그렇게 쳐다봐?"

지서가 어색함을 애써 감추며 물었다.

"원래 공부할 땐 선생님 보는 거라던데."

"날 선생님으로 생각하긴 해?"

"이 시간만큼은?"

재언의 생각지 못한 말에 지서의 입가가 부드럽게 휘었다.

제멋대로인 성격이라, 선생은커녕 자신을 고용인쯤으로 취급할 줄 알았는데. 의외였다. 존중받고 있다고 생각하자 굳어 있던 지서의 얼굴이 한결 풀어졌다.

"내 실력 이제 고1쯤 되지?"

채점을 기다리고 있던 재언이 자신만만하게 물었다.

"아니."

그러나 기대와 달리 지서는 고개를 가로저었다.

"뭐? 그럴 리가 없는데."

재언이 벌떡 일어나 반 이상 맞힌 제 문제지를 가리켰다.

"이것 봐. 반 이상 맞았잖아."

"중3 문제야. 이걸 다 맞아야 예비 고1이 되는 거지."

"……."

아직 고1도 안 된다고?

재언이 화가 바짝 난 얼굴로 문제지를 볼 때였다.

"그래도 많이 늘었어. 사실 저번에 중3 정도 실력이라고 했지만, 중2 정도였거든. 그래도 벌써 중3 2학기 성적은 됐네. 고생했어."

지서가 살짝 웃자, 눈매가 부드럽게 휘었다. 그 표정에 바짝 날이 서 있던 재언의 표정이 한결 풀어졌다.

그나저나 저런 표정……. 어디서 본 것 같은데…….

"잘했어, 재언아."

지서가 한마디 덧붙였다.

그 순간 떠올랐다. 어릴 때 키우던 강아지가 개뼈다귀 잘 먹으면 엄마가 지어 주던 표정이.

'아휴, 잘했어. 우리 해피.'

순간, 재언의 미간이 바짝 한곳으로 모였다.

기분이 왈칵 상했다.

씨발, 나는 드라마를 찍고 있는데, 이지서는 애견 프로그램을 찍고 있었네.

재언이 짜증 난 얼굴로 지서를 쳐다보다가, 치미는 분노에 자리를 박차고 일어나려 할 때였다.

"이번 주 토요일엔 고1이 되는 거야?"

지서가 고개를 돌려 재언을 바라보았다.

말간 표정에 투명한 갈색 눈동자. 자신을 향한 기대 가득한 표정에 재언은 순간 말문이 막혔다. 정확히 말해 가슴 어딘가에서 파도가 쳤다. 머리가 어지럽고 멀미가 나는 기분이었다.

씨발, 나 왜 이래? 어디 아픈 건가?

스스로의 반응이 당황스러운 가운데, 입이 제멋대로 움직였다.

"최선을 다할게."

* * *

"재언아, 왜 이렇게 밥을 못 먹어?"

넓은 6인용 와이드 식탁 앞에 앉은 재언이 애꿎은 밥만 숟가락으로 폭폭 찌르자, 배 여사가 맞은편 자리에 앉으며 물었다. 그러나 재언은 대답 대신 밥그릇만 멍하게 바라보았다.

"왜 그래? 입맛에 맞는 게 없어? 공부도 열심히 했는데 잘 챙겨 먹어야지. 공부할 땐 영양소도 골고루 섭취해 주는 게 좋대."

"······."

"어머, 얘가 정말 왜 이러지?"

배 여사가 재언을 바라보았다.

"내가 진짜 개······ 아니, 강아지 같아서."

멍하게 한 지점을 보던 재언이 중얼거리듯 말했다. 차마 자신을 낳아 준 엄마 앞에서 개 같다고 할 순 없는 노릇이라, 재언은 최대한 순화해서 말했다. 물론 강아지도 좋은 말이 아니었지만, 재언은 거기까지 생각할 겨를이 없었다.

"뭐? 갑자기 무슨 말이야?"

"그냥 말 그대로야. 내가…… 강아지 같다고."

"하하! 얘가 농담은."

제 말에 배 여사는 갑자기 웬 말이냐며 웃었지만, 재언은 웃음이 나오지 않았다.

정말로 자신이 이지서의 개가 된 것 같았으니까.

'최선을 다할게.'

그렇지 않고서야 제 의지와 무관하게 그렇게 순순히 대답했을 리가 없었다.

이런 씨발. 다시 생각해도 화가 치민다.

'당연하지'나, '어'라는 담백한 대답을 놔두고 최선을 다한다 니. 그 말에 당연하다는 듯한 표정을 짓는 이지서는 또 뭔지.

"하아."

재언은 어느 장인이 세공해 만들었다는 숟가락으로 또다시 밥 만 푹푹 찌르며 긴 한숨을 내쉬었다.

"네가 개띠라서 그런가 보네."

"……."

배 여사의 실없는 농담에 재언의 손이 멈칫했다. 이게 무슨 소 리인가 싶다가도, 설마 그래서 그런가 싶기도 했다.

아니, 그런데 개띠라고 사람한테 발발거리면 그게 개지, 사람 이야? 하, 씨발.

재언이 괴로워하는 사이, 배 여사가 말을 이었다.

"뭐, 그게 아니면 네 태몽 하나가 개 꿈이라서 그런가 보지."

"뭔 소리야? 용이라며."

재언이 얼굴을 찌푸리며 날카롭게 물었다.

"내가 꾼 태몽은 용꿈이지. 정말 무시무시하게 큰 용이 여의주를 물고 새카만 하늘에 올라갔거든? 근데 갑자기 하늘이 하얗게 변하더니, 용이 훅 내려와서 나한테 안기는 거야. 여기저기 물어보니 어마어마하게 좋은 태몽이라고 그러더라고."

재언이 알고 있는 꿈도 그거였다.

"개 꿈은 무슨 소리야?"

"돌아가신 네 할머니가 꿈에서 진돗개 꿈을 꾸셨다더라. 얼마나 잘생기고 늠름하고 멋있었는지, 우리 집으로 가자고 했더니 그 진돗개가 따라오더래. 할머니는 그게 네 태몽이라고 하셨어. 하지만 뭐, 엄마는 용꿈을 네 태몽이라고 생각해."

"……."

재언은 조용히 손으로 이마를 짚었다. 배 여사는 농담으로 한 말이겠지만, 제 입장에선 기막힌 타이밍이었다.

개띠에, 개 꿈…….

개같네, 진짜.

재언이 조용히 욕을 삼켰다.

* * *

좁은 골목길을 걸어가며 지서는 손바닥만 한 영어 단어장을 보았다. 그러면서 입술을 쉬지 않고 중얼거렸다. 과연 이런 단어가

실생활에 얼마나 쓰일까, 싶은 것들도 다 외웠다. 단어 하나가 문제 푸는 데 결정적인 힌트가 될 수 있으니까.

서울에 사는 상위권 학생들처럼 족집게 과외를 받을 수 없으니, 남들보다 더 시간을 써서 공부하는 수밖에 없었다.

좁은 길에서 곁가지처럼 난 길을 따라 들어가기 전, 걸음을 멈춰 세운 지서가 평소와 달리 주변을 휘휘 둘러보았다.

'지서야. 안녕? 나, 치약이 없어서 그런데 빌려줄 수 있어?'

오늘 점심 식사를 마치고 양치질을 하는데 갑자기 등 뒤로 다가온 율리가 물었다.

치약이 줄어드는 게 아깝지만, 버젓이 손에 쥐고 있는 치약을 빌려주지 않을 이유도 없는 데다, 굳이 이런 걸로 얼굴 붉히고 싶지 않아 내밀었다.

'고마워.'

그러나 율리는 제 치약을 쓰기는커녕, 빤히 쳐다보았다.

'어? 너도 나랑 같은 거 쓰는구나? 난 너라면 수입산 치약 쓸 줄 알았어. 의외다. 부자들도 우리랑 똑같은 거 쓰는구나.'

언뜻 들으면 철없이 뱉은 말 같지만, 조금만 깊게 생각해 보면 이상했다. 이미 화장실에서 양치질 중인 사람들 중에, 율리와 가깝게 어울려 지내는 애들이 있었다. 그 애들을 놔두고 굳이 제게 다가와 치약을 빌린 것과, 치약 하나로 부자 운운하는 게 이상했다.

'다 썼으면 줘.'

율리에게서 치약을 돌려받은 후, 지서는 곧장 교실로 돌아갔다. 아무렇지 않은 척했지만 복도를 걸어가는 내내 심장이 쿵쾅 거리고, 등 뒤로 식은땀이 났다.

제 거짓말을 다른 사람들이 알게 될까 봐.

아니, 거짓말 들키는 건 상관없었다.

그 후에 벌어질 일들이 무서웠다.

딱, 중학생 시절처럼.

'쟤, 언니 술집에 다닌대.'

'와, 미친. 진짜?'

'내 지갑 없어졌는데, 네가 훔쳤지? 돈 없어서 너희 언니 술집 다닌다며. 돈 없어서 그런 거 아냐.'

'야, 이지서 어느 술집에서 봤다던데?'

이곳으로 이사 오기까지 겪었던 일들이 주마등처럼 스쳐 지나 갔다. 그때 생긴 증상이 드문드문 지금까지 이어지고 있었다.

제 집이 있는 이 낡고 오래된 골목을 마주한 순간에도.

또 한 번 어지럼증이 밀려든 지서는 빠르게 머리를 가로저으며 숨을 길게 내쉬었다.

"후우."

이미 지나간 일이야. 이미 지나간 일.

누가 볼까 봐 다시 한번 주변을 둘러본 지서는 주변에 아무도 없다는 걸 확인한 후, 좁은 골목으로 뛰어 들어갔다.

머지않아 집에 도착한 지서는 잠깐 현관 앞에 앉아 불투명한 창문 너머로 사람이 오가지 않는다는 걸 확인한 후에야 방으로 들어섰다.

……지친다.

지서는 펴져 있는 이불에 얼굴을 박고서 숨을 들이마셨다. 익숙한 향이 나자 조금은 살 것 같았다.

괜찮아졌는데도 지서는 몸을 일으키지 못했다. 멍하게 방문 너머를 바라보는 사이, 두서없는 생각들이 팝콘처럼 튀어 올랐다.

오늘 해야 할 공부가 얼마만큼이더라, 효경의 퇴근 시간까지 얼마나 남았지, 오늘도 술을 마시고 돌아온 효경이 행패를 부리면 어쩌지, 어젯밤 효경이 난리를 부리면서 깨진 플라스틱 컵도 치워야 하는데, 오늘 저녁 먹을 게 있던가.

그리고 그 끝에,

'최선을 다할게.'

재언의 말이 느닷없이 떠올랐다. 낮은 목소리와 자신을 물끄러미 바라보던 새카만 눈까지도.

……진짜 이상한 신재언.

제멋대로인 성격에다, 날티 나는 언행, 그에 비해 고급스럽게 생긴 외모, 바락바락 고집 피울 거라는 예상과 달리 고분고분한 신재언. 제게 관심이 있다면서 함부로 대하진 않는 신재언. 하는 행동을 봐선 애새끼처럼 좋아한다는 이유로 자신을 막 대할 것 같았는데…….

문득, 자신을 가만히 내려다보던 눈이 또 떠올랐다. 조금만 인상을 찌푸리면 양아치 같은데, 무표정할 땐 다른 사람이라도 된 것처럼 묘하게 우아함이 흘러넘쳤다.

하여튼 여러모로 이상하지.

재언을 잠시 떠올리던 지서는 땅을 짚고 일어났다.

그런 부자도 최선을 다한다는데, 이러고 있을 시간 없었다.

머리를 다시 동여맨 지서가 내려놓은 무거운 가방을 거머쥐었다.

* * *

하루가 다르게 날이 따뜻해졌다. 급식실에서 점심 식사를 마치고 나오던 재언이 고개를 뒤로 젖혔다.

얼마 전까지만 해도 풍성하게 피어 있던 벚꽃들이 비처럼 쏟아져 내리기 시작했다. 푸른 하늘을 배경으로 날리는 흰빛의 잎들을 바라보던 재언은 얼굴을 찌푸렸다.

예쁜 건 예쁜 거고, 얼굴에 들러붙는 게 성가셨다. 얼굴만일까. 어깨, 바지 구분할 것 없이 잎들이 하나씩 매달려 있었다.

"학교 예산을 나무 심는 데 다 썼나……."

학교 정문에서부터 급식실까지 벚나무 없는 곳이 없다.

남들보다 키가 크고 체격이 큰 탓에 두 배는 벚꽃이 들러붙는 재언은 손을 휘휘 내저으며 걸었다.

방금 저쪽으로 이지서가 분명히 지나갔는데…….

얼굴을 찌푸리며 지서가 걸어간 방향을 두리번거릴 때였다.

"재언아."

갑작스러운 부름에 재언의 시선이 흘깃 아래를 향했다. 제 가슴까지 오는 자그마한 여자애가 방긋 웃으며 서 있었다.

이건 또 뭐야?

얼굴에 성가시다는 걸 고스란히 드러낸 재언이 빤히 내려다보았다.

"여기서 뭐 해?"

여자애가 방긋 웃으며 물었다.

"사람 찾는데."

"누구?"

"알 거 없고. 왜?"

"아……. 그냥. 네가 심심해 보여서. 내가 같이 다녀도 될까?"

여자애가 팔을 뻗어 왔다. 재언은 그 손이 닿을세라, 팔을 저으며 한 발자국 물러났다. 그러고는 불쾌한 표정으로 바라보았다.

"다른 사람 몸에 막 손대는 거, 실례라고 안 배웠어?"

"아, 미안. 내가 갑자기 만지려고 해서 놀랐지? 그냥 나는 너랑 친해지고 싶어서 그런 건데……."

"넌 친해지고 싶으면 만지냐? 변태야?"

재언이 날카롭게 물었다. 그럼 보통 주눅 들고 가는 것과 달리 여자애는 되레 생긋 웃었다.

"아니? 나도 다른 사람들한테는 안 그래."

"근데 나한테는 왜 그래? 짜증 나게."

그사이, 몇몇 애들이 지나가며 재언과 여자애를 흘깃댔다.

"저 둘이 친해?"

"대박이네."

수군거리는 소리가 들렸다. 버젓이 소리가 다 들리는데도, 여자애는 눈 하나 깜빡하지 않았다. 오히려 소문에 쐐기를 박으려는 듯 한 발자국 더 다가왔다.

"재언아, 같이 매점 갈래? 배고프지? 내가 간식 사 줄게. 아, 돈은 네가 더 많지? 그럼 나 사 줄래?"

여자애가 생글생글 웃으며 말했다.

"하, 진짜 어이없네."

재언이 할 말 많은 얼굴로 여자애를 내려다보았다. 재언은 어릴 때부터, 굉장히 많은 사람들을 만나다 보니 자연스레 사람을 보는 안목이 길러졌다.

이를테면, 조금 이상하다 싶으면 이상한 사람일 확률이 99%라는 것. 쎄하다 싶으면 언젠가 사건을 일으킨다는 것.

재언은 직감적으로 눈앞의 여자애가 썩 좋은 사람이 아니라는 걸 느꼈다. 재언이 왼쪽에 달려 있는 명찰을 흘깃 보았다.

"율리."

재언이 그 이름을 작게 중얼거렸다.

"어, 맞아. 내 이름도 아는구나? 다른 애들 이름 기억 못 해서, 당연히 나도 모를 줄 알았는데."

율리가 환하게 웃으며 손뼉을 쳤다.

"아니. 방금 알았어."

"명찰 봤구나?"

그러더니 율리가 제 명찰을 가리켰다.

"맞아. 율리야. 윤리 아니고 율리."

"어, 그래. 기억해 둘게."

"정말?"

"어. 블랙리스트에 남겨야 하니까."

"……어?"

재언의 심드렁한 대답에 율리가 당황한 목소리로 물었다.

"난 첫인상이 안 좋으면 같이 안 놀거든. 다른 애랑 놀아. 바쁘니까."

손을 휘휘 내저은 재언이 홱 돌아섰다.

"……찾는 이지서는 안 보이고."

바지 주머니에 손을 찔러 넣은 재언이 중얼거리며 주변을 어슬렁거리기 시작했다. 율리가 어이없다는 눈으로 쳐다보든지 말든지 개의치 않는다는 듯이.

* * *

점심 식사를 마친 후, 지서는 한참이나 고민한 끝에 매점으로 향했다.

아침부터 아이스크림이 먹고 싶었다. 생리 기간이라 그런지 단 음식이 굉장히 당겼다. 점심 식사 후엔, 아이스크림에 대한 갈증이 더 크게 일었고.

이제 돈도 버는데, 날 위한 선물로 사 먹어야겠다고 생각하고 매점으로 향하다가 그만 발길이 뚝 멈췄다.

막상 매점이 보이자 발길이 쉽게 떨어지지 않았다.

굳이, 꼭 먹어야 할까?

효경은 적은 돈을 흥청망청 쓰다가 씀씀이가 커졌다. 본인이 더 이상 지출을 통제할 수 없게 되자, 인생을 환락가에 내다 팔았다. 효경이 어떻게 망하는지 지켜봐서인지 지서는 돈 쓰는 게 무서웠다. 혹시 자신도 모르게 효경처럼 돈에 인생을 저당 잡히게 될까 봐.

문득, 다른 애들은 별 고민 없이 사 먹을 수 있는 아이스크림 하나를 두고 이렇게 고민하고 갈등하는 스스로가 조금 우습고 처량했다.

"아이스크림은 다음에 사 먹자."

지서가 아쉬움을 떨치려는 듯 중얼거리며 돌아설 때였다.

갑자기 눈앞에 벽이 생겼다. 그게 교복이라는 걸 조금 늦게 알아챈 지서가 고개를 뒤로 젖혔다. 그러자 푸른 하늘을 배경으로 그림자 진 재언의 얼굴이 눈에 들어왔다.

화려하게 생긴 얼굴은 어두워도 도드라져 보이는구나.

지서는 자신도 모르게 그런 생각을 했다. 매일 보는 탓에 적응이 됐다고 생각했는데, 이렇게 보니 재언의 얼굴이 낯설었다.

"여기 있었네."

재언이 중얼거리며 지서를 내려다보다가 흘깃 매점 쪽을 쳐다보았다. 정확히 지서가 빤히 쳐다보고 있던 아이스크림 냉장고를.

"이지서, 둘 중 하나 골라."

재언이 불쑥 말했다. 무슨 말이냐는 듯 지서가 쳐다보자, 재언이 말을 이었다.

"아이스크림 사 줘. 아니면 사 줄까?"

"……갑자기 무슨 말을 하는 거야?"

지서의 옅은 빛의 눈동자가 재언의 새카만 눈동자를 가만히 보았다. 무슨 의중인지 알아채겠다는 듯이.

"오늘 내 실력이 드디어 고1이 되었거든."

"……확실해?"

지서가 고개를 기울이며 의심스럽다는 표정으로 물었다.

"뭐야, 그 표정. 의심해? 하, 진짜. 걱정하지 마. 아주 확실하니까. 그래서 축하 겸 아이스크림 먹고 싶은데."

"……."

"고민되더라고. 선생님한테 사 달라고 해야 할지, 고마우니까 선생님한테 사 줘야 할지."

선생님이라는 말에, 지서가 다급히 주변을 둘러보려 할 때였다. 재언이 양손으로 지서의 머리를 감싸 쥐었다.

"주변에 안 들려."

"……놔. 저쪽에서 다른 애들 오고 있어."

"그러니까 하나 골라. 사 줄래, 사 줄까? 셋 센다."

"놓으라고."

"하나."

"너……!"

정말로 숫자를 다 셀 때까지 안 놔줄 기세였다. 힘으로 벗어나려 했지만, 어찌나 힘이 센지 꼼짝도 할 수 없었다. 그런데 이상하게 머리는 아프지 않았다. 대체 힘을 어떻게 주고 있는 건지 궁금할 지경이었다.

그사이 매점으로 우르르 들어갔던 애들이 나오는지, 주변이 더더욱 소란스러워졌다. 간식거리를 산 애들이 향할 곳은 뻔했다. 교실 아니면, 등나무 아래. 어디든 여길 지나쳐야 했다.

입술이 바짝 말랐다.

벗어나려면 어떤 대답이라도 해야 하는데…….

사 주려니 돈이 아깝고, 얻어먹자니 염치가 없었다.

"사 줄……!"

결국 지서가 큰마음 먹고 사 주겠다는 말을 하려 할 때였다.

"셋! 사 줄게. 가자."

재언이 아슬아슬한 타이밍에 손을 풀었다. 그러고는 성큼성큼 앞서 걸었다.

"뭐 해, 가자. 아, 도망가면 잡으러 간다. 학교에서 잡기 놀이 할 거 아니면 따라와."

지서는 헝클어진 제 머리를 정돈하며 멀어지는 그를 노려보았다.

잠깐 도망칠까 생각도 했으나 금세 관두었다.

자신이 아는 신재언은 정말 자신을 잡으러 뛰어올 게 뻔했으니까. 제 이름을 고래고래 부르지나 않으면 다행이었다. 만약 그렇게 학교에서 신재언이랑 잡기 놀이 했다간 어떤 소문이 돌지 모른다. 상상만으로도 눈앞이 아찔했다.

"난 매점 뒤에서 기다릴게."

매점 앞까진 갔지만, 지서는 안까지 들어가지 않았다. 차마 들어갈 엄두가 나지 않았다. 재언을 알아본 애들이 자신까지 흘깃댈 테니까.

"도망치면 알지? 딱 기다려."

그 말만 남기고 매점에 들어간 재언이 다시 나왔을 땐, 손에 커다란 비닐봉지를 들고 있었다.

"이게 뭐야?"

지서가 얼떨떨한 얼굴로 묻자, 재언이 비닐봉지를 열어 보였다. 그 안에 가지각색의 아이스크림이 수북하게 담겨 있었다.

"왜 이렇게 많아?"

놀란 지서가 재언의 얼굴을 보며 소리치듯 물었다.

"네가 뭘 좋아하는지 몰라서. 하나를 먹더라도 맛있는 걸 먹어야지."

재언의 대답에 순간 말문이 막혔다. 누가 자신을 위해 이렇게 신경 써서 먹을 걸 사 온 적이 있던가. 서글픔과 고마움이 뒤엉켰다.

잠깐 그를 보던 지서가 눈을 내리깔며 더듬거리듯 대답했다.

"그, 그래도 그냥 오지. 그렇다고 이렇게 많이 사 오면 어떻게 해?"

"그러게 오라고 할 때 오지. 안 오니까 그렇잖아. 뭐 먹을래?"

"진짜 먹어?"

"그럼 이걸로 뭐 할까? 축구할까?"

재언이 퉁명스레 물었다. 지서는 잠시 고민했다. 재언에게 휘말려서 여기까지 오긴 했지만, 얻어먹어도 될까. 그렇지만 안 먹는다고 했다간 저 성질머리에 난리를 칠 것 같았다.

다음에 나도 사 주면 되겠지.

지서는 애써 생각을 정리하며 손을 뻗었다. 비닐봉지 안이 시원했다. 그 안에서 바닐라아이스크림을 꺼냈다.

"난 이거. 너 하나 고르고 환불해 와."

"환불은 무슨. 10만 원 밑으로 환불 안 해."

"뭐? 그래도 아깝잖아. 둘이서 다 못 먹어. 집에 가져갈 수도 없고."

지서는 말하고서야 아차 했다. 자신이 여기서 부자 행세 중이라는 것도, 재언이 어마어마한 부자라는 사실도 잠시 잊었다.

그저 녹아서 사라질 아이스크림들이 아까웠다. 아니나 다를까, 재언은 희한한 소리를 다 들었다는 표정으로 쳐다보았다.

"너, 알뜰하구나. 집안 교육인가."

"……."

당황한 지서가 아무 말 하지 않자, 재언이 아이스크림과 지서의 얼굴을 번갈아 보았다. 지서 하나 고르고, 자신이 하나 고르고 나머지 아이스크림은 버릴 생각이었다. 하지만 그랬다간, 근검절약하는 이지서가 싫어할 것 같았다.

"야!"

재언이 옆을 지나가는 학생 하나를 지목해 불렀다.

"무슨 짓이야?"

당황한 지서가 다급히 재언을 붙들었다.

"뭐 하긴. 사람 부르지."

"그게 아니라……."

순간, 지서는 말문이 막혔다.

재언이 부른 건 한 학년 선배였다. 노란 명찰이 그 증거였다.

아직도 명찰 색으로 학년을 구분할 줄 모르다니…….

얼마나 학교생활에 무심해야 이게 가능한가 싶었다.

"아이스크림 좋아하냐?"

"재언아, 선배야."

제게 불똥이 튈세라 지서가 얼른 어금니를 꽉 깨문 채 말했다.

"아, 그래?"

재언이 제 앞에 선 남자 선배를 내려다보았다. 그러고는 아래 위로 쭉 훑어보았다.

"나보다 작아서 1학년인가 했지."

재언의 말에 불려 온 남자 선배의 얼굴이 벌겋게 달아올랐다.

"……그만해, 제발."

지서가 조용히 덧붙였다.

"그래. 뭐. 선배. 아이스크림 좋아해?"

결국, 지서가 조용히 눈을 감고서 고개를 숙였다.

예전부터 느낀 거지만, 언어 실력이 형편없었다.

"좋아하면 가져가."

선배의 의사 따위 묻지 않고 아이스크림이 한가득 담긴 비닐봉지를 품에 안겨 주었다. 그나마 다행히 선배는 한 아름 받은 아이스크림에 정신이 팔려 후배가 하극상을 했다는 사실을 잊은 듯했다.

물론, 잊지 않는다고 해도 상대가 신재언이라 어쩔 도리 없었다. 머리 하나 더 크고, 체격 좋은 신재언한테 덤빌 순 없을 테니까.

"됐지? 깔끔하게."

재언이 씩 웃으며 으스대는 모습을 보던 지서는 말없이 주변을 둘러보았다. 어느새 주변에 학생들로 가득했다.

되긴 뭐가 돼.

지서는 조용히 한숨을 내쉬었다.

"우린 아이스크림 먹으러 가자."

"같이 먹자고?"

지서가 깜짝 놀란 얼굴로 물었다.

"그럼 아이스크림만 받아먹고 튀려고? 와, 이 선생…… 읍!"

이 선생님 도덕적 결함이 많으시네, 라는 말을 하려던 재언의 눈이 살짝 커졌다. 제 입을 틀어막고 있는 작은 손이 느껴졌다. 말랑하고 부드러우며 작은 이 손이, 지서의 것이라는 걸 알아챈 재언은 그대로 얼어붙었다.

……이게 손이야, 밀가루 반죽이야.

그나저나 이지서 손바닥이랑 뽀뽀했네.

재언이 목뒤를 손으로 쓸어내렸다. 손바닥으로 열감이 전해졌다. 자신은 미치겠는데, 지서는 아무렇지 않아 보였다.

"그래. 가자. 네가 이상한 소리 하기 전에 자리 옮기는 게 낫겠어."

"……."

"가자니까."

거듭된 재촉에 재언이 멍하게 지서의 뒷모습을 쳐다보다가 속도를 높여 그녀의 옆자리에 나란히 섰다. 같이 걷고 있는 것뿐인데, 걸음이 가볍다. 실실 웃음이 나고…….

재언이 손으로 입가를 쓸어내리며 억지로 입가를 빳빳하게 폈다.

"근데 아이스크림 먹으러 어디까지 가? 이러다 우리 집까지 가겠네."

웃음이 실실 나오는 게 신경 쓰여 오히려 얼굴을 굳힌 재언이 더욱 툴툴거렸다.

"조금만 더 가면 돼."

막 건물 뒤쪽으로 걸어가는데, 갑자기 부는 바람에 벚꽃 잎들이 우수수 날려 시야를 가렸다.

순간, 지서의 걸음이 뚝 멈췄다.

고개를 들자 연하늘빛 아래 하얀 점들이 너울대며 춤을 추었다.

톡, 톡.

가볍게 떨어진 벚꽃 잎들이 제자리에서 핑그르르 돌았다. 지서가 넋을 놓고 바라보는 사이, 재언이 얼굴을 찌푸린 채 파리 내쫓듯 손을 내저었다.

"와, 예쁘다."

"하, 마음에…….

마음에 안 드네, 라는 말을 하려던 재언이 입을 딱 다물었다. 그러고는 말없이 지서를 보았다.

늘 경직되어 있는 지서의 어깨선이 부드럽게 풀어져 있었다. 위를 바라보고 있는 지서의 표정도 평소와 달리 편안해 보였다.

"너, 뭐라고 하지 않았어?"

지서가 뒤늦게 재언에게 물었다.

"아니. 뭐……."

재언이 말끝을 흐렸다.

"혹시 꽃 싫어해? 난 꽃 좋아하는데."

지서가 찌푸린 재언의 얼굴을 보며 물었다. 연한 갈색 눈이 빛을 머금고서 반짝였다. 날리는 꽃잎은 하얗고, 하늘은 푸르고, 이 지서는 빛났다.

가느스름하게 뜬 눈으로 지서를 바라보던 재언이 홀린 듯 대답했다.

"아니."

"……."

"……좋아해."

말을 하다 말고 재언은 잠시 숨을 멈췄다. 제가 뱉은 말이 머리에서 맴돈다.

아.

뒤이어 터지는 탄식.

좋아하는구나.

또 한 번 이어지는 탄식과도 같은 깨달음.

좋아한다는 말을 하고서야 재언은 그게 제 진심이라는 걸 알았다.

꽃이 아닌, 이지서를 향한 진심.

"의외네. 너도 좋아할지 몰랐거든."

이지서는 제 이야기라고는 추호도 생각지 못하는 얼굴이었다.

"……그냥."

그러자 지서가 뒷말이 궁금한지 쳐다보았다. 무심코 그냥, 이라는 말을 뱉었던 재언은 아득한 얼굴로 입을 열었다.

"예쁘잖아."

그 말에 지서가 환하게 웃었다. 난생처음 보는 지서의 무방비한 웃음이었다.

그 미소에 정작 재언은 웃지 못했다.

* * *

귀가해 방으로 터덜터덜 들어온 재언은 아무것도 들어 있지 않은 납작한 백팩을 아무 데나 집어 던졌다. 그러고는 침대에 털썩 걸터앉아 손바닥으로 얼굴을 쓸어내렸다.

캄캄해진 시야에, 말갛게 웃는 이지서가 떠오른다.

"씨발."

작게 욕설이 튀어나왔다.

어릴 때부터 참 많은 고백들을 받고 자랐다.

'좋아해, 재언아.'

'재언아, 내가 널 좋아하는데…….'

그때마다 그는 짧게 비웃었다.

나에 대해 뭘, 얼마나 알아서 좋아한대?

내가 좋은 게 아니라, 이 집안과 돈이 좋은 거겠지. 그것도 아니면 이 얼굴이 마음에 들었거나.

자신이 가진 조건 중 하나를, 교제를 통해 소유하고 싶어 하는 것. 혹은, 소유하고 있다는 감정을 느끼고 싶은 것.

고작 그런 거겠지.

그는 그렇게 여겼다. 그러면서 생각했다. 자신은 평생 누군가에게 좋아한다는 말을 할 일 없을 거라고.

자신이 누군가를 궁금해하거나, 누군가를 소유하고 싶어 할 일은 없을 테니까.

그런 제 입에서 튀어나왔다.

'좋아해.'

말하고서야 알았다.

좋아한다는 말이, 너를 온전히 알게 해 달라는 요구라는 걸.

네 마음이 나를 향하게 마음의 방향을 돌려 달라는 부탁이라는 것도.

"미치겠네."

지서를 향한 마음이 단순한 호감이나 삐뚤어진 오기가 아니었다는 사실에 그는 적잖이 충격받았다.

"뭐가?"

불쑥 들리는 목소리에 깜짝 놀란 재언이 고개를 들었다. 활짝 열린 방문 너머로 배 여사가 서 있었다. 얼마나 정신이 없는지 방문을 활짝 열어 놓았다.

"내려와서 간식 먹어."

배 여사가 우아하게 웃으며 권했다.

"아, 어."

건성으로 대답한 재언은 정작 대답과 달리 고개를 푹 숙였다. 평소와 다른 재언의 태도에 배 여사가 고개를 갸웃거렸다.

"오늘 학교에서 무슨 일 있었어?"

"아니."

"사고 쳤어?"

"아니."

"그럼?"

"그냥, 피곤해서."

"얘도, 참. 얼른 씻고 내려와서 간식 먹어. 알았지?"

"어, 어."

대충 대답한 재언이 자리에서 일어나 기계적인 걸음으로 방에 딸린 욕실로 향했다.

씻으면 낫겠지.

샤워기 아래에 선 재언은 애써 생각을 털어 내려 머리를 벅벅 감았다. 두피가 아플 정도로 감고 나니 정신이 돌아왔다.

"아, 그래, 이래야지."

재언이 젖은 수건으로 머리를 털었다. 향긋한 샴푸 냄새가 퍼졌다.

좋긴 한데, 이지서 샴푸 냄새가 더 좋은 것……. 하.

재언이 눈을 질끈 감았다. 이어 고개를 가로저은 재언이 갈아입을 옷을 챙겨 오지 않았다는 사실을 알곤 드레스 룸으로 향했다.

재언은 뚫어져라 반팔을 쳐다보았다.

다른 거에 집중하면 이지서 생각이 안 나겠지.

아주 신중하게 고른 반팔과 트레이닝 바지를 입은 후, 전신 거울 앞에 섰다.

"옷이 크네. 이지서는 입지도 못하……. 하, 씨발."

재언이 그 자리에 주저앉았다.

"이 정도면 이지서한테 씐 거 아니냐고. 퇴마 의식이라도 해야 하나. 아, 산 사람이니까 안 되지? 미치겠네."

손바닥으로 얼굴을 벅벅 문지르던 재언이 벌떡 일어났다.

"배고파서 그래. 배고파서."

내려가서 간식을 먹으면 괜찮겠지.

곧장 부엌으로 향했다. 식탁 앞에 앉아 김 씨 아주머니가 깎아 놓은 배를 의무적으로 집어 들어 입에 쑤셔 넣었다.

"배고팠어?"

다람쥐처럼 두 볼에 배를 가득 채운 재언을 발견한 배 여사가 깜짝 놀라 물었다.

"평소에 먹어 봐야 한두 조각 먹더니?"

"그냥."

"엄마 잠시 아빠랑 통화하고 올게."

"응."

무심히 대꾸한 재언은 배 한 조각을 더 집어 들었다.

결국 배 하나를 눈 깜짝할 새 먹어 치운 재언이 멍하게 부엌

너머 테라스를 보았다. 넓은 정원의 울창한 나무들과, 새카만 밤 하늘이 눈에 들어왔다.

이것 봐, 배가 부르니까 괜찮잖아.

근데 이지서는 이 시간에도 공부할까, 아니면 잘까.

"……하."

사람 살려!

재언이 식탁 위에 엎드려 누웠다. 그것도 잠시, 턱을 괸 재언 이 실성한 사람처럼 웃어 젖혔다.

"……하, 하하."

"재언아. 요즘 너 공부 열심히 한다고 하니까 아빠가 안 믿으 시네. 너, 왜 이래?"

통화를 마친 배 여사가 싱긋 웃으며 부엌으로 들어서다 멈칫했 다. 의자에 비스듬히 걸터앉은 재언이 넋이 나간 얼굴로 허공을 보며 웃고 있었다.

"너, 정말 왜 이래? 어디 아파?"

"아니."

"어디 불편해?"

"어."

"어머, 어디가? 최 박사님 부를까? 어머, 여기 서울 아니지? 어쩌지? 최 박사님이랑 잠깐 통화해 볼래?"

배 여사가 다급히 휴대 전화에서 최 박사의 번호를 찾기 시작 했다. 손을 뻗은 재언이 휴대 전화를 낚아챘다. 그러고는 배 여 사가 전화할세라 액정을 껐다.

"아냐. 됐어. 그냥 고2가 돼서 그래."

"……네가?"

배 여사가 미심쩍다는 표정으로 재언을 쳐다보았다.

그 잠깐 사이에, 재언은 또다시 멍한 얼굴로 대리석 식탁 끄트머리를 쳐다보고 있었다. 배 여사가 고개를 갸웃거리며 재언을 빤히 쳐다보았지만 미동도 없었다. 어딘가에 정신을 빼 놓고 온 사람 같았다.

안 하던 공부를 해서 아픈 건가.

"재언아."

배 여사가 걱정스러운 표정으로 부를 때였다.

"……이지서."

재언의 입에서 느닷없는 이름이 툭 튀어나왔다. 정적이 흘렀다.

"뭐라고?"

뜬금없는 부름에 배 여사의 눈썹이 올라갔다. 한 박자 늦게 자신이 무슨 말을 했는지 알아챈 재언이 빠르게 눈을 깜빡였다.

내가 뭐라고 한 거지?

당황하는 것도 잠시, 언제 그랬냐는 듯 무표정한 얼굴로 돌아왔다.

"이지서 말이야. 부모님이 되게 알뜰하신가 봐. 과외 아르바이트도 하고, 되게 아껴 쓰더라고."

"누구? 네 과외 해 주는 이지서?"

"어."

"걔가 그래? 부모가 있다고?"

어이없는 말을 들었다는 듯, 배 여사가 웃으며 물었다. 생각지 못한 반응에 재언이 고개를 모로 기울였다. 그게 무슨 말이냐고 되묻기도 전에, 배 여사가 먼저 말문을 열었다.

"이지서 조실부모 가정이야. 언니랑 같이 살고 있어. 어릴 때 아빠는 돌아가시고, 엄마가 애들 고아원에 버리고 갔다더라. 고아원에서 살다가 성인이 된 언니랑 독립한 모양이야."

믿기 힘든 이야기를 들은 듯, 재언의 눈썹이 한곳에 모였다. 동시에 입술이 벌어졌지만 정작 아무 말도 나오지 않았다.

"……제대로 확인해 본 거 맞아?"

재언이 눈썹을 삐딱하게 휘며 물었다.

"넌 네 엄마가 과외 선생님 확인도 제대로 못 하는 사람인 줄 알아?"

재언의 눈동자가 빠르게 움직였다.

"그럼 걔가 들고 있는 명품은……."

"어디서 얻었든지, 아니면 술……. 하여튼, 걔 언니가 사 준 거겠지."

"……."

"요즘은 개나 소나 다 하는 게 명품이잖아."

한 대 얻어맞은 사람처럼 멍하게 있던 재언이 뒤늦게 손으로 벌어진 입을 가렸다.

'부모님이 강하게 키우시는구나. 돈도 직접 벌게 하시고.'

'너, 알뜰하구나. 집안 교육인가.'

지서에게 했던 이야기가 머릿속을 스쳐 지나갔다.

별말을 다 했네, 쓸데없이.

문득, 자신을 가만히 바라보며 알 듯 말 듯 한 미소를 짓고 있었던 지서가 떠올랐다. 제 말이 듣기에 얼마나 불편했을까.

내가 무슨 짓을 한 거야.

머릿속이 아득해지는 와중에도, 배 여사의 말은 이어졌다.

"거기다가 기초 생활 수급자라더라."

"그게 뭔데?"

"나라에서 어려운 사람들한테 매달 생활비 지급해 주는 가정들."

난생처음 듣는 말에 재언의 고개가 기울어졌다.

"그런 것도 있어?"

"그럼. 그런 거 하겠다고 우리한테 세금 받아 가는 거잖니."

배 여사의 말에 재언의 표정이 탁 풀렸다.

그제야 머릿속에 있던 퍼즐이 착착 맞아떨어졌다.

이지서를 볼 때마다 느껴지는 언밸런스함.

가방과 신발 외엔 낡고 오래된 물건. 지나치게 아껴 쓰는 습관. 중요한 시기에 하는 아르바이트. 그리고 오늘 아이스크림 냉장고를 쳐다만 보고 있었던 이유를⋯⋯.

단순히, 절약이 몸에 밴 건 줄 알았는데, 정말 절약해야만 하는 상황이란 말이었다.

아이스크림 하나 사 먹는데도 고민해야 하는 삶은 생각해 본 적이 없어서, 알아채지 못했다. 그냥 아이스크림 왕창 사 주고 환심 살 생각만 했을 뿐.

"재언아."

재언이 먹은 그릇과 포크를 치운 배 여사가 빙그레 웃는 얼굴로 그를 불렀다. 묘하게 달라진 배 여사의 목소리에 재언이 눈만 움직여 쳐다보았다.

"여기 오니 정말 별의별 사람들을 다 보게 된다, 그렇지? 엄마는 아침마다 깜짝 놀라. 새벽부터 밭에 나와 일하시는 어르신들도 있고, 폐지를 줍는 분들도 계시더라고. 살다 보니 이런 일도 겪는구나 싶어. 그렇지만 재언아. 잊지 마. 우린 여기 잠시 온 거야."

"……."

"신기하니까 관심 생길 순 있지만, 그 이상은 불필요한 감정 소모야. 우린 여기 살려고 온 게 아니라, 잠시 들른 거니까. 알았지?"

"……."

"난 우리 아들의 대답을 듣고 싶은데, 안 해 줄 거야?"

재언이 배 여사의 눈을 마주 보았다. 상냥한 목소리와 달리, 배 여사의 눈이 형형하게 빛났다. 뭔가를 직감했을 때, 나오는 엄마의 눈이었다.

"응."

재언이 그 눈을 마주하며 대답했다.

알고 있다. 배 여사가 무슨 말을 하고 있는지. 시골이라 에둘러 표현했지만, 이지서를 콕 집어 말했다는 걸. 길어 봐야 2년 안에 떠날 건데, 이지서 같은 애한테 마음 주지 말라는 거겠지.

알지만⋯⋯.

조금만 일찍 말씀하시지, 내가 내 마음을 알아채기 전에.

"알고 있어."

그러나 재언은 뻔뻔하게 대답하며 가면 같은 웃음을 보였다.

이지서를 더 보려면 이 수밖에 없으니까.

3

한숨도 자지 못해 두 눈이 뻑뻑했다. 재언은 핏발 선 눈을 억지로 떴다가, 환한 햇살에 다시 눈을 감았다.

밤새 뒤척거리다가 잠시 잠에 들면 꿈에 지서가 나왔다.

말갛게 웃었다가, 처량한 꼴로 있었다가.

어떤 모습이든 사람 속을 이렇게 시끄럽게 만들었다.

"도착했어."

김 기사의 말에 재언이 감은 눈을 떴다.

"수고하세요."

김 기사의 말에 차에서 내린 재언은 숨을 깊게 들이마셨다. 따뜻하고 건조한 바람을 마시고 나니 정신이 돌아왔다.

등교하던 학생들의 시선이 느껴졌다.

누군가는 그가 타고 온 차를, 누군가는 자신을, 누군가는 자신이 신은 신발을. 선망과 부러움, 혹은 질투와 시기가 담긴 눈으로 바라보았다.

그 가운데 단 한 사람만 손바닥만 한 종이를 들여다보고 있었다.

마치 그게 제 동아줄이라도 되는 양.

착 가라앉은 표정으로 지서를 응시하던 재언이 고개를 돌렸다. 재언이 인상 쓴 채 주변을 죽 훑어보자 학생들의 시선이 우수수 떨어졌다.

습관적으로 운동장을 가로질러 걸어가려던 재언은 방향을 돌려 다른 학생들과 같은 길로 걸었다.

한 명, 또 한 명 제친 끝에 비로소 작은 뒤통수가 눈에 쏙 들어왔다.

슬쩍 고개를 옆으로 기울이자 어깨 너머로 영어 단어집이 보였다. 어린 시절 외국에서 살다가 온 재언조차도 잘 모르는 낯선 단어였다. 뜻을 보니 고서에나 나올 법한 그런 단어들이었다.

이런 것도 외우다니…….

오늘따라 이지서의 뒷모습이 절박해 보였다.

그러다 문득, 어젯밤 검색해 봤던 기초 생활 수급비가 떠올랐다. 다른 말로 생계비라고 했던가. 받아 봤자 몇십만 원이었다. 장애 등급이 있으면 더 나오는 정도.

제 신발 한 켤레 값도 안 되는 돈으로 누군가가 한 달을 산다는 걸 처음 알았다.

그게 이지서일 줄은 더더욱 몰랐고.

재언의 심란한 시선이 다시 지서의 뒤통수를 향했다.

막상 이지서의 뒤까지 쫓아와 놓고, 마음이 복잡해서인지 쉽게 말을 걸 수 없었다.

이 심란함이 누굴 처음 좋아해서인 건지, 이지서의 팍팍한 가정 환경에 당황해서인지, 자신이 이지서에게 부모님 운운했던 게 생각나서인지 알 수 없었다.

미치겠네.

신경질적으로 뒷목을 쓸어내리던 재언의 시선이 무심코 왼쪽을 향했다. 몇 자국 떨어진 곳에서 여자애 하나가 이쪽을 쳐다보고 있었다.

윤리라고 했던가, 율무라고 했던가.

재언이 여자애 이름을 떠올리는 가운데, 여자애의 시선이 재언과 지서를 번갈아 보았다. 뭔가 알아챘다는 듯 집요한 시선이었다.

씨발, 쳐다보면 어쩌려고.

안 그래도 심란한데, 거슬리게 쳐다보자 한껏 짜증이 난 재언이 얼굴을 구겼다. 그러자 심상찮은 걸 느꼈는지 여자애가 고개를 홱 돌리더니 건물 안으로 뛰어 들어갔다.

눈치는 빨라 가지고.

얼굴을 찌푸리는 것도 잠시, 재언은 금세 관심을 껐다.

재언이 다시 고개를 돌렸다. 방금 전까지 앞에 있던 지서가 안 보였다. 얼른 주변을 둘러보니 저만치 앞서가고 있었다.

재언은 그 모습을 먼발치서 가만히 바라보았다.

* * *

낡은 화장실 세면대 앞에 선 은수가 신경질적으로 립글로스를 주머니에 쑤셔 넣었다.

"아씨, 짜증 나. 입술 색이 존나 마음에 안 드네."

"그러게 립스틱을 왜 뺏김?"

"누가 뺏기고 싶어서 뺏겼나?"

"연하게 바르라니까."

"여태까지 가만히 두다가 갑자기 지랄할 줄 알았냐고. 하, 담임 애인한테 차였나. 후."

신경질 내던 은수가 거울에 비친 율리를 흘깃 쳐다보았다.

"근데 최율리. 너 오늘 왜 이렇게 조용함?"

"야. 신재언이랑 이지서 둘이 어때 보여?"

화장실 벽면 쪽에 붙어서서 생각에 잠긴 얼굴로 바닥을 보던 율리가 고개를 들었다. 율리의 뜬금없는 물음에 은수가 눈을 깜빡였다.

"갑자기 뭔 소리야?"

"둘이 어때 보이냐고."

"너, 아직도 신재언 포기 못 했어? 야, 관둬라. 그런 어마어마한 재벌 새끼가 우리 같은 시골 애들이 눈에 들어오겠냐?"

"아니. 씨발. 둘이 어때 보이냐고!"

율리가 버럭 소리 지르자, 은수가 찔끔한 얼굴로 곁에 서 있는 다른 친구를 쳐다보았다. 그러자 다른 친구도 영문을 모르겠다는 듯 고개를 가로저었다.

"그냥, 뭐, 둘이 좀 뭐가 있어 보이긴 하지. 신재언이 좀 까칠 해? 근데 맨날 이지서한테 말 걸고. 오늘은 등교할 때 아예 대놓 고 뒤에 졸졸 쫓아다니던데?"

"거기다가 신재언 맨날 이지서 쳐다보고 있잖아."

"이지서 부자라며. 돈도 많고, 예쁘고, 공부 잘하고."

"야, 그렇게 치면 신재언은 어디 후달리냐? 집안이 SR이야. 거 기다가 키도 크고 잘생기고."

"공부는 못하잖아."

"그거 빼곤 이지서한테 밀릴 게 없잖아. 그리고 SR이면 공부 못해도 되는 거 아니냐? 유학으로 발라치기 할 텐데."

"그건 그렇지?"

친구 둘의 이야기를 듣던 율리가 손톱을 깨물었다.

몇 번 재언과 대화를 나눠 본 결과, 그가 제게 무관심한 걸 지 나쳐 싫어한다는 걸 알 수 있었다.

또래 남자애들한테 고백해서 차인 경우가 없었기에 기분이 나 빴지만, 서울에서 난다 긴다 하는 재벌가 자식이니 그럴 수 있다 고 억지로 납득했다.

그럼 모두에게 공평하게 관심이 없어야지. 이지서는 왜 쫓아다 니냐고.

이지서가 신재언의 뒤를 좇아다녀도 기가 막힐 판에.

"이지서가 부자라서 끼리끼리 놀겠다 이거겠지?"

율리가 동의를 구하듯 은수를 쳐다보았다. 그 말에 은수가 고개를 갸웃거렸다.

"단지 부자라서 그렇다기엔······."

이지서는 공부도 잘하고, 예쁘기도 했다. 무엇보다 특유의 차분하고 얌전한 분위기가 사람의 시선을 잡아끌었다. 그러나 그 말을 모두 할 수 없었다. 자신을 바라보는 율리의 눈빛이 심상찮았다.

"부자니까 그렇지. 맞아, 아니야?"

이미 답을 정한 듯 율리가 목소리를 낮춰 물었다. 율리 성격상 다른 대답을 했다간 난리를 칠 거라는 걸 알기에, 은수가 마지못해 고개를 끄덕였다.

"······뭐, 그렇겠지."

"그럼 만약에 이지서가 부자가 아니라면?"

"뭐? 야. 부자가 아닌데 어떻게 그 백팩을 들어? 있어도 등교 가방으로는 못 쓰지. 나는 집에 모셔 놓을 거야."

"그러니까. 그리고 시계도 명품이라며."

친구의 말에 율리가 고개를 가로저었다.

"진짜 부자면 그거 하나만 갖고 다니진 않겠지. 그리고 내가 본 것도 있고······."

"뭘 봤는데?"

은수의 물음에 율리가 또 한 번 고개를 가로저었다.

"됐어. 그런 게 있어."

율리가 웃으며 화장실 밖으로 나섰다. 율리가 나간 방향을 쳐다보던 은수가 띠꺼운 표정으로 중얼거렸다.

"씨발년, 또 지랄이네. 진짜."

"냅둬. 한두 번이야? 나중에 화장품 사 주는 거나 받아먹으면 되지."

"진짜, 화장품 아니었으면 이렇게 안 놀지."

은수가 입술을 삐죽이며 화장실을 빠져나갔다.

* * *

선생님의 부름에 교무실에 들렀다가 계단을 올라가던 지서의 걸음이 느려졌다. 눈앞이 어지러웠다.

어제 유난히 운이 좋다고 했다. 공부도 잘되고, 재언이 아이스크림도 사 주고, 귀가하는 길마저 아름다워 모처럼 발걸음이 가벼웠다.

그러나 그것도 새벽까지였다. 새벽 3시에 퇴근한 효경은 밤새 방에서 악을 쓰며 울었다.

개새끼, 나쁜 새끼라고 하는 걸로 봐선 새로 만나던 남자와 헤어진 모양이었다.

효경의 술주정을 들어 보면 그녀의 연애 패턴은 한결같았다.

남자의 감언이설에 속은 효경은 제 몸을 쉽게 허락했고, 그렇게 몇 번 관계를 가지면 남자는 언제 그랬냐는 듯 떠났다. 때때로 돈을 뜯기기도 했다.

만나 봤자 짧으면 일주일, 제일 긴 게 석 달. 만나는 남자들도 하나같이 비슷한 날건달류였다.

한때는 안타까운 마음에 제발 마음 단단히 먹고 좋은 사람 찾아보라고 말한 적도 있었다. 그때 돌아온 건 뺨따귀였다.

'야, 넌 언니가 만만해? 어디서 훈수질이야? 지금 내가 술집 다닌다고 무시해? 씨발년아, 내 덕에 잘 사는 주제에, 어디서 무시해? 너, 이리 와! 이리 오라고!'

터무니없는 소리를 하며 효경은 마구잡이로 그녀를 때렸다. 다음 날, 술에서 깨어난 언니는 '그러게 누가 맞을 짓 하래?'라고 타박한 후, 얼굴이 퉁퉁 부은 지서를 지나쳤다.

그래도 맨정신일 땐 미안하다고 하지 않을까, 하고 품었던 얕은 기대가 산산조각 났다. 조용히 방으로 돌아온 지서는 이불 속에서 몇 시간을 울었다.

한두 번 맞은 것도 아닌데, 그날따라 아팠던 건 제 진심이 더는 언니에게 닿지 못한다는 사실을 깨달았기 때문이었다.

그 울음을 끝으로 언니를 향한 애증마저 사라졌다.

"아."

난간을 잡고 올라가던 지서가 핑 도는 시야에 잠시 멈춰 섰다. 다시 어지럼증이 밀려들어 눈을 내리깔았다.

"안녕, 지서야."

그때 불쑥 들리는 목소리에 지서가 저도 모르게 얼굴을 찌푸렸다.

"지서야. 교무실 갔다 와?"

고개를 들자 계단 몇 칸 위에 서 있는 율리가 보였다. 언젠가부터 자신만 보면 친근하게 말을 걸어왔다. 그러나 그 상황이 달갑기보단 수상했다. 율리의 시선은 대부분 제 얼굴이 아니라, 시계나 가방, 운동화 같은 것들을 향했으니까.

"어."

대충 대답한 지서가 율리를 지나쳐 올라갔다. 그러자 율리가 옆에 찰싹 붙어 섰다.

"지서야, 너 손목시계에 금 갔던데. 알아?"

그 말에 지서의 손끝이 움찔했다.

이틀 전에 화장실 문고리에 부딪혀 시계 유리에 금이 갔다. 고치려 하니 돈이 꽤 드는 데다, 시계 구동에는 상관없어서 내버려 두었다. 다른 사람들 눈에 띄지 않게 손목 안쪽으로 시계를 차면 되지 않을까 하는 얄팍한 계산도 있었다.

"알아."

"그래? 바빠서 못 고쳤구나. 난 또, 네가 모르나 해서."

"고칠 시간 없어서 내버려 뒀어."

"아아, 그래? 지서야. 근데 너희 집은 어디야?"

율리의 말에 지서의 얼굴이 굳었다.

"알아서 뭐 하게?"

지서의 차가운 대꾸에 율리가 눈을 가느스름하게 떴다.

"그냥. 궁금해서."

"관심 꺼."

"그러고 싶은데 요즘 자꾸 네 이야기가 들려서."

율리가 지서의 앞을 가로막았다. 그러고는 지서를 아래위로 쭉 훑었다.

"요즘 애들이 네 이야기 하는 거 알아? 너무 속상하게 아무리 봐도 네가 부자가 아닌 것 같다네. 부자면 원래 옷도 자주 바뀌고, 명품도 여러 개 있고 그렇다던데……. 너 입학 후부터 한결 같잖아. 네가 어느 집 딸인지 아는 애도 없고."

율리가 눈을 빤히 쳐다보며 말했다. 뭔가를 알고 있는 듯한 율리의 눈빛에 심장이 철렁 내려앉았다. 지서가 주먹을 꽉 움켜쥐었다.

"돈이 많다는 건 주관적이잖아. 네 기준 돈 많다는 게 어느 정도인데?"

지서가 애써 떨리는 목소리를 누르며 물었다.

"글쎄. 적어도 담임 선생님한테 급식 면제 신청서 같은 건, 아주 당연히 안 써 내는 정도?"

율리의 말에 지서의 얼굴에서 표정이 서서히 사라졌다.

"사실 며칠 전에 교무실 갔다가 선생님 책상 위에 급식 면제 신청서가 있는 걸 봤거든."

일부러 느릿느릿하게, 그리고 전보다 더 큰 목소리로, 모두가 들을 수 있게 율리가 이야기를 시작했다. 그러고는 제 이야기를 듣고 지서가 어떤 반응을 보이는지 똑똑히 보겠다는 듯 눈을 크게 떴다.

"근데?"

지서가 애써 떨리는 목소리를 참으며 물었다.

"근데? 물을 게 그거뿐이야? 하."

율리가 이죽거리며 물었다.

"비켜."

지서가 지나가려 하자, 율리가 지서의 어깨를 잡아챘다.

"야, 어디 가? 말 안 끝났잖아."

"비키라고."

"왜? 쫄려? 쫄려서 튀는 거야?"

율리가 눈을 희번득거리며 물었다. 평소라면 어떻게든 받아쳤겠지만, 지금은 숨을 쉬는 것조차 힘들었다. 어지럼증에 이명까지 겹쳤다.

삑 하는 날카로운 소리 위로, 오래전에 들었던 비웃음들이 귓가에 웅웅거렸다.

'야, 누구? 이지서? 아아, 술집 년 동생?'

'너희 언니 어디 가면 볼 수 있냐?'

'너도 거기 알바 가냐?'

'와, 대박.'

그사이, 율리는 쉬지 않고 말을 이었다.

"급식 면제 신청서 거기에 네⋯⋯."

귓가에 들리는 모든 소리들이 둘둘 뭉쳐져 머릿속을 내리치는 듯했다.

⋯⋯그만해.

입 안에서 뱉지 못할 말이 고여 갔다. 동시에 눈앞이 아득해질 때였다.

"야."

갑작스러운 부름에 율리의 말이 뚝 끊어졌다. 소리가 들리는 방향을 따라 고개 돌린 지서는, 건들거리며 계단을 내려오는 재언을 보았다.

"재언아."

그사이, 재언을 알아본 율리가 방긋 웃으며 그를 다정하게 불렀다.

"글쎄. 재언아. 있지. 내가 오늘 교무실 갔다가 뭘 본 줄 알아? 급식 면제 신청서에 이지서 이름이 있더라?"

율리의 입에서 결국 그 말이 나왔다. 소름 끼치는 침묵이 흘렀다. 지서는 더더욱 힘주어 제 입술을 틀어막았다. 토기인지, 울음인지 모를 게 혀끝까지 밀려 나왔다.

끝이다. 이제 끝이야.

지서의 얼굴이 하얗게 변할 때였다.

"그게 왜?"

재언이 툭 물었다.

"어? 혹시 이해가 안 돼?"

생각지 못한 재언의 반응에 율리가 얼떨떨한 얼굴로 물었다.

"돼. 이지서 이름으로 된 급식 면제 신청서가 있었다며."

"……."

"근데 그게 왜? 내가 장난친 건데."

"……어?"

율리가 얼빠진 소리로 물었다.

"이지서, 너 확인 안 했어? 내가 장난친다고 써서 네 서랍 안에 수련회 신청서랑 같이 넣어 놨는데. 그거 그대로 제출했어?"

뜬금없는 말에 지서의 눈동자가 더듬더듬 재언을 향했다.

이게 무슨…….

지서는 너무 절박한 심정에 자신이 잘못 들은 게 아닌가 하는 표정으로 올려다보았다. 그러나 착각이 아니라는 듯, 재언은 평소와 다름없는 얼굴로 내려다보고 있었다.

지서의 눈동자가 가늘게 떨렸다.

"아직도 모르고 있었나 보네."

곤란한 듯 얼굴을 찌푸린 재언이 다시 한번 물었다.

"하, 진짜. 그걸 확인도 안 하고 내면 어떻게 하냐? 담임한테 내가 말할게."

이어진 재언의 말에 지서의 눈동자가 빠르게 그의 얼굴을 훑었다.

거짓말.

재언의 말은 모두 거짓말이었다.

그러나 지서는 그 말을 뱉을 수 없었다. 목 끝까지 튀어나온 그 말을 되레 삼키려 입술을 꽉 깨물었다.

1년 반만 참으면 모든 게 잘 마무리될 수 있다.

그 욕심에 떠밀리듯 지서가 입을 열었다.

"……몰랐어. 네가 장난친 거."

대답함으로써 재언의 거짓말에 동조했다. 이로써 돌이킬 수 없게 되었다. 지서는 잠시 눈앞이 캄캄해지는 걸 느꼈지만, 꾹 참았다.

"뭐? 하, 그게…… 장난이라고? 그걸 믿으라고? 누가 그런 장난을 쳐?"

당황해서 더듬거리던 율리의 목소리가 별안간 높아졌다.

"내가."

"……."

"내가 쳤는데, 왜?"

"……."

재언이 성가시다는 표정으로 율리를 흘깃 쳐다보았다.

율리가 입을 딱 다문 채 우물쭈물하고 있는 걸 확인한 재언이 한껏 짜증 난 얼굴로 지서에게 시선을 옮겼다.

뭐야, 얘 몸에 피가 흐르고 있는 건 맞지?

안 그래도 하얀 애가 툭 치면 기절할 것처럼 더 하얗게 변해 있었다. 혈색이 안 좋은 지서의 얼굴을 초조하게 쳐다보며 재언이 말을 이었다.

"엄마가 너희 가족 안부 물어보시더라."

"……."

"엄마가 괜찮으면 다음에 또 집에 놀러 오래."

"……!"

쐐기를 박는 말에 지서의 눈이 커졌다.

"저번처럼 와서 놀다가 밥 먹고 가라고."

"……."

재언이 무심히 던진 말에 지서는 숨을 들이켰다. 다른 사람이 들으면 마치 집안끼리 알고 지내는 사이라고 오해할 법한 말이었다. 실제로 자신들을 에워싼 수군거림이 달라졌다.

무슨 생각으로 이러는 건지 알 수 없었지만, 이미 시작된 거짓말이었다.

지서가 고개를 끄덕였다.

"……응."

"가자."

재언이 앞장섰다. 지서는 우두커니 서서 멀어지는 재언의 등을 보았다. 몇 발자국 걸어가던 재언이 홱 돌아서더니, 얼굴을 찌푸렸다.

"가자고. 손잡아 줄까?"

재언의 물음에 지서는 얼른 고개를 가로저었다.

"아니."

그러고는 천천히 발을 옮겼다. 계단을 딛고, 복도를 지나쳐 교실로 걸어갔다. 재언의 발걸음을 따라서.

* * *

"잠깐 따라와."

1교시 윤리가 끝난 후, 지서는 교과서를 덮자마자 재언만 들을 수 있는 목소리로 속삭였다.

1교시 내내 수업에 집중하지 못했다. 반 친구들이 수군거리며 자신을 쳐다보는 시선과, 옆자리에 앉은 재언 때문에 머릿속이 복잡했다.

급한 불을 끄려고 재언이 하는 거짓말에 동조하긴 했지만, 실수한 것 같은 기분을 떨칠 수 없었다.

신재언이 왜 그런 거짓말을 했는지, 왜 자신을 도왔는지 알아야 했다. 제 사정을 알게 된 재언이 불쌍해서 도운 거라면 다행이지만, 만에 하나 더한 장난을 치는 거라면 어떻게든 수습해야 했다.

"어디 가려고?"

1교시 내내 엎드려 자고 있던 재언이 부스스한 머리를 정리하며 물었다.

"이야기 좀 하게."

"양호실부터 가야겠는데."

재언이 심드렁한 표정으로 말했다.

"왜? 너 어디 아파?"

"나 말고 너. 얼굴이 하얀색이야. 알아? 지나가던 유치원생이 크레파스 들고 네 얼굴에 그림 그리겠다."

"……."

재언의 농담에도 웃지 못한 지서가 제 뺨을 쓸어내렸다. 어지럽더니, 얼굴색마저 하얗게 변한 모양이었다.

평소와 다르게 받아치지 못하는 지서를 보던 재언이 뒷목을 거칠게 쓸어내렸다.

말실수했네. 안 그래도 힘든 애한테.

"아침밥 먹었어?"

재언이 한결 누그러진 말투로 물었다.

"……먹었어."

"거짓말. 일단 매점 가자."

지서가 대답하지 않자 재언이 또 한 번 한숨을 내쉬었다.

"됐어. 생각 없어."

"그럼 지금이라도 생각해."

그 말을 끝으로 재언이 자리에서 일어났다.

"어디 가? 이야기 좀 하자니까."

지서가 불안한 표정으로 재언을 불렀다.

"나중에."

"지금 해."

"이 학교에서 너랑 내가 편하게 대화 나눌 곳이 있겠어? 이 난리를 쳐 놓고? 우리 둘이 가면 다 엿들으러 올걸? 지금도 봐. 다 입 다물고 듣고 있잖아."

"……."

재언이 반을 휙 둘러보자, 찔끔한 애들이 얼른 바쁜 척했다. 지서도 느끼고 있었기에 할 말이 없었다.

"학교 마치고 맛있는 거 사 줘."

지서가 갈등하는 눈으로 재언을 바라보다 고개를 끄덕였다.

"알았어."

거절할 수 없었다.

재언과의 대화가 꼭 필요했으니까.

자율 학습을 마치니 6시였다.

평소 늦게까지 교실을 지키고 있다가 교실 문을 잠그고 가는 지서가 오늘은 가장 먼저 일어났다.

가방을 챙기는 내내 숨이 막혔다. 아니, 오늘 하루 종일 숨이 막혔다. 반 아이들의 수군거리는 소리와 제게 와 닿는 시선이 바늘처럼 따가웠다. 어디에 있든 시선이 따라붙었다. 그 때문에 하루 종일 공부는 손에 잡히지 않고, 선생님의 말도 제대로 귀에 들어오지 않았다. 게다가 멍하게 있을 때마다 아침에 있었던 일이 떠올랐다.

율리의 다 안다는 듯한 질책과, 그걸 막아 주던 재언.

불안함과 고마움, 두려움과 약간의 희망이 정신없이 마음을 오갔다. 이 어지러운 마음을 해결하려면 일단 재언이 왜 자신을 도왔는지 한시라도 빨리 알아야 했다.

"가자."

지서의 말에 재언이 기다렸다는 듯 몸을 일으켰다. 그러나 정작 가자고 한 지서가 꼼짝하지 않았다. 빈 백팩을 둘러멘 재언이 고개를 기울여 지서를 쳐다보았다.

"왜 그래?"

지서의 얼굴이 하얗게 질려 있었다.

"어디 아파?"

"아니."

지서는 어지러워서 그렇다는 말은 굳이 하지 않았다. 겨우 자리에서 일어나 무거운 가방을 둘러메던 지서는 갑자기 등이 홀가분해지는 걸 느꼈다.

"어디 이사 가? 가방이 왜 이렇게 무거워?"

뒤를 돌자, 재언이 지서의 묵직한 가방을 한 손으로 들고 있었다.

"이리 줘."

지서가 손을 내밀자, 재언이 제 어깨에 둘러멨다.

"됐어. 가자."

"줘."

"가자, 좀."

재언이 지서의 등을 밀었다. 지서가 고집스럽게 재언을 돌아보다 생각보다 가까운 거리에 흠칫했다. 동시에 재언의 한쪽 눈썹이 움찔하며 올라가는 게 보였다. 지서는 저도 모르게 얼른 시선을 내렸다.

지서는 하는 수 없이 몸을 돌려 문 쪽으로 향했다. 이미 반에 대부분의 아이들이 남아 있었고, 이 상황을 흥미진진하게 바라보고 있었다. 그런 애들 앞에서 굳이 실랑이를 하고 싶지 않았다.

* * *

건물을 나오자 선선한 바람이 불었다. 여전히 바람 따라 하얀 벚꽃 잎들이 분분히 날렸다. 지서는 숨을 깊게 들이마신 후, 길게 내뱉었다.

이제야 조금 살 것 같았다.

하루 종일 숨을 쉬지 않고 버틴 것처럼 답답했던 가슴이 한결 풀렸다.

"잠시만."

지서에게 가방을 돌려준 재언이 운동장을 가로질러 뛰어가더니, 교문 앞에 주차된 차 앞에 섰다. 곧 운전석에서 내린 기사가 재언의 앞에 마주 섰다.

재언이 뭐라 이야기를 하자, 조금 난처한 기색을 보이던 기사는 마지못해 차를 몰아 사라졌다. 재언은 한참이나 차가 멀어지는 방향을 지켜보더니, 다시 운동장으로 돌아왔다.

"내일 이야기할 걸 그랬나 봐. 기사님 기다리고 계신 줄 알았으면."

오늘 벌어진 일 때문에 경황이 없어서 기사의 존재를 잊고 있었다.

지서의 말에 재언이 얼굴을 찌푸렸다.

"누구 맘대로. 난 이 시간만 기다렸는데."

"……."

"빨리 저녁 먹으러 가자. 배고파."

재언의 말에 지서는 묵묵히 걸었다.

"운동장 가로질러 가자."

재언이 왜 빙 둘러 가냐는 듯 말을 뱉었다.

"선생님한테 혼나."

"안 혼내던데."

"그건 너니까."

"……."

지서의 말에 재언은 아무 말도 할 수 없었다.

"돌아가자. 여기서 좀 멀어."

운동장 갓길로 향하는 지서를 따라 재언이 발 맞춰 걸었다. 그러면서 지서를 흘깃 쳐다보았다.

걸음이 느리네. 발도 작고.

나란히 걷는 일이 많지 않다 보니 자꾸만 여기저기를 재 보게 됐다. 키, 걸음 속도, 발 같은 것들. 그러다 지서의 무거운 가방을 뒤늦게 발견한 재언이 손을 뻗었다.

"가방 이리 줘."

"내 가방은 내가 들게."

"무겁더라."

"무거워도 이건 내 가방이야."

지서의 목소리는 높지도, 낮지도 않았다. 무심하게 들릴 정도로 차분했음에도, 재언은 지서가 삶에 대해 이야기하는 것처럼 들렸다.

자신이 선택한 건, 어떻게든 자신이 책임지겠다는 것처럼.

"그래도 누가 들어 줄 수 있을 땐 맡기면 되잖아. 그때만큼은 편하잖아."

재언이 반박하듯 말했다. 그러자 지서가 고개 돌려 그를 보았다. 나란히 걷기 시작한 후, 지서가 자신을 똑바로 쳐다본 건 처음이었다.

169

"너, 엄청 무거운 짐 한참 들고 걷다가 내려놔 본 적 있어?"

"아니."

늘 아버지, 형들, 기사들이 함께였기에 짐 같은 거 들어 본 적 없었다. 형들 따라 헬스장 가서 아령을 든 것 외엔, 늘 가볍게 다녔다.

지서가 그럴 줄 알았다는 듯 고개를 주억거렸다.

"그럼 그런 경험도 없겠네."

"……."

"그 무거운 짐을 다시 들어 본 경험."

"……."

"다시 들면 더 무거워."

너무 무거워서 울고 싶어질 정도로.

지서는 가만히 재언을 바라보다 다시 고개를 돌려 정면을 보았다. 그러고는 입을 꾹 다문 채 앞을 보며 걸었다.

재언은 더 이상 아무 말 할 수 없었다. 늘 밝고 옅기만 했던 지서의 눈동자가 깊은 밤처럼 지독하게 캄캄했으므로.

* * *

지서가 저녁을 사 주겠다며 데려간 곳은, 학교에서 30분이나 떨어진 분식집이었다.

저기는 아니겠지, 싶었던 곳에 지서가 자연스럽게 들어가는 걸 보고 재언은 잠시 가게를 보았다.

〈ㅌㅇ 부시〉

암호인가 했는데, 자세히 보니 태양 분식이라는 간판이었다.
세월에 빛이 바래고, 글자들이 떨어져서 저런 모습이 된 듯했다.
　간판 아래 가판대에 떡볶이, 어묵탕, 순대 등이 쭉 놓여 있었
고, 그 앞에 허리 구부정한 할머니가 앉아 꾸벅꾸벅 졸고 있었다.
　"와."
　사업장을 열어 놓고 주무시다니.
　안전하고 평화로운 대한민국.
　재언이 감탄하며 분식집 안으로 들어갔다. 지서는 텅 빈 가게
가장 구석 자리에 이미 앉아 있었다.
　지서의 맞은편 자리에 앉은 재언이 멈칫했다. 의자가 작고 낮
았다. 테이블 밖으로 다리를 빼는 게 편할 정도였다. 지서는 그
런 재언의 다리를 미안한 표정으로 쳐다보았다.
　"미안. 너한테 불편할 줄 몰랐어."
　"안 불편해."
　"불편해 보이는데……."
　"괜찮아."
　처음 따로 밥 먹는 건데, 의자 가지고 미안하네 마네 하고 싶
지 않았다.
　"잠시만."
　멋쩍은 표정을 지은 지서는 가게를 가로질러 나가더니 주인 할
머니에게 다가갔다. 그러고는 이것저것 주문하더니, 알아서 계산

하고, 직접 챙겨 왔다. 그 상황을 재언이 황당하다는 얼굴로 바라보았다.

전자동 시스템화는 들어 봤어도, 전손님 시스템화는 처음 봤다.

"먹어."

어묵 국물까지 직접 챙겨 온 지서가 포크를 내밀었다.

"혹시 저분, 친척분이셔?"

가족 경영인가?

그렇지 않고서야 이렇게까지 나서서 전부 다 하는 게 믿기지 않아 물었다.

"아니. 내가 여기 단골이라 그래. 여기가 이 동네에서 제일 싸고, 제일 양 많거든. 맛도 있고. 근데 할머니가 요즘 많이 피곤해하셔서. 먹자."

지서는 묵묵히 대답하고는 포크를 들었다. 재언은 떨떠름한 얼굴로 포크를 들었다. 떡볶이는 다행히 맛있었다. 식사를 하는 동안, 손님은 거의 없었다. 몇 명이 들러 떡볶이를 포장해 가는 정도였다.

지서가 말문을 연 건, 떡볶이가 절반쯤 비었을 때였다.

"혹시 어머니께 내 사정에 대해 들었어?"

예상하던 질문을 들은 재언이 가볍게 고개를 끄덕였다.

"응. 뭐, 어쩌다 보니. 엄마한테 왜 이야기했어? 굳이 안 했어도 됐을 텐데."

"말한 적 없어. 근데도 다 아시는 것 같더라."

"……."

그 말에 재언의 손이 멈칫했다. 제 엄마가 지서의 뒷조사를 했 단 말이었다. 재언이 당황한 얼굴로 쳐다보자, 지서가 대수롭지 않은 표정으로 이어 말했다.

"이해해. 아들 맡겨야 하는데, 어떤 집 애인지 궁금하셨겠지. 알고 과외 시작한 거야."

그만큼 과외비가 절실했다. 100만 원씩 몇 달만 받아도 대학 등록금은 얼추 되니까.

덤덤한 대꾸와 달리 씁쓸한 표정을 지은 지서가 물을 마셨다. 그러고도 목이 타는지 두어 번 더 마신 후에야 말을 마저 이었다.

"근데 넌 왜 날 도운 거야? 내가 싫었을 텐데. 아주 많이."

지서는 재언이 제게 관심 있다는 걸 알고 있었다. 그러나 그 관심도 자신이 가난하다는 걸 알면 사라질 거라 생각했다. 다른 사람들을 기만하고, 부자인 척 연기하는 가난뱅이 같은 건 꼴도 보기 싫었을 테니까.

그 말에 재언이 얼굴을 찌푸렸다.

"당황한 건 맞는데 싫진 않아."

"……."

순간, 지서는 말문이 막힌 얼굴로 재언을 바라보았다.

"네가 바뀌는 건 아니니까."

"거짓말쟁이인데도?"

지서는 재언의 말에 자꾸만 어깃장을 놓듯 물었다.

"거짓말 안 하고 사는 사람이 어디 있어?"

"……의외네, 정말."

지서가 자그맣게 중얼거렸다. 너무 의외다 못해 아주 조금 감동이었다.

"근데 왜 거짓말한 거야? 굳이 학교에서 부자인 척할 필요 없잖아."

문득 생각났다는 듯 재언이 건넨 질문에 지서가 쓰게 웃었다.

"내가 시작한 거 아니었어. 애들이 오해한 거지. 그 오해를 일부러 안 푼 거야."

"……."

"가난하다고 멸시받는 것보단, 부자인 척하는 게 낫거든."

"……."

"그거 알아? 엄청 가난하고, 엄청 불우한 애가 공부 잘하면 독하다는 말 들어. 가난해서 고생하네, 가난을 벗어나려고 애쓰네, 개천에서 용 나겠네 이런 말들. 근데 부자인 애가 공부 잘하면 부러워해. 돈도 많은 게 공부도 잘하네, 하면서. 웃기지? 똑같이 공부 잘해도 가난하면 비웃음을 사는 게."

지서의 표정이 씁쓸해졌다.

"그리고 가난하면 얻을 수 있는 지원도 많지만, 뺏기는 기회도 많아."

"……."

중학교 때 매번 자신이 더 우수했음에도, 경시대회엔 2등인 미진이가 학교 대표로 나갔다. 그 애의 어머니는 학부모 위원장이었고, 아버지는 병원장이었다.

미진이가 경시대회 나갈 때마다, 학교를 대표할 때마다, 학생들은 햄버거나 피자 같은 것들을 얻어먹었다. 그런 것들을 살 수 없으므로, 지서는 불합리하다 말할 수 없었다. 설령 말한다고 해도 들어줄 사람도 없었다.

담임마저 '미진이가 경시대회 나가니 너도 햄버거 먹을 수 있고, 얼마나 좋아. 그렇지?'라고 말했으니까.

굳이 이런 일이 아니더라도, 더는 형편 어려운 티를 내고 싶지 않았다. 때때로 너무 불우하면 사람들의 관심이 쏠리기 마련이니까.

그러다 보면 자연스럽게 제 언니가 술집 다닌다는 걸 알게 될 거고, 지옥 같았던 중학생 시절이 반복될지도 모른다는 두려움이 자신을 거짓말쟁이로 만들었다.

그렇지만, 후회하진 않았다.

"난 당분간 계속 이런 거짓말을 하겠지. 한동안 또 이런 분식집에서 식사하는 것만으로도 감지덕지인 채로 살 거고."

"……."

"그렇지만 끝까지 이렇게 살지는 않을 거야. 언젠가 남들처럼, 아니 남들보다 더 잘 살 거야. 보란 듯이."

결심을 뱉는 지서의 눈이 반짝 빛났다.

재언은 숨죽인 채 그 얼굴을 들여다보았다. 아주 잠깐 주변의 모든 것들이 눈에 들어오지 않았다. 재언은 그것이 하나의 소망을 오랫동안 품은 사람만이 낼 수 있는 압도감이라는 걸 알고 있었다. 지독하다는 말을 듣다가, 결국 대단하다는 말을 듣게 된 제 큰형처럼.

"하."

입가에서 흐릿한 웃음소리가 새어 나왔다.

"왜 웃어?"

지서의 물음에 재언이 느릿하게 고개를 들었다.

"내가 괜한 걱정을 한 것 같아서. 네가 힘들 것 같다고 생각했거든. 근데 강하네, 이지서."

"……."

"비밀 지켜 줄게."

재언의 말에 긴장이 풀렸는지 지서의 어깨가 아래로 훅 내려갔다.

"……고마워."

저절로 말이 튀어나왔다. 진심으로 고마웠다.

지서가 얕은 한숨을 내쉴 때였다.

"그리고 기대할게."

"……."

"꼭 보여 줘. 네가 잘되는 모습 보고 싶으니까."

재언이 숨을 들이마시며 느릿하게 말했다. 진심이 담긴 목소리에, 지서의 표정이 서서히 풀렸다. 아득한 기분으로 바라보는 사이, 재언의 눈매가 부드럽게 휘었다. 고마움을 넘어선 설명하기 힘든 감정이 밀려들었다.

태어나 난생처음 겪는 감정에 지서가 잠시 당황하는 사이,

"근데 그러려면 우리 계속 만나야겠다, 그렇지?"

재언이 가벼운 목소리로 눈을 반짝이며 물었다. 지서는 자신도

모르게 주먹을 꽉 움켜쥐었다. 그냥 하는 말일 수도 있다고 생각
하면서도, 이상하게 손끝이 저려 견딜 수가 없었다.

* * *

떡볶이와 어묵탕, 순대가 순식간에 동났다. 지서는 의외라는
눈으로 재언을 쳐다보았다.

"왜?"

재언이 냅킨으로 입술을 닦으며 물었다.

"그냥 잘 먹는 게 신기해서. 많이 못 먹을 줄 알았거든."

"맛있는데."

재언이 물컵을 들어 물을 마시곤 답했다. 재언은 분식집에 파
는 음식들은 입에도 못 댈 줄 알았다.

중학교 시절, 의사 집안의 미정이 한 말 때문이었다.

'난 길가에 파는 떡볶이나 이런 거 못 먹겠더라. 엄마랑 아빠
가 더럽다고 먹지 말래. 비 오면 다 들어가고, 미세 먼지도 다 들
어가고……. 먹다가 병날 것 같대. 나도 듣고 보니까 그런 것 같
아서 못 먹겠더라.'

전날, 떡볶이를 먹었던 지서는 뒷자리에서 두런두런 이어지는
이야기를 듣고 생각했었다.

잘사는 애들은 그게 더럽게 느껴지는구나. 난 떡볶이 먹는 날
만 기다리는데.

그때의 기억 때문인지 재언이 못 먹을 수도 있겠다고 생각했다.

그러면서도 재언을 부득불 여기까지 데려온 이유는 하나였다.

보여 주고 싶었다. 네가 관심 있어 하는 애가 실은 이렇게나 엉망인 사람이라고.

거짓말을 일삼고, 가난하며, 이런 분식집 오는 것도 한 달에 한 번 큰마음 먹어야 올 수 있는 그런 사람이라고.

재언이 실망하고 제게 치를 떤다고 해도 어쩔 수 없는 일이라 생각했다. 최대한 제 비밀을 지켜 달라 부탁해 보고, 만약 합의점에 이르지 못하면 제 비밀을 스스로 폭로해야겠다는 결심까지 하고 있었다.

그런데 재언은 장난스러운 미소를 지으며 말했다.

'근데 그러려면 우리 계속 만나야겠다, 그렇지?'

성공한 내 미래를 보고 싶다고, 그러기 위해선 우리가 계속 만나야 할 것 같다고.

지서는 가만히 재언을 바라보다가 시선을 내렸다. 안 그래도 가슴이 울렁거리고 있는 터라, 계속 보고 있으면 기분이 더 이상해질 것 같았다.

"잘 먹었습니다."

인사를 한 지서가 얼른 몸을 일으켰다.

"잘 먹었습니다."

뒤따르는 재언의 우렁찬 인사에 화들짝 놀란 할머니가 눈을 떴다.

"아이구, 다 먹었어? 자꾸 잠이 오네."

그러더니 어정쩡하게 몸을 일으켰다.

"할머니, 제가 할게요."

"에잉, 됐어. 내가 할게."

"아니에요. 계세요."

몸을 일으킨 지서가 능숙하게 쟁반 위를 정리했다. 할머니가 멋쩍은 표정으로 자리에 앉았다.

"비가 오니까 다리가 아파서……. 고마워, 학생."

지서가 빙긋 웃으며 다 먹은 접시까지 설거지해서 올렸다. 재언은 다시 한번 그 기막힌 현장을 물끄러미 바라보았다.

가족 경영도 아닌데 이게 가능하네.

"아이구, 뭐 하러 설거지까지 해?"

뒤늦게 할머니가 부랴부랴 말렸다.

"제 손 젖은 김에 했어요."

"다음에 꼭 말해. 내가 떡볶이 더 줄 테니까."

"와, 감사합니다."

깨끗하게 씻은 접시를 물기 빠지게 챙겨 놓은 지서가 환하게 웃었다. 재언은 그런 지서의 얼굴을 빤히 쳐다보았다. 휘어지는 눈매와 그린 듯이 올라가는 입꼬리가 어여뻤다.

"왜?"

시선을 느꼈는지 다시 무표정하게 돌아온 지서가 물었다. 재언이 덩달아 얼굴을 찌푸렸다.

"떡볶이 할머니한테는 웃어 주면서 나한텐 왜 안 웃어 줘?"

"웃을 이유 없잖아."

"할머니한텐 있나?"

"떡볶이 맛있게 만들어 주시잖아."

"난 떡볶이 먹으러 같이 와 줬잖아."

"내가 샀잖아."

"와, 넌 진짜……."

말문 막힌 재언이 빈 입술만 달싹일 때였다.

더 이상 할 말이 없는지 지서는 손으로 제 뺨을 쓸어내리더니 휙 돌아서서 분식집을 나섰다. 재언은 어이없다는 듯 바라보다가 그 뒤를 따랐다.

"다음엔 내가 살게."

재언의 말에 지서가 또 오게, 라는 표정으로 올려다보았다. 재언은 그 얼굴을 무시한 채 묵묵히 앞만 보고 걸었다.

거리는 한산했다. 드문드문 차가 지나다니는 게 전부였다.

"이 길을 혼자 걸어 다녀?"

문득 든 생각에 재언이 어두컴컴한 길을 둘러보았다.

"응. 모자 푹 눌러쓰고."

"위험해 보이는데."

"괜찮아. 다니는 사람이 거의 없어서. 있어도 할머니, 할아버지들이야."

"괜찮기는. 쯧."

재언이 못마땅한 얼굴로 혀를 차더니, 주변을 쭉 살펴보았다. 가로등이 있긴 한데 불빛이 희미했다.

그렇게 얼마나 걸었을까, 어느 길목에 다다르자 지서의 걸음이 멈췄다.

"난 이쪽으로 가야 해. 넌 저쪽이지?"

지서의 말에 재언이 얼굴을 미미하게 찌푸렸다. 지서가 제 집을 알고 있어서, 아니라고 거짓말을 칠 수도 없다.

"늦었어. 어둡고. 집까지 데려다줄게."

"괜찮아."

지서의 성격상 그럴 줄 알았지만, 너무 대쪽 같은 대답에 재언은 미간을 좁혔다. 그러고는 슬쩍 지서가 걸어가야 할 골목길을 보았다. 좁고, 어두컴컴했다.

굳이 꼭 혼자 걸어가겠다고 고집부릴 필요까지야. 나를 데려다 달라는 것도 아니고, 데려다주겠다는데 왜 싫다는 거야.

마음 같아선 고집스러운 이지서 팽하니 놔두고 가고 싶은데, 발이 안 떨어졌다.

"저기."

고요한 가운데 들리는 목소리에, 재언이 고개를 돌렸다. 어느새 마주 선 지서가 자신을 올려다보고 있었다.

"오늘 고마워."

갑작스러운 말에 재언이 멋쩍은 표정을 지었다.

"……뭐가. 떡볶이도 네가 샀는데."

"오늘 도와주고, 비밀도 지켜 준다고 해서. 그리고……. 비웃지 않아 줘서."

"……."

이어진 지서의 말에 재언의 얼굴에서 서서히 웃음기가 사라졌다.

"내 미래를 기대한다는 말, 고마워. 정말 힘이 됐어."

"……."

"이 말은 해야 할 것 같아서."

"……."

멋쩍은 듯 지서가 고개를 숙였다. 애써 힘줘 말한 보람 없이 목소리 끝이 흐트러졌다. 그러니까, 이지서는 부끄러움을 무릅쓰고 고백하고 있었다.

"그만 가 볼게. 잘 가."

지서가 홱 돌아섰다. 그러고는 뒤도 돌아보지 않고 어두컴컴한 골목길을 걸어갔다.

지서는 뒤늦게 부끄러움이 밀려들었다. 그에 화끈거리는 얼굴을 억지로 감추며 저벅저벅 발걸음을 옮길 때였다. 갑자기 환한 빛이 쏟아지며, 정면에 제 그림자가 길게 드리워졌다. 몸을 돌려 세우자, 휴대 전화 라이트를 비추고 있는 재언이 보였다.

"……뭐야?"

"넘어질까 봐."

재언의 말에 지서가 고개를 가로저었다.

"그러지 마. 배터리 낭비돼."

"폰 걱정 말고, 네 걱정이나 해."

"……."

"아니면 하나 고르든지."

"……."

"데려다줄까, 비춰 줄까?"

재언의 말에 지서는 입술을 꽉 다물었다.

재언에게 제 사정을 다 털어놓긴 했지만, 집을 보여 주는 건 다른 일이었다. 듣는 것과, 실제로 보는 것은 다르니까. 쥐가 소변 눈 자국이 있는 천장, 낡고 닳은 벽면, 누군가가 낙서한 자국이 그대로 있는 시멘트 집을 보여 줄 자신이 없었다.

"······갈게."

"조심히 가."

재언의 다정한 인사에, 다시 고개 돌린 지서는 환하게 밝혀진 길을 보았다.

난생처음이었다.

어두운 밤, 집으로 가는 길이 밝은 것은.

* * *

저녁 8시가 훌쩍 넘어 집에 도착했다. 벨을 누르자 재언의 얼굴을 확인했는지, 곧장 대문이 열렸다.

무거운 대문을 밀고 안으로 들어간 재언은 고개를 들어 정면을 보았다. 정원 구석구석 비춘 불빛에 거대한 집이 또렷하게 보였다.

여긴 이렇게 빛이 넘쳐나는데, 이지서가 걸어가는 길엔 빛이 없었다.

새삼 자신이 누리고 있던 것들이 넘치게 다가왔다. 이런 빛은 혼자 걸어가는 이지서한테 더 필요해 보이는데.

183

재언이 고개를 비스듬히 기울이며 돌계단을 걸어 올라갔다.

계단 하나마다 눈앞으로 어지럽게 스쳤다.

계단 하나에, 어두컴컴한 길을 걸어가는 이지서의 뒷모습이.

또 계단 하나에, 환한 라이트 불빛에 비친 낡은 이지서의 가방이.

또 계단 하나에, 제게 고맙다고 말하며 말갛게 웃던 이지서의 얼굴이……

마침내 정원 한가운데 선 재언은 탁 트인 정원을 낯설게 보았다.

여기 조명 하나 뽑아다가 이지서 가는 길목에 꽂아 주면 좋겠다.

진지하게 어느 걸 뽑아 가야 하나 고민하다 관뒀다. 배선까지 깔 자신이 없었다.

"후."

긴 한숨을 내쉰 재언이 현관문을 열어젖혔다.

"왜 이렇게 늦었어? 김 기사한테 들었어. 오늘 걸어가고 싶다고 했다면서."

신발을 벗기가 무섭게, 배 여사가 기다리고 있었다는 듯 성큼성큼 다가와 물었다.

"그냥. 오늘 걷고 싶어서."

"응? 갑자기?"

해가 서쪽에서 떴냐는 표정으로 배 여사가 재언을 빤히 쳐다보았다.

"응."

재언이 덤덤하게 대답하며 2층으로 올라가다 말고 멈춰 섰다.

"엄마."

"응."

재언의 부름에 배 여사가 곧장 반응했다.

"나, 앞으로 걸어 다닐게."

"뭐? 갑자기? 너 아침에 잠 많잖아."

"그래도."

"왜 그래? 갑자기?"

"축구하다가 다리 힘 풀렸어. 운동 못 해서 그런 것 같아서. 좀 걸어 다녀야겠어."

"어머, 그래? 하긴, 공부하느라 운동도 거의 못 했으니. 알겠어. 그럼 내일부터 걸어 다니는 걸로 알게."

원하는 대답을 얻은 재언이 계단을 다시 올라가기 시작했다. 배 여사는 그런 재언의 뒷모습을 묘한 눈으로 쳐다보았다.

* * *

다음 날 아침, 배 여사는 무심코 고개를 돌렸다가 무언가를 발견하곤 눈을 크게 떴다.

"너……."

당황해 말을 더듬거리던 배 여사가 고개 돌려 자개로 무늬가 새겨진 시계를 보았다.

오전 7시 43분.

지금쯤 눈을 떠야 할 재언이 교복을 갖춰 입고 끝이 조금 덜 마른 머리카락을 툭툭 털며 내려오고 있었다.

"아줌마, 아줌마가 깨웠어요?"

"아뇨. 오늘 2층으로 올라간 적도 없는걸요."

김 씨도 당황했는지 휘둥그레진 눈으로 재언을 쳐다보았다. 혹시 몽유병인가. 하지만 그렇게 여기기엔, 머리부터 발끝까지 어디 하나 빠짐없이 말끔했다.

"다녀오겠습니다."

거기다가 멀쩡하게 말을 하지 않는가.

재언이 홱 돌아서서 걷기 편하게 운동화를 꿰어 신었다.

"재언아, 너 가방······!"

배 여사의 부름에도 재언은 못 들은 척, 현관문을 확 열어젖히며 밖으로 나섰다.

* * *

드르륵, 문을 열자 교실 내부가 고요했다. 지서는 제 얼굴로 쏟아지는 따끔한 시선들을 견디며 자리로 걸어가 앉았다. 지서가 앉아서 가방을 열어 책들을 정리하는 과정을 반 아이들이 조용히 지켜보았다.

"어제 우리 엄마가 가방 사 줬어."

그 가운데 율리의 카랑카랑한 목소리가 들렸다. 지서의 손끝이 움찔했지만, 다른 누구도 알아채지 못할 정도로 미미했다.

"오, 얼마짜리?"

"삼십."

"어머니 큰맘 먹으셨네."

"응. 생일 선물이었거든. 아니, 근데 웃기지? 나 같은 애도 가방이 여러 개인데…… 부자라고 소문난 누구는 가방이 맨날 하나네?"

율리의 비아냥에 그 주변에 둘러앉은 해진을 비롯한 여자애들 몇 명이 키득거렸다. 따라 웃던 율리가 흘깃 지서를 쳐다보았다. 지서는 이어폰으로 귀를 틀어막은 채 묵묵히 공부하고 있었다. 별것 아닌 그 모습이 손톱 아래 박힌 가시처럼 거슬렸다.

어제, 재언이 장난친 거라고 했지만 율리는 믿지 않았다. 그런 어이없는 장난을 치는 애가 어디 있을까. 재언이 지서를 싸고도는 거라 생각했다.

저딴 애를 대체 재언이 왜?

왕따처럼 앉아서 공부만 하는 이지서보단 자신이 훨씬 나은데.

"가방 가져왔어?"

율리의 책상에 걸터앉은 친구가 던진 물음에, 율리가 책상 옆에 걸어 둔 가방을 들었다.

"이거."

"와씨, 예쁘다. 이거 어디서 본 것 같은데?"

"김수혜가 멘 가방이잖아."

"티들리 김수혜? 대박."

친구들의 환호성에 기분이 좀 나아진 율리가 싱긋 웃었다. 그러고는 흘깃 지서를 쳐다보았다. 지서는 여전히 이쪽은 싹 무시한 채 제 할 일만 하고 있었다.

"저번에 성적 올라서 엄마가 사 주신 거 있다며."

"아, 그거? 첨엔 예뻤는데. 지겨워서. 가방 하나 오래 쓰면 지겹잖아. 너무너무."

율리가 목소리를 더욱 높였다. 지서가 안 듣는다고 해도 상관없었다. 들을 때까지 떠들어 주면 되니까.

* * *

"여름 방학 때 또 제주도 가자더라, 지겨워. 나는 나트랑 가고싶은데."

율리의 카랑카랑한 목소리가 이어폰을 뚫고 들어왔다. 듣기 싫어도 한쪽 이어폰이 고장 나서 안 들을 수가 없었다. 대화의 주제는 계속 바뀌었으나 고만고만했다.

가방 이야기, 여행 이야기, 결국 본인이 번 돈이 아닌, 돈 쓰는이야기들.

돈을 막 쓰는 모습이 한심하다가도, 가족 이야기가 나오면 조금 부러운 마음이 드는 그런 대화들.

지서가 노래의 볼륨을 더 높이려 할 때였다.

"오, 신재언!"

익숙한 이름에 지서의 몸이 경직됐다. 문제집 위로 환한 빛이 비치는 듯했다. 어젯밤, 자신이 가는 길을 밝혀 주던 휴대 전화 라이트의 빛처럼.

"씨발, 더워."

교실 뒷문으로 들어오던 재언이 이마에 맺힌 땀을 훔치며 중얼거렸다.

"차 타고 왔을 건데 왜 더워?"

고영이 친근하게 다가가 물었다. 고영은 재언의 무시와 핍박에도 굴하지 않고 며칠째 친한 척 굴고 있었다. 철면피인 데다가, 눈치가 빨라 재언의 기분이 정말 안 좋을 땐 알아서 도망치는 바람에, 재언과 몇 마디 대화하는 사이가 되었다.

"차 안 탔어."

지서의 옆자리에 털썩 앉은 재언이 고개를 뒤로 젖혔다.

"왜? 고장 났어?"

"고양아."

재언이 고개를 앞으로 돌려 정면에 서 있는 고영을 불렀다.

"나?"

고영이 손가락을 제 얼굴을 가리켰다. 그러자 재언이 다른 누가 있냐는 듯 한쪽 눈썹을 치켜올렸다.

"어."

"나 고영인데……."

"아, 그래. 뭐, 고양이든 고영이든."

"그래. 뭐, 고양이 할게. 난 너의 고양이. 야옹."

고영이 윙크를 했다.

"아니, 저 개새끼가."

그러자 정색한 재언이 참지 못하고 욕을 뱉었다.

"너 너무한 거 아니냐? 고양이라고 했다가, 개라고 했다가."

"아, 됐고. 휴대용 선풍기 있냐?"

"아니. 아직 봄이라서."

"그럼 부채는?"

"없는데."

"고양이 새끼 가진 게 없네."

"……고영이라니까."

이거나 그거나, 라는 얼굴로 재언이 아무 책을 꺼내 부채질하기 시작했다.

"근데 왜 걸어왔냐니까? 차 고장 났어?"

고영이 궁금증을 참지 못하고 재차 물었다.

"그냥 걸어왔어. 앞으로도 걸어오려고. 사람이 운동하고 살아야지, 무슨 차야!"

……네가 타고 다녀 놓고, 왜 네가 화를 내.

고영이 어이없는 눈으로 쳐다보다가, 책상에 놓인 재언의 가방을 보고 눈을 휘둥그레 떴다.

"어? 가방 바꿨네? 이건 어디 가방?"

재언이 귀찮은 표정으로 설치는 고영을 쳐다보았다. 고영은 흥분한 얼굴로 재언의 가방을 요리조리 살펴보다가 결국 호기심을 참지 못한 듯 물었다.

"한 번 봐도 되냐? 와, 간지 난다. 어디 거냐?"

고영이 목소리를 높인 탓에 몇몇 반 아이들이 흘깃대며 재언 쪽을 쳐다보았다.

"모르겠는데."

"브랜드 보면 되지."

호기롭게 말한 고영이 재언의 가방 안을 열어젖혔다. 내부를 본 고영이 고개를 갸웃거렸다.

"토레⋯⋯드? 어디 거지? 야, 재벌들이 쓰는 브랜드는 다른가 보지? 원래 재벌들은 아는 명품 안 쓴다더니. 이건 얼마짜리야? 어라? 빈티지네?"

고영이 재언의 가방 귀퉁이 낡은 걸 가리키며 씩 웃었다.

"원래 빈티지가 더 비싼 법이지."

혼자 북 치고 장구 치던 고영이 휴대 전화를 꺼내 브랜드를 검색했다.

"⋯⋯어?"

그러다 당황한 듯 어물거렸다.

"뭔데, 얼마짜린데?"

"몇백 해?"

갑자기 고영의 친구들이 호기심을 참지 못하고 우르르 그에게 달려들었다. 그러다 고영의 휴대 전화를 보곤 고개를 갸웃거렸다.

"할인해서 38,400원."

고영이 금액을 읽자마자 교실 내부가 고요해졌다. 그 가운데 재언은 천연덕스럽게 물을 마셨다.

"뭐? 왜?"

띠껍게 대답하긴 했지만, 재언도 내심 당황했다.

얼마 전, 교통사고를 당한 주영이 '이거 내가 1년 동안 쓰고 다니다가 수능 대박 냈던 가방이야. 아무나 안 주는 건데 특별히 너한테 선물하는 거야. 너, 잘되면 꼭 나 잊으면 안 돼. 알았지?' 라며 신신당부하며 건넸었다.

구석에 처박아 놓고 잊고 있다가, 어젯밤 기억이 나서 꺼낸 가방이었다.

호기롭게, 잊지 말라고 신신당부하기에 10만 원은 되나 보다 했는데……. 38,400원이라니.

거기다가 중고니까 실제로 자신이 받았을 땐, 만 원도 안 하는 상태였단 말이었다.

기가 막혀 재언이 짧게 웃었다.

씨발, 이딴 가방을 다 써 보네.

"아니, 너……. 이런 말 좀 그런데……. 집이 어렵다거나……."

고영이 재언의 눈치를 흘깃 살폈다.

"불우한 가정사 만들어 낼래?"

재언이 눈을 치뜨며 묻자, 고영이 움찔했다. 안 그래도 덩치가 크고 어깨 넓은 애가 노려보니 오금이 저렸다.

"갑자기 차도 안 타고 오고, 가방도 이러니까……."

"할아버지가 어린 주제에 명품 들고 다니면서 위화감 조성하지 말라고 하셔서."

사실 그런 말 한 적 없다.

할아버지는 '대한민국에서 SR 가문이다 하면, 지나가던 새도 쳐다보는 법이다. 그러니 머리부터 발끝까지 단정하고, 깔끔한 것들, 좋은 것만 하고 다녀라. 그래야 입방아에 안 오르는 법이다.'라고 말씀하시는 분이었다.

그 말 하나 믿고 명품을 사고, 휘두르고 다녔지만, 이젠 그게 무의미하게 다가왔다.

자신이 입은 명품 하나에, 누군가가 상처받을 수 있으니까.

재언의 시선이 흘깃 지서를 쳐다보았다.

"이지서. 그러니까 너도 여기 거 사서 써. 위화감 조성하지 말고. 학생이 무슨 명품이야?"

"⋯⋯."

지서가 어이없는 눈으로 재언을 쳐다보았다.

어제까지만 해도 재언이 등교 가방으로 메고 온 가방이 몇백이라는 말을 건너 들었다. 그런 애가 하루 만에 태세 전환을 하는 게 어이없었다.

그럼에도 지서는 작게 고개를 끄덕였다.

"그래."

대답하고 나자 아주 조금 마음이 편해졌다.

가짜인 자신은 할 수 없는 말을, 진짜인 재언이 해 주어서.

* * *

토요일 오후 1시.

샤워를 마친 재언이 면바지와 티셔츠를 입은 후, 거울 앞에서 제 모습을 확인했다. 괜찮은 것 같으면서도, 임팩트가 없다.

그렇다고 집에서 공부하는데, 더 꾸몄다간 요란할 것 같았다. 이지서 성격상 그런 걸 좋아할 리도 없고.

이리저리 서성거리던 재언은 흘깃 시계를 보았다.

1시 10분. 방 안을 오가던 재언이 침대에 걸터앉아 문제집을 펼쳤다. 틀린 문항들을 살펴보던 재언이 고개 돌렸다.

오후 1시 13분. 재언이 눈을 꾹 감았다가 다시 떴다. 시계가 미친 건지, 제 눈이 미친 건지 구분이 되질 않는다.

문제를 벌써 몇 개를 풀었는데, 꼴랑 3분밖에 안 지났다는 게 믿기지 않았다. 그러나 재확인을 위해 열어 본 휴대 전화도 1시 13분을 가리키고 있었다.

훅, 하고 숨을 내쉰 재언이 겨우 진정하며 다시 침대에 걸터앉아 문제집을 펼쳤다. 한 페이지 문제를 다 푼 후, 고개를 들어 보니 또 3분이 흘러 있었다.

"아니, 씨발."

온 지구가 짜고 자신을 상대로 몰래 카메라를 찍는 건가.

그렇지 않고서야 말이 안 된다.

오전 10시부터 시간이 점점 늦게 흐르더니, 이젠 숨이 막힐 지경이었다.

뒷목을 쥐고서 고개를 이리저리 돌려 가며 스트레칭하던 재언은 결국 쥐고 있던 문제집을 내려놓았다. 그러고는 휴대 전화를 들어 단체 채팅방에 메시지를 보냈다.

[재언: 시간 순삭 가능한 게임 아는 사람?]

[민태: 와씨 너 우리 말 다 씹고 이제 튀어나와 하는 말이 꼴랑 그거임? 안녕 모름? 이 예의 뼈 바른 새끼야]

[정우: 강퇴 ㄱㄱ]

[재언: 그럼 하든가, 씹새들아]

잠시간 정적이 흘렀다.

[민태: 무슨 게임? 폰? PC?]

[재언: 폰]

[민태: 태그 시간 잘 감]

[정우: 태그222]

[민태: 어제 하다가 날 새우고 방금 일어남]

[정우: ㅋㅋ나도]

[재언: ㅇㅋ]

뒤이어 어떻게 지내는지, 서울엔 언제 오는지, 친구들의 메시지가 줄이었으나 재언은 모조리 무시한 후 태그를 설치했다.

"오, 이거 괜찮네."

태그 게임을 시작한 재언이 흥미진진한 표정을 지었다. 그렇게 한창 게임을 하던 재언이 눈을 깜빡였다.

이 정도면 한 30분은 흘렀을 것 같은데?

가볍게 고개를 젖힌 재언이 시간을 확인했다. 그러고는 넋이 나간 얼굴로 중얼거렸다.

"……뭐?"

오후 1시 25분.

체감상 분명 30분은 흐른 것 같은데, 고작 10분 남짓 흘렀다는 사실이 믿기지 않아 재언은 멍하게 시계만 바라보았다.

"아니, 이게 말이 돼?"

시간이 이렇게 질질 늘어난다고?

"하."

재언이 쥐고 있던 휴대 전화를 침대 위에 아무렇게나 집어 던진 후 눈을 감았다.

"차라리 자자."

그래, 그게 나을 것 같았다.

* * *

지서는 야트막한 오르막길을 오르며 시간을 확인했다.

1시 45분.

걸음이 빨랐던 건지, 신호를 잘 받은 탓인지, 평소보다 일찍 도착할 것 같았다. 그렇다고 재언의 집에 일찍 들어갈 생각은 없었다.

재언의 집은 인테리어부터 공기까지 모든 게 다 불편했다. 보이지 않게 따라붙는 시선, 배 여사의 온화하고 계산적인 태도, 자신의 행동마다 매겨지는 점수 같은 것들.

10분만 서 있다가 들어갈까.

지서가 시간을 확인하며 모퉁이를 돌 때였다. 거대한 돌담 벽에 누군가가 기대서 있었다.

환한 봄볕 아래, 의미 없이 발끝으로 아스팔트 바닥을 톡톡 두드리며, 재언이 얼굴을 찌푸린 채 서 있었다.

때마침 고개 돌린 재언과 눈이 마주쳤다. 지서는 저도 모르게 마른침을 꿀꺽 삼켰다. 어제도 보고, 그제도 본 재언이다. 일주일 중에 6일을 보는데, 오늘따라 낯설게 느껴지는 이유를 모르겠다.

지서는 애써 무표정을 유지하며 재언에게 다가갔다. 재언도 성큼성큼 길을 따라 내려왔다. 순식간에 골목 가운데서 마주쳤다.

"왜 나와 있어?"

지서가 한참 고개를 젖혀 재언을 올려다보며 물었다. 혹시 어디 외출해야 하는 건가. 과외가 취소되었나 싶어 의아했다.

"잠이 안 와서 광합성 중."

"그 표정으로?"

지서가 고개를 갸웃거리며 물었다. 봄볕이 싫어서 죽을 것 같은 얼굴을 하고서, 광합성 중이라고 하니 우스웠다.

"광합성에 표정이 무슨 상관이야."

"그건 그런데……."

아니면 혹시…….

잠깐 자신을 기다렸던 건가 생각하던 지서는 얼른 생각을 지웠다. 그게 사실이라면 불편하고, 아니라면 제 생각이 우스워지니까.

"들어가자. 가방……. 바꿨네?"

가방 들어 주려고 손을 뻗던 재언이 지서의 검은 가방을 보며 물었다.

"위화감 조성하지 말라며. 조성할 것도 없지만."

말을 마친 지서가 홀가분한 표정을 지었다. 갑옷처럼 매일 두르고 다니던 명품 가방을 내려놓으니 한결 살 것 같았다.

바람 빠지는 소리에 지서가 다시 고개를 들었다.

재언이 웃고 있었다.

"왜…… 웃어?"

지서의 물음에 재언은 여전히 웃음기 남은 얼굴로 고개를 가로저었다.

"별거 아냐."

제 말을 고분고분하게 듣고서 가방 바꾼 게 귀엽다고 말할 수 없어서 대충 둘러댔다.

"들어가자."

앞서 걸어간 재언이 대문을 열어젖혔다.

* * *

지서는 막막한 눈으로 원목 책상 위에 놓인 것을 바라보았다.

"이게 뭐야?"

지서가 고개 돌려 제 옆자리에 앉아 있는 재언에게로 시선을 옮겼다. 책상과 딱 맞춘 고급 원목 의자에 다리를 꼬고 앉은 재언이 보고도 모르냐는 듯 대꾸했다.

"아이스크림."

"아니, 그걸 몰라서 묻는 게 아니라……."

"아, 사이즈? 하프 갤런."

서른한 가지 맛을 판다는 아이스크림 가게의 로고가 박힌 통의 크기는 어마어마했다. 웬만한 문제집의 절반을 가리고도 남을 크기였다.

"왜? 여기 거 안 좋아해? 아이스크림 좋아한다며. 막대기 취향이야?"

팔짱을 낀 재언이 툭 물었다. 그 말에 지서는 입술을 꾹 다물었다. 자신이 좋아한다고 챙겨 놓은 게 맞는 모양이었다. 자신이 아이스크림을 좋아한다는 걸 안 사람은 재언이 처음이었다. 그걸 알고 챙겨 준 사람은 더더욱 처음이고.

이런 호의가 낯설다. 달갑고, 기쁜 제 마음은 더더욱 낯설었다.

지서는 조용히 손톱으로 집게손가락 살을 꽉 누르며 표정을 다 잡았다. 그러고는 평소와 같은 얼굴로 말을 이었다.

"아니. 그게 아니라. 이걸 왜 다 가지고 올라와?"

"먹자고."

"전부 다?"

"먹고 싶은 만큼 다 먹으라고."

"그러다 남으면?"

"버리면 되지."

별 고민거리 되지 않는다는 듯 뱉은 재언의 철없는 말에 지서는 조용히 한숨을 내쉬었다.

한 번도 사 먹은 적은 없지만, 이 아이스크림 통 하나가 제 문제집 한 권의 값을 넘는다는 건 알고 있었다. 먹고 싶어서 검색해 본 적 있으니까.

지서는 김 씨 아주머니가 챙겨 준 덜어 먹는 그릇에 아이스크림을 덜었다. 그러고는 뚜껑을 꽉 닫아 재언에게 내밀었다.

"냉동고에 넣어 놓고 와."

"고작 그거 먹겠다고?"

"이거면 충분해."

손바닥만 한 그릇에 아이스크림이 반도 안 되게 담겨 있었다. 그러나 지서의 완강한 고집을 꺾을 수 없어서, 재언은 마지못해 몸을 일으켰다.

"숙제했어?"

아이스크림을 가져다 놓은 재언이 자리에 앉자마자 지서가 물었다.

"여기."

재언이 순순히 숙제를 내밀었다. 채점을 하던 지서의 눈이 점점 커졌다. 절반 정도 맞히려나, 생각했던 문제들 대부분이 맞았다. 언어도 마찬가지였다.

"고2는 되겠지?"

책상에 엎드린 자세로 얌전히 지서를 바라보고 있던 재언이 물었다. 고개를 돌린 지서가 재언을 가만히 내려다보았다. 눈이 마주치자, 재언이 눈을 휘며 웃었다. 깨끗한 피부에 매력적인 웃음이 번졌다.

비밀을 공유한 후로, 재언은 곧잘 이렇게 웃었다. 청량하고 깨끗한 미소가 참 예뻤다. 보는 사람 기분 좋아질 만큼.

그러다 제 생각에 놀란 지서가 빠르게 시선을 돌렸다.

"아니. 아직 고1."

지서가 일부러 딱딱한 목소리로 대답했다.

"하."

재언이 김빠졌다는 듯한 소리를 냈다.

"대신 공부 잘하는 고1."

"역시."

금세 자신감을 되찾은 재언이 싱긋 웃었다.

"너 고2야."

"한 달 만에 중3이 고1 됐으면 잘했네. 다음 달에 고2 되면 되잖아."

재언이 자신만만한 태도를 보였다.

이 정도 속도라면 전혀 틀린 말은 아니었다.

"그러게. 어쨌든 이번 시험 때 성적 많이 오르겠네, 너."

지서의 말에 재언이 흡족하다는 듯 고개를 끄덕였다.

"근데 너……."

"잡담은 나중에 쉬는 시간에 하자."

"……."

"자, 여기 봐 봐. 이 문제 틀렸지? 이거 문제를 잘못 이해했어."

재언은 칼 같은 지서의 옆얼굴을 슬쩍 노려보다가 고개 숙였다.

지서의 설명이 이어지는 동안, 재언은 문제지를 보며 숨을 참았다. 문제를 보고 싶은데, 자꾸만 가까이에 있는 지서의 얼굴이 눈에 들어왔다.

하얀 피부, 내리깐 눈에 길게 드리운 속눈썹 같은 것들.

그걸 인지하자 다른 감각들이 열렸다.

지서에게서 나는 은은한 향기가 맡아지더니, 이어 설명을 차분하게 이어 가는 목소리가 들렸다.

온 감각이 이지서를 느끼려 안달이었다.

눈앞이 아찔했다. 숨이 잘 쉬어지지 않았다.

"알았어?"

지서가 눈을 맞추며 물었다.

알긴 뭘 알아.

자신이 아는 거라곤, 제 오감이 이지서한테 미쳐 날뛰고 있다는 것뿐이었다.

"어. 대충."

그러나 재언은 다 안다는 얼굴로 고개를 끄덕였다.

"내가 뭐라고 했는지 다시 설명해 봐."

"……."

순간 말문이 막힌 재언이 아무 말 못 하자, 지서의 눈이 뾰쪽해졌다.

"집중해 줄래?"

지서의 말에 재언은 울컥했다. 이렇게 다 예쁘게 생겨 먹은 걸 옆에 놔두고, 이딴 문제집 보라고 하는 게 말이나 돼? 이게 눈에 들어오면 사람 새끼야? 어? 사람을 학대해도 정도껏 해야지!

악 소리치고 싶어진 재언이 홱 지서를 쳐다보았다.

"부탁할게."

눈이 마주치자마자 지서가 나긋하게 말했다. 그 말에 가슴 한 가운데 끓어오르던 열기가 순식간에 사라졌다. 그러고는 제멋대로 입이 열렸다.

"최선을 다할게."

……개띠에, 개 태몽이 여기서 또 빛을 발휘하네.

재언이 참담한 표정으로 문제집을 들여다보았다.

* * *

"그만 가 보겠습니다."

두 손을 공손히 모은 지서가 허리를 숙여 인사했다. 그 모습을 바라보던 배 여사가 싱긋 웃었다.

"곧 저녁 시간인데, 먹고 가지 그래요?"

"말씀만으로도 감사합니다."

"어머, 진심이에요. 와서 먹어요."

"괜찮습니다. 저녁은 집에 가서 먹겠습니다."

"그래요. 이렇게 거절하는데 계속 권하는 것도 예의가 아니지. 조심히 가요."

"네. 안녕히 계세요."

예의 바르게 인사한 지서가 싱긋 웃었다. 그러고는 느리지도 빠르지도 않은 걸음걸이로 신발을 꿰어 신는 폼이 단정했다.

지서가 나간 후, 배 여사는 곧장 2층으로 향했다.

"재언아!"

오늘 공부는 어땠는지 물어볼 생각이었다.

"재언아?"

그런데 2층 어디에도 인기척이 느껴지지 않았다. 공부방은 깔끔하게 정리되어 있었고, 침실도 황량했다.

"얘가 어디 간 거야?"

1층으로 내려온 배 여사가 부엌에 있는 김 씨에게 다가가 물었다.

"혹시 재언이 봤어요?"

"재언 학생, 방금 뒷문으로 나가던데요."

"뒷문으로요?"

"네. 뭘 한가득 가지고 나가더라고요."

김 씨의 말에 가만히 서 있던 배 여사가 2층으로 올라가 베란다에 섰다. 그러자 거대한 대문 너머로 지서의 뒤를 따라 성큼성큼 걸어가는 재언이 보였다. 배 여사의 고운 얼굴이 와락 구겨졌다.

어쩐지. 요즘따라 이상하더라니.

어디서 듣도 보도 못한 가방을 메고 다니질 않나, 더위 많이 타는 녀석이 차도 안 탄다고 하질 않나.

이상했던 것들이 착착 맞아떨어졌다.

그러나 배 여사는 재언에게 전화하는 대신, 멀어지는 두 사람을 가만히 보았다. 재언을 발견한 지서가 깜짝 놀라더니 어서 들어가라고 손짓했다. 아들은 못 믿어도, 이지서는 믿을 만해 보였으니까.

설령, 제 생각과 다른 상황이 벌어진다고 하더라도 지금은 말릴 생각 없었다.

'요즘 재언이가 알아서 공부를 한다며?'

오늘 조식 때, 신 회장이 넌지시 말을 꺼내며 너털웃음을 터트렸다.

'고 녀석, 막내라고 오냐오냐 커서 망나니처럼 자라면 어쩌나 했는데, 이제야 정신 차린 모양이구나.'

아무리 자신이 귀한 음식을 갖다 바치고, 뻔질나게 별채에 드나들어도 웃지 않던 신 회장이었다. 그런 신 회장이, 재언이 달라졌다는 이유로 웃었다. 그러니 당분간 재언에게 지서가 필요했다.

배 여사는 멀어지는 두 사람을 바라보다 고개 돌렸다.

* * *

아스팔트 길이 끝나고, 우둘투둘한 시멘트 바닥이 나왔다. 예쁜 단독 주택들은 더 이상 보이지 않았다.

황량한 잡초로 무성한 길을 한참 지나자, 허름한 집들이 드문드문 나타나기 시작했다.

그때까지 묵묵히 영어 단어장을 보며 걸어가던 지서가 걸음을 뚝 멈추었다. 획 돌아서자 한 발자국 뒤에서 따라오고 있는 재언이 고개를 갸웃거렸다.

"왜?"

지금 누가 누구한테 묻는 걸까. 따라오는 게 누군데.

"어디까지 따라오려고."

지서의 물음에 재언이 얼굴을 찌푸렸다.

"그냥 가는 길이 같은 거니까, 신경 끄고 가."

"그러니까 너 어디 가냐고. 먼저 가."

"하, 진짜."

까탈스럽다는 듯 재언이 지서를 지나쳐 성큼성큼 걸었다. 지서는 그런 재언을 흘겨보듯 쳐다보았다.

과외 마치자마자 갑자기 커다란 뭔가를 들고 뛰어 내려오더니 자신의 뒤를 졸졸 따라왔다. 오지 말라고 해도, 다른 사람이 본다고 말려도 씨알도 먹히지 않았다.

그러다 결국 자신이 사는 동네까지 쫓아왔다.

한참 이어지던 재언의 걸음이 뚝 멈췄다. 얼마 전, 떡볶이를 먹고 헤어졌던 곳이었다.

"여기에 무슨 볼일 있어?"

지서가 주변을 둘러보았다. 아무리 봐도 황량했다. 골목 주변은 전부 논과 밭이었고, 골목 초입에 겨우 낡은 집 몇 채가 자리해 있었다.

"알 거 없고. 자."

"뭔데."

"그냥 좀 가져가."

지서가 재언을 의아한 눈으로 쳐다보다가 봉투를 받아 들었다. 비닐 팩을 열어 본 지서의 미간이 탁 풀렸다. 천천히 고개를 든 지서가 흔들리는 두 눈으로 재언을 보았다.

"이게…… 뭐야?"

"늦은 시간에 돌아다니지 말라고."

"……."

"집에서 먹어, 집에서."

재언의 신신당부를 들으며 지서는 다시 고개를 숙여 비닐 팩 안을 보았다. 떡볶이 밀 키트들이 수북했다.

"어묵탕도 있고, 순대도 있어."

다른 핑계 대고 나갈 생각 하지 말라는 듯 재언이 덧붙였다.

"이걸, 왜 줘?"

지서의 목소리가 뚝뚝 끊어지듯 흘러나왔다.

"방금 말했잖아. 늦은 시간에 나가지 말라고. 얼마나 위험한데 늦은 시간에 돌아다녀? 이런 시골이 더 위험한 거 몰라? 미친 주정뱅이라도 만나면 어쩌려고, 진짜."

재언이 귀 따갑게 잔소리를 퍼부었다. 늦은 시간, 30분 걸어 떡볶이 먹으러 다닌다는 말이 마음에 걸린 모양이었다. 지서는 먹먹한 마음으로 떡볶이를 바라보다 비닐 입구를 확 잠갔다.

"고마워. 근데 됐어. 그냥 마음만 받을게."

지서가 내밀자, 재언이 받지 않겠다는 듯 팔짱을 꼈다.

"받으면 다 받지. 마음만 받는 건 뭐야?"

"가져가."

지서의 고집에 재언이 얼굴을 찌푸렸다.

"너야말로 가져가."

"빨리."

"그냥 가져가라는 데 뭐가 그렇게 어려워?"

재언이 답답하다는 듯 한숨을 들이켰다. 그 말에 지서는 입 안의 살을 꾹 깨물었다.

"……어려워."

그러다 툭 하고 대답했다.

어렵다. 누군가가 주는 호의를 감사하게 받아들이는 일.

애정을 받지 못하고 자란 자신은, 이런 사사로운 호의마저도 어렵다. 아니, 사실 설렜다. 그리고 이걸 받고 설렌 스스로가 지독하게 미워졌다.

그깟 남자한테 휘둘려서 매번 우는 언니를 그렇게 한심하게 봐 놓고. 지금 내 모습이 언니랑 뭐가 다를까.

숨을 들이켜기가 무섭게, 말이 쏟아져 나왔다.

"그러니까 가져가, 좀!"

이렇게까지 말할 필요 없다는 거 알면서도 참을 수가 없었다.

……이런 애정은 처음이라서.

태어나 처음 맛본 단맛에 환장한 사람처럼, 원하고, 갈구하고, 그러다 비굴해질까 봐.

지독하게 무서웠다.

지서가 손으로 눈가를 가렸다. 울컥거림에 목 안이 아프게 조여 왔다.

"그만 적선하고 이거 그냥 가져가. 나한테 이러지 말고 좀……."

"적선은, 씨발."

"……."

갑작스러운 욕설이 지서의 말을 잘랐다. 그러나 정작 욕을 뱉은 재언이 더 상처받은 표정을 하고 있었다.

"넌 내가 적선할 성격으로 보여?"

"……."

"적선을 해도 돈으로 하지, 이렇게는 안 해! 누가 적선을 매운맛, 순한맛, 리뷰 다 따져 가면서 해! 먹지도 않는 떡볶이, 어떤게 네 입맛에 맞을지 하루 종일 고민을……. 하, 씨발."

"……."

"너, 진짜 내가 왜 이러는지 몰라?"

"……!"

바람에 실려 온 날 선 목소리에 지서의 행동이 뚝 멈췄다.

"눈치 빠르잖아, 너."

"……."

"내가 왜 네 말이면 순순히 다 듣고, 네 주변에서 얼쩡거리는지 진짜 몰라?"

지서의 눈이 순간 커졌다. 순간 골목 위에 정적이 흘렀다. 지서의 놀란 표정을 보며, 재언은 고개를 홱 돌렸다.

진짜 다 알고 있었는데 모르는 척했었네. 이지서.

이딴 식으로 말하고 싶지 않았는데.

뒤늦게 후회가 밀려든 재언이 손으로 얼굴을 쓸어내렸다. 그러나 구겨진 얼굴이 펴지기는커녕, 더 사납게 구겨졌다.

"후, 가져가. 싫으면 버리든지."

재언이 돌아섰다.

씨발.

바람에 욕설이 실려 왔다.

지서가 고개를 숙였다가 다시 들었을 때, 재언은 이미 저만치 멀어진 후였다. 고개를 숙인 지서는 제 손에 들린 봉지를 가만히 보았다. 너무 무거워 손에 힘이 풀릴 것 같았지만, 떨어지지 않게 꽉 움켜쥐었다.

* * *

봄바람이 살랑거리는 거리를, 굳은 얼굴로 지나치던 재언이 우뚝 멈춰 섰다. 뒤늦게 거기까지 간 이유가 떠올랐다. 바지 주머니에 넣어 둔 휴대 전화를 꺼내 메시지 창을 확인했다.

[보안등 고장 민원 접수 안내 메시지]
[보안등 수리 안내 메시지]

가로등 수리했다는 메시지에 확인차 들렀는데, 정작 가로등은 쳐다보지도 못하고 돌아왔다. 얼마나 환해졌는지 보고, 엉망이면 한 번 더 민원 신고 하려고 했는데.

"하."

그러다 문득 자신이 뭘 하고 있는 건가, 싶어진 재언이 휴대
전화 액정을 껐다. 그쪽 골목이 어둡든가 말든가.

떡볶이를 한 아름 안겨 주고도 좋은 소리 못 들었는데 무슨 상
관인가.

빠르게 걸어가던 것도 잠시, 재언의 걸음이 조금씩 느려졌다.

[가로등이 고장 났어요. 어쩌죠?]

얼마 전, 가로등 민원 신고 접수를 검색하다 발견한 게시물이
떠올랐다.

[얼른 신고 접수하세요. 요즘 세상이 미쳐 돌아서 미친놈들 많
음. 특히 어두운 데 변태들 잘 숨어 있어요. 우리 언니가 집에 오
다가 고장 난 가로등 밑에서 변태 봤대요. 바지 벗은 변태 놈.]

그에 따른 답변이 떠오르자, 걸음이 뚝 멈췄다.

신성한 학교에서도 우태 같은 기발한 새끼가 꼬이는데…….

결국 재언이 홱 돌아섰다.

일단 민원 신고는 했으니까 내가 한 신고가 잘 마무리되었는지
확인은 해야지.

이지서를 위해서가 아니라, 기껏 신고 접수한 내 노력을 헛되
게 할 순 없으니까.

다시 온 길을 걸어간 재언이 고개를 뒤로 젖혔다. 그러자 쨍하

게 환한 가로등 불빛이 눈을 사정없이 찔렀다. 전보다 주변이 훨씬 더 환해졌다는 걸 확인하고서야 지서가 사라졌을 방향으로 고개를 돌렸다.

역시나 예상대로 지서는 없었다.

* * *

집으로 들어가자, 배 여사가 현관 앞에 서 있었다.

"어디 다녀와?"

"산책."

재언이 무심히 대꾸하며 신발을 벗었다.

"네가?"

평소라면 배 여사의 어투가 평소와 다르다는 걸 알아챘겠지만, 머릿속이 복잡한 재언은 미처 알아채지 못했다.

"집에만 있기 답답해서. 왜?"

"아냐. 저녁 먹어야지."

"씻고 올게."

대충 대답한 재언이 2층으로 올라갔다.

샤워를 마치고 1층으로 내려오자, 한 상 가득 차려진 식탁 앞에 배 여사가 앉아 있었다. 시골로 내려온 후, 당연한 일과가 되었다. 할아버지는 별채에서 혼자 식사하는 걸 즐기셨기에, 매번 재언과 배 여사만 함께 식사했다.

배 여사가 조기구이의 살을 발라 재언의 숟가락 위에 올려놓았다.

"이것 좀 하지 마. 내가 여섯 살이야?"

재언이 얼굴을 찌푸렸다.

"어머, 엄마가 좋아서 해 주는 거야. 네가 뭐래도 내 눈에 너는 막내니까."

배 여사가 싱긋 웃었다.

어릴 때부터 집안의 기대를 한 몸에 받고 자란 탓인지, 기질 탓인지 모르겠지만 무뚝뚝하다 못해 어려운 첫째 아들, 능글맞다 못해 무슨 생각을 하는지 알 수 없는 둘째 아들에 비하면 재언은 한참 대하기 쉬운 아들이었다.

제멋대로인 데다가, 제 마음에 들지 않으면 죽어도 안 하는 성미가 피곤하긴 하지만 그래도 막내라고 귀여웠다.

그러니 재언만 데리고 이 깊고 깊은 시골에 왔지.

"밥 많이 먹고 올라가서 공부 열심히 해."

"안 할 건데."

재언이 정색한 얼굴로 배 여사를 쳐다보았다.

밥맛이 뚝 떨어진 얼굴로 숟가락까지 내려놓는 걸 보니, 지서를 따라 나갔다가 무슨 일이 있었던 모양이었다.

시험이 그리 멀지 않은 이 중요한 때에.

못마땅한 표정을 짓던 배 여사가 잠시 고민하다가 뭔가 생각났다는 듯 입을 열었다.

"그래? 엄마 돈 아끼겠네."

"무슨 돈?"

재언이 눈을 치떴다.

"그냥, 네가 공부 안 한다고 해서."

"과외는 계속할 거야. 선생 바꾸지 마."

재언의 말에 배 여사가 빙긋 웃었다.

무슨 일이 생기긴 했지만, 지서를 향한 관심은 여전하다는 걸 확인한 배 여사가 싱긋 웃으며 말을 이었다.

"네 성적이 많이 오르면 지서 양한테 보너스를 지급하기로 했거든. 제법 큰 돈이었는데. 엄마 돈 아낄 수 있게 우리 아들이 도와주려나 보네?"

"얼마나 주는데?"

관심 없다는 듯 던져 보는 재언의 물음에 배 여사가 빙긋 웃었다.

"글쎄? 정확한 액수는 말할 수 없지만, 학생한테는 제법 큰 돈이지? 아니. 꽤 많이 큰 돈인가."

"기준이 뭔데?"

"네가 지금 스물여덟 명 중에 28등이잖니?"

"응."

덤덤히 인정하는 재언의 얼굴엔 한 점의 부끄럼이 없었다. 그에게 시험 기간이란 빨리 귀가하는 날들에 불과했다. 과목이 뭐든 간에 상관없이 대충 1번으로 쭉 긋고서 누워 잠들기 바빴다.

"중간까지만 가도 지급하려고 했지. 뭐, 공부 안 한다고 하니까 돈 아끼겠네. 하여튼 고마워. 아들."

"비꼬기는."

배 여사의 말을 불퉁하게 받아친 재언이 고개 숙여 밥을 먹기 시작했다.

"식사 마쳤으면 과일도 먹고 가."

"배불러."

식사를 마친 재언이 손을 휘휘 내저으며 2층으로 훌쩍 올라갔
다. 방으로 들어가던 재언은 뒤늦게 떠오른 배 여사의 말에 픽
하고 웃었다.

'네 성적이 많이 오르면 지서 양한테 보너스를 지급하기로 했
거든. 제법 큰 돈이었는데. 엄마 돈 아낄 수 있게 우리 아들이 도
와주려나 보네?'

일부러 자신을 자극하려고 한 말이라는 걸 모를 만큼 어리석지
않았다. 공부를 안 하는 거지, 눈치가 없는 건 아니니까.

재언이 침대에 벌러덩 누웠다. 배 여사의 노력에도 불구하고
재언은 공부할 생각이 없었다.

'그러니까 가져가, 좀!'

지서의 목소리가 귓가에 쨍하니 울렸다. 등신도 아니고 그런
말을 듣고 공부할 이유가 없었다.

'고마워.'

그렇게 예쁘게 말하면서 사람 설레게 할 땐 언제고.

"씨발, 내가 등신이지."

작게 중얼거린 재언이 휴대 전화를 들었다. 습관적으로 게임에
접속했다. 접속하자마자 친구들이 말을 걸기 시작했다.

[이재언 단톡 다 씹고 여기 들어오냐?]

[나쁜 새끼]

[서울 언제 옴?]

얼굴을 찌푸린 재언이 쏟아지는 메시지를 전부 무시했다. 그래도 계속 메시지가 쏟아지자 수신 차단을 한 후, 게임을 시작했다. 손바닥만 한 화면에 화려한 그래픽이 폭죽처럼 터졌다. 일일 퀘스트를 진행하고, 주간 퀘스트까지 이어 할 때였다.

화면이 잠시 꺼지고 컴컴한 화면에 제 얼굴이 비쳤다. 게임을 하는 건지, 원수를 만난 건지, 한껏 사나운 표정이었다.

결국 휴대 전화를 집어 던진 재언이 침대에 앉았다. 울컥하고 솟구치는 짜증을 다스리려 눈을 꾹 감았다. 잠시 후, 조금 마음이 누그러들자 의아했다.

이지서는 누가 뭘 준다고 자존심 상해 할 애가 아니었다. 그럴 애였으면 우태가 빵과 우유를 줬을 때부터 화를 냈어야 했다. 자신이 아이스크림 사 줬을 때도 마찬가지고.

그런데 자신이 선물한 떡볶이에만 과민 반응했다. 대체 왜 그러는 건지…….

지독하게 어려운 이지서.

재언은 넋 놓고 의미 없이 정면을 응시했다. 그러다 다시 정신을 차려 휴대 전화를 잡아 봤지만, 게임은 지독하게 재미없었다. 볼 웹툰도 없고, 하고 싶은 일도 없었다.

결국 재언이 몸을 벌떡 일으켰다. 잠시 책상 주변을 왔다 갔다 하다가 의자에 털썩 앉았다.

"할 게 없으니까."

재언이 문제집을 펼쳤다.

"절대로 이지서 보너스 주려는 건 아니고."

그냥 내 앞길이 걸려 있으니까.

재언이 작게 중얼거리고는 곧장 이지서가 정리해 놓은 수학 공식을 들여다보기 시작했다.

4

이놈의 시골.

이른 아침, 넓은 창 너머로 푸른 새벽빛이 밀려들었다. 평소라면 잠들어 있을 재언이 몸을 벌떡 일으켰다.

꼬꼬댁, 꼬꼭!

왕! 와왕!

닭이 울고, 개가 짖었다.

새벽부터 난리 법석이었다.

재언은 헝클어진 머리를 쓸어 넘기며 긴 한숨을 내쉬었다. 안 그래도 어제 늦게까지 공부해서 눈알이 빠질 것 같은데, 새벽부터 온갖 짐승들이 울어 대는 바람에 잠에서 깨 버렸다.

음메에에에.

이번엔 소도 울어 젖혔다.

어젯밤 바람이 좋아서 이중창을 열어 놓고 잔 게 화근이었다.

"하, 여기가 동물 농장이네."

어릴 때 동요로나 듣던 온갖 동물 소리를 듣던 재언이 창문을 닫고 도로 누웠다. 그러나 한번 달아난 잠은 쉽게 돌아오지 않았다.

재언은 눈을 뜨고서 멍하니 천장을 보았다. 동물 탓을 하긴 했지만, 잠이 달아난 데에는 흉흉한 꿈자리 탓이 더 컸다.

꿈에 나타난 이지서는 수십 가지의 표정을 지었다.

'내가 떡볶이나 먹게 생겼어?'라며 갑자기 화를 냈다.

그러다 다음 꿈에선 '떡볶이라니.'라며 이유 불명으로 울었다.

또 다음엔, '떡볶이 잘 먹었어.'라며 환하게 웃었다.

그러다 떡볶이를 한 아름 안고 어두컴컴한 골목으로 걸어가는 이지서의 뒷모습을 보는 게 마지막 꿈이었다. 이상하게 그 뒷모습이 쓸쓸하고 외로워 보여서 한참 쳐다보았다.

"차라리 화를 내. 화를."

그렇게 쓸쓸하게 돌아서지 말고.

홀로 중얼거린 재언이 몸을 일으켰다. 더는 잠도 오지 않았다. 집에 있으려니 이지서 생각만 나서 갑갑했다.

가볍게 샤워를 마친 재언이 교복을 챙겨 입고 매무새를 정돈했다. 그러곤 습관적으로 쓰던 명품 가방을 집어 들려다가 내려놓고, 허름한 가방을 들었다.

1층으로 내려가니 조용했다. 대충 신발을 신고 밖으로 나온 재언은 곧장 학교로 향했다.

아무도 없을 거라 생각한 교실엔 이미 누군가가 와 있었다. 교실 문 잠금이 열려 있는 걸 보고 나서야 알았다.

교실 문을 열고 들어선 재언은 본인의 자리로 걸어갔다. 그러고는 일찌감치 와서 엎드려 누워 잠들어 있는 지서의 얼굴을 가만히 보다, 고개를 옆으로 기울였다.

네 꿈을 꾼 집에서 도망치듯 빠져나온 보람 없이, 넌 또 왜 여기 있는 걸까.

잠을 못 잤는지 지서는 인기척에도 불구하고 잠에서 깨지 않았다. 조용히 의자를 빼 자리에 앉은 재언은 정면 한 번, 지서 한 번 연달아 흘깃댔다.

어젯밤까지는 이지서를 생각하면 화가 나서 미칠 것 같았는데. 그게 거짓말이었던 것처럼, 마음이 차분해졌다.

어느새 정면을 바라보던 시간이 점점 짧아지고, 지서의 얼굴에 시선이 머무르는 시간이 더 길어졌다. 재언은 결국 조용히 엎드려 지서와 마주 보았다.

가느다란 속눈썹, 쭉 뻗은 콧대, 그에 비해 자그마한 콧방울, 잡티 없이 하얀 피부, 경계심 가득하지만, 한 번씩 웃을 때 무장 해제되는 눈매.

새벽빛이 내려앉은 지서의 얼굴을 살펴보던 재언은 명치가 얼얼해지는 걸 느꼈다. 재언의 눈매가 서서히 내려앉았다.

이윽고, 무심히 진심이 터져 나왔다.

…나만큼은 아니라도, 내 절반만큼만.

조금도 욕심내도 괜찮다면 절반보다 조금만 더.

혹시 너무 힘들면 절반보다 덜해도 되니까, 그냥 날 좋아해 줬으면.

재언의 입술이 일자로 꽉 다물렸다.

진심을 마주하고 나니 알게 되었다.

'그러니까 가져가, 좀!'

이지서의 그 말에 화가 났던 게 아니라, 아팠다는 걸.

이토록 자신의 진심을 다 쏟고, 무언가를 해도, 이지서가 원치 않는다는 사실에.

재언의 표정이 서서히 허물어졌다. 지독하게 아픈 얼굴로 지서를 들여다보았다.

어느새 푸르던 빛이 사라지고, 창가에서 환한 빛이 쏟아져 들어왔다. 지서가 잠결에 반대편으로 고개를 돌렸다. 조용히 상체를 일으킨 재언이 지서를 살폈다.

아니나 다를까, 환한 햇살에 지서가 얼굴을 찌푸린 채 잠들어 있었다. 지서를 따라 얼굴을 찌푸린 재언은 고개를 다시 돌려 줄까 하다가 관두었다. 제 손이 닿자마자 소스라치게 놀랄 이지서가 어렵지 않게 그려졌으니까.

결국 천천히 자리에서 일어난 재언이 창가로 다가갔다. 커튼을 칠까 하다가 역시 관뒀다. 커튼 치는 소리에 놀라서 깰 테니까.

어쩌지.

잠시 고민하던 재언이 무심코 돌아섰다가 드리워진 제 그림자에 편안한 얼굴로 잠들어 있는 지서를 보았다.

　재언은 그 자리에 멈춰 섰다.

　다행이었다. 휴대 전화를 손에 쥐고 있던 건.

　재언이 선 채로 게임에 접속했다.

　아침 햇살에 등이 따뜻해졌다.

* * *

　지서는 쉽게 잠에서 깨지 못했다. 효경 때문이었다. 정확히는, 새벽 4시에 효경이 데리고 온 남자 친구 때문이었다.

　잠에서 깬 지서는 다시 잠을 청했다. 그러나 이어지는 낯선 남자 목소리에 눈을 번쩍 떴다.

　"동생 방 어디야?"

　"내 동생 방은 왜 물어? 내 방만 알면 되지. 여기."

　이어지는 효경의 목소리에 지서가 몸을 벌떡 일으켰다. 닫힌 방문을 쳐다보았다.

　"화장실은 어딘데? 물 좀 빼자."

　낡은 방문 너머로 저급한 말이 들렸다. 그 말에 킬킬거리며 웃는 효경의 목소리가 들렸다.

　설마, 집까지 남자를 데려온 거야?

　심장이 두근거리고 손끝이 차가워졌다. 그사이, 화장실에서 나온 남자는 효경에게 물었다.

"네 동생은 예뻐?"

"왜 남의 동생한테 관심이야?"

"아니. 너 닮았으면 예쁘지 않을까 해서."

"나보다는 못해. 원래 얼굴은 내가 더 나았어."

"그렇겠지. 우리 호경이가 제일 예쁘긴 하지."

"호경이 아니라, 효경이라니까. 술만 마시면 이름 잘못 부르더라?"

이어지는 대화에 지서는 애꿎은 이불만 꽉 움켜쥐었다. 만감이 교차했다.

지금 이름도 제대로 모르는 남자를 데려온 거야? 남자한테 차여서 개새끼니 말 새끼니 해 가며 울고불고하던 게 얼마 전인데? 다시는 남자 안 사귈 거라고 거듭 다짐해 놓고…….

두려움, 배신감, 분노가 뒤엉켰다.

"동생 자니까 조용히 해. 알았지? 쉿."

"우리 호경이 기쁘게 해 주려고 약 먹었는데, 그게 되려나?"

"아휴, 뭐야."

이어지는 효경의 웃음소리를 끝으로 방문이 닫혔다. 그러나 오래된 벽은 두 사람의 소리를 막아 주지 못했다.

헐떡거리며 '죽이지?'만 연신 묻는 남자와, 좋다는 말과 함께 신음을 남발하는 효경의 목소리에 지서는 방문을 조용히 걸어 잠갔다. 그러고는 두 손으로 귀를 틀어막고 이불 안으로 숨었다. 무서워서 심장이 사정없이 뛰었다. 괜한 눈물이 나오려 했지만, 꾹 참았다. 저런 사람들 때문에 울고 싶지 않아 억지로 눈을 부릅떴다.

그렇게 버티던 지서는 소리가 잦아들자마자, 책상에 앉았다. 분노는 오기가 되었다. 지서는 그대로 무릎으로 좌식 책상 앞까지 기어가 손에 잡히는 대로 문제집을 펼쳤다. 어젯밤에도 늦게 잠들어, 총 수면 시간이 네 시간도 채 되지 않는다는 사실은 떠오르지 않았다. 그저 손이 벌벌 떨리도록 화가 났다.

절대로 너처럼은 안 살아, 이효경.

여기저기 애정을 구걸하고, 그 값으로 몸을 내주는 너처럼은 절대로.

지서는 치미는 분노와 이유 모를 울음을 꾸역꾸역 참으며 공부를 했다. 그러다 옆방에서 코 고는 소리가 들리자마자 교복을 입은 후, 가방을 들쳐 메고 집을 뛰쳐나왔다. 그렇게 등교하자 거짓말처럼 긴장이 풀렸다. 그 탓에 책상에 엎드리자마자 잠에 들었다.

그러다 꿈을 꾸었다. 오아시스 하나 없는 사막 한가운데 우뚝 서 있는 제게 구름 그림자가 드리우는 꿈. 지서는 고개를 들어 하늘을 가리고 있는 뭉게구름을 보았다. 그 뭉게구름이 좋아서 지서는 그저 한참 바라보았다.

이상한 일이었다. 뭉게구름에게 비를 내려 달라고 하면 내려 줄 것 같았고, 내려와서 안아 달라고 하면 안아 줄 것 같은 기이한 믿음이 생겨난 것은.

그러나 지서는 아무것도 바라지 않았다.

네가 비가 되어 내리면, 넌 사라질 테니까. 그러니 아무것도 하지 말고 거기 있어. 그래야 내가 널 오랫동안 지켜볼 수 있잖아.

지서가 가만히 구름을 바라보다, 천천히 눈을 떴다.

가물가물한 눈을 천천히 감았다가 떴다.

가장 먼저 보인 건 하얀 천이었다. 커튼인가, 생각하다 그게 교복이라는 걸 알아본 지서가 눈을 크게 떴다. 동시에 몸을 벌떡 일으킨 지서가 고개를 젖혔다. 그러자 휴대 전화 너머로 자신을 물끄러미 쳐다보고 있는 재언이 보였다.

"……거기서, 뭐 해?"

당황한 지서가 잠긴 목소리로 물었다.

"광합성 중."

"……."

"왜?"

"……."

"뭐?"

되레 재언이 무슨 문제 있냐는 듯 퉁명하게 쏘아붙였다.

순간, 창문에서 투과된 빛에 눈이 부셔 지서는 아무 말 못 한 채 얼굴만 찌푸렸다. 그제야 지서는 자신을 가려 주던 그림자가, 재언의 것이라는 걸 알았다.

"광합성 끝."

재언이 기대어 서 있던 창틀에서 몸을 일으켰다. 재언이 빙 둘러 자리로 돌아올 때까지, 지서는 꼼짝도 하지 못했다.

순간, 떠올랐다.

무엇을 이야기하든 들어줄 것 같던 뭉게구름과, 그 뭉게구름을 애틋한 마음으로 하염없이 바라보았던 방금 전 꿈이.

* * *

"이 문제는 지문이 길지만 결과적으로 '누구'냐고 묻는 거야. 그러니까 '누구'인 부분을 중점적으로 보면 되겠지?"

선생님이 분필로 칠판 위에 긴 영어 문장을 써 내려갔다. 필기체인 데다 악필로 대충 흘려 쓰는 바람에 제대로 읽기 힘들었다.

읽기 힘든 건, 지서만이 아닌 듯했다. 웬만큼 공부한다는 애들도 자포자기한 얼굴로 교과서만 들여다보고 있었다.

지서는 나오려는 한숨을 꾹 참았다.

오늘따라 집중이 안 되네.

영어 선생님의 한껏 꼬인 발음, 그 발음만큼이나 엉킨 판서 때문인지, 그것도 아니면…… 며칠간 대화 한마디 없는 재언 때문인지 알 수 없었다.

광합성을 핑계로 봄 햇살을 막아 주던 재언은, 그 후부터 한마디의 말도 건네지 않았다. 지서 또한 먼저 재언에게 말을 걸지 않았기에 자연스레 침묵이 흘렀다.

차라리 재언이 제게 관심을 끊어 주어 잘되었다고 생각하면서도, 머릿속이 복잡했다. 나란히 앉은 자리에 흐르는 어색한 공기, 당장 내일인 과외 날 같은 것들.

"후우."

기어코 한숨이 흘러나왔다. 그러고도 마음이 편하지 않았다.

갑갑한 마음에 책상 위로 팔을 올리던, 지서가 흠칫했다. 팔에 따뜻한 무언가가 닿았다. 단단하고, 따뜻하면서, 부드러웠다. 슬쩍 시선을 내리자, 재언의 팔과 제 팔이 맞닿아 있는 게 보였다.

순간, 시야가 아득히 멀어지고 가슴이 쿵 하고 한 박자 늦게 내려앉았다. 설명하기 힘든 가느다란 떨림이 저 가슴 밑바닥에서부터 진동했다.

"……미안."

지서는 다급히 팔을 거둬들이며 사과했다. 재언에게선 여전히 이렇다 할 만한 말이 없었다.

많이 불쾌했나 싶어 고개를 돌렸다가, 거짓말처럼 눈이 마주쳤다. 무슨 생각을 하는지, 어떤 기분인지 전혀 알 수 없는 표정으로 재언은 자신을 응시하고 있었다.

"괜찮아."

한 박자 늦게 대답한 재언이 문제집으로 시선을 돌렸다. 지서도 따라 문제집으로 시선을 돌렸지만, 보고야 말았다.

재언의 귀 끝이 붉은 걸.

* * *

지서는 눈만 살짝 돌려 거실을 살폈다.

재언의 집은 총 세 채로 되어 있었다. 가장 좌측의 큰 건물엔 SR 신형만 초대 회장이 거주하고 있다고 했다. 그리고 중앙엔 재언과 그의 모친인 배 여사가, 가장 우측에는 가사 도우미들이 거주한다고 했다.

지서는 일전에 재언과 사이좋았을 당시 나누었던 대화를 떠올렸다.

'회장님 댁이 왜 정중앙이 아니야?'

'몰라. 풍수지랄학적으로 좌측 건물에서 살아야 장수한대.'

'……풍수지리겠지.'

'알아, 나도. 근데 아무리 봐도 지랄이라서. 장수하고 싶으면 터를 볼 게 아니라, 대학 병원 옆에서 살아야지. 저러다 쓰러지면 어쩌려고.'

'…….'

재언의 짜증에는 할아버지를 향한 염려가 미미하게 섞여 있었다.

'뭐, 난 여기서 살아도 상관없지만.'

종국엔 제 얼굴을 흘깃 보며 한마디 덧붙였었다.

그때를 떠올리던 지서가 조용히 눈을 내리깔았다. 그 설명을 들을 때만 해도 지서는 정중앙 집만 드나들게 될 거라 생각했었다.

[시간 괜찮으면 내일 과외 시간보다 한 시간만 일찍 와 줄래요? 차 한 잔 하게요. 과외 때문에 의논할 일도 있고.]

어젯밤, 이 문자를 받기 전까지만 해도.

재언에겐 굳이 말하지 말라는 말에, 지서는 비밀로 한 채 재언의 집을 찾았다. 평소와 다르게 가장 우측인 가사 도우미들과 고용인들이 거주하는 곳에 초대되었다.

거실 응접 테이블 위에 접시가 놓였다. 심플한 접시 안엔 예쁘게 정돈된 과일 몇 가지가 담겨 있었다.

접시도 예쁘고, 과일도 예쁘다.

지서가 무심히 생각하며 바라보고 있는 사이, 배 여사가 맞은편 소파에 앉았다.

"미안해요. 시험 기간이라 바쁠 텐데 오라고 해서. 해야 할 공부가 많은 건 아니에요?"

배 여사가 미안한 얼굴로 말했다.

"대부분 미리 해 둬서 괜찮습니다."

"참 똑똑하고, 싹싹하네요."

"좋게 봐 주셔서 감사합니다."

재언과 껄끄러워진 탓인지, 배 여사와 마주 앉아 있는 게 불편했지만 지서는 내색하지 않고 빙그레 웃었다.

"어제 재언이 수학 시험 가채점한 거 혹시 봤어요?"

"아뇨. 내일 보려고 했어요."

"많이 올랐어요. 말하기 민망하지만, 재언이 예전 수학 시험 점수 정말 형편없었거든요."

배 여사는 작년 재언의 수학 시험 점수를 마주했을 때를 떠올렸다.

5점.

너무 놀라서 10점 만점이냐고 물었었다. 그러자 재언이 대수롭지 않은 표정으로 '아니. 100점 만점. 찍은 게 두 개나 맞았네.'라고 말해 온 가족을 기함하게 만들었다.

그런 재언의 이번 수학 점수는 80점이었다. 반타작만 하라고 빌었던 게 무색하게, 점수가 확 올랐다. 한두 달 만에 가능한 일인가 싶을 정도였다.

"정말 고생했어요."

"저보다도, 재언이가 많이 노력했습니다."

제 공은 전혀 내세우지 않는 지서의 말에 배 여사가 쓰게 웃었다.

지서는 나이답지 않게 예쁘고, 똑똑하고, 현명하기까지 했다. 지서가 집안 배경만 좋게 태어났더라면. 아니, 친언니가 술집 여자만 아니었더라면. 그랬더라면 적어도 이곳에서는 재언과 아주 가깝게 어울려 노는 것까진 인정해 줬을 텐데.

배 여사는 씁쓸한 표정을 금세 감추며 말을 이었다.

"약속한 대로 성과금은 일전에 말한 통장으로 입금하면 될까요?"

"아…… 네. 더 열심히 하라는 뜻으로 알고 감사히 받겠습니다."

"안 받으면 섭섭할 뻔했는데, 흔쾌히 받아 줘서 고마워요. 성의라고 생각해요. 그래서 말인데, 지서 양만 괜찮다면 쭉 우리 재언이 과외 맡아 줄래요? 과외비는 지금보다 더 챙겨 줄게요."

"……."

배 여사의 말에 지서의 입꼬리가 어색하게 굳었다.

재언의 과외는 그다지 어렵지 않았다. 오히려 이해력과 습득력이 뛰어나 가르치는 재미가 있었다. 거기다가 과외비도 감사할 정도로 충분했다. 모든 조건이 괜찮았다.

괜찮지 않은 건, 자신이었다.

요즘 들어 재언만 보면 꿈속의 뭉게구름을 떠올리는 자신이.

"고민할 시간이 필요해요?"

"아……. 아뇨. 맡겨 주시면 열심히 하겠습니다."

재언이 불편하고, 제 마음은 더더욱 불편하지만, 그런 것 때문에 거액을 놓칠 순 없었다. 자신의 팍팍한 살림살이가 그런 낭만을 허락할 리 없었다.

"고마워요. 아, 그런데 요즘 재언이랑 서먹서먹한 것 같던데. 무슨 일 있었어요? 아, 혹시 내가 너무 개입하는 건가?"

배 여사의 갑작스러운 물음에 지서의 입꼬리가 뻣뻣하게 굳었다.

"아뇨. 아무 일 없었어요. 원래부터 가깝지 않았고요."

"하긴. 남자와 여자 사이에 무슨 친구겠어요. 거기다가 선생님과 제자 사이인데. 재언이한테 말해 놓을게요. 과외할 때만큼은 선생님이니 예의 있게 대하라고요. 그리고 지서 양도 혹시 재언이가 정신 못 차리고 주제넘게 굴면 이야기해요. 내가 단도리할 테니까. 알았죠?"

배 여사가 상냥한 얼굴로, 눈을 맞춰 왔다. 지서는 다정하지만

231

호락호락하지 않은 배 여사의 눈을 마주하며 마른침을 삼켰다.

평생 눈치를 보며 살았고, 그 때문에 눈치까지 빨라진 지서는 단번에 이해했다. 제 아들과 사적으로 친해지지 말라는 배 여사의 은근한 당부를.

지서는 배 여사의 시선을 피해 눈을 내리깔았다.

"네."

지서의 선선한 대답에 배 여사가 싱긋 웃었다.

"요즘 과일 맛있는 게 참 많아요. 이것저것 좀 챙겨 놨으니까 과외 마치고 갈 때 챙겨 가요. 내가 말해 놓을게요."

원하는 대답을 얻은 배 여사가 흡족한 얼굴로 말했다. 지서는 말없이 빙그레 웃었다. 목 안에서 올라오는 쓴 물을 못 느끼는 것처럼.

* * *

시간에 맞춰 2층 공부방으로 향했다. 평소 과외 시간보다 일찍 도착해, 아무도 없으리라 생각하고 공부방 문을 열어젖히던 지서가 흠칫했다. 이미 도착한 재언이 앉아 있었다. 헤드 레스트에 머리를 기댄 채 긴 다리를 쭉 뻗고서 한 손엔 휴대 전화를 쥐고 있었다.

"미안. 네가 있는 줄 알았으면 노크했을 건데."

방 안으로 들어서며 어색하게 말을 건넸다. 그러나 재언에게선 별다른 반응이 없었다. 마치 아무 말도 안 들리는 사람처럼 휴대 전화 액정만 들여다보고 있을 뿐이었다.

책상을 정리한 후, 자리에 앉은 지서는 나오려는 한숨을 꾹 참았다. 예전엔 인식하지 못했는데, 재언과의 거리가 무척 가까웠다. 왜 재언이 자신과 공부하다 말고 눈을 마주할 때마다 고개를 뒤로 젖히는지 이해할 것 같았다.

"내일 역사, 음악, 체육 시험인 거 알지? 내신 만드는 것도 중요하니까 일단 오늘은 이 세 과목 요약본 외우자. 선생님이 시험에 나온다고 말씀하신 부분 정리해 왔어. 이 부분만 제대로 외우고 있으면, 적어도 80점은 나올 거야. 어느 과목부터 할래?"

지서의 물음이 끝난 후에도, 여전히 재언은 대답이 없었다.

"혹시 내 말 안 들려?"

지서가 조용히 물었다. 그러나 여전히 재언에게선 이렇다 할 만한 답이 없었다. 결국 지서가 고개를 들었다. 그러자 앉은 자세 그대로, 휴대 전화 액정 너머로 자신을 쳐다보고 있는 재언과 눈이 마주쳤다.

"너야말로 어디 보면서 말해? 사람 여기 있는데."

재언의 말에 지서의 시선이 가느다랗게 흔들렸다. 그러나 그것도 잠시, 금세 무표정으로 돌아왔다.

"어느 과목부터 할래?"

지서가 무감정한 어투로 물었다. 평소와 별다르지 않은 지서의 얼굴을 마주한 재언의 미간이 확 좁아졌다.

허리를 곧게 세운 재언이 쥐고 있던 휴대 전화를 툭 소리 나게 엎었다. 그러고는 팔걸이에 팔을 걸친 채 상체를 천천히 앞으로 숙였다. 재언과의 거리가 훅 가까워졌지만, 지서는 등받이 탓에 꼼짝할 수 없었다.

"내가 며칠이나 고민해 봤거든. 넌 내가 왜 싫을까."

"……체육이 낫겠지? 외울 게 가장 적거든. 평균 높이기에 좋기도 하고."

재언의 말에 지서가 시선을 피하며 얼른 공부 이야기로 주제를 돌렸다.

"내가 싫을 정도로 재수 없게 군 적은 없는 것 같은데."

그러나 재언은 집요했다.

"아니면 역사 할까? 역사는 6월 모의고사 때도 도움 될 테니까."

"이지서."

평행선을 그리던 대화가, 재언의 낮은 부름에 뚝 멈췄다. 지서의 시선이 사선을 그리며 재언을 향해 올라갔다. 지서는 울렁거리는 마음을 꾹 참으며 단호하게 말했다.

"잊지 마. 지금 공부할 시간이야. 그런 이야기는 나중에 하자."

"……그런, 이야기?"

재언의 한쪽 눈썹이 비스듬히 휘었다. 그럴수록 지서는 허리에 꼿꼿하게 힘을 주었다. 재언의 기세에 휘말리고 싶지 않았다.

"네가 공부 안 한다면 내가 여기 있을 이유 없어. 말해. 그럼 갈 테니까."

지서의 말에 재언의 눈빛이 형형해졌다. 이어 까득, 재언이 어금니를 깨무는 소리가 여기까지 들렸다. 툭 불거져 나온 턱이 헛들은 게 아니라는 걸 증명했다.

재언이 치뜬 눈으로 지서를 쳐다보며 느릿하게 상체를 앞으로 숙였다.

"그래. 꼭 나중에 하자, 꼭."

재언이 꼭이라는 말을 강조하며 손에 잡히는 대로 요약본을 골랐다. 그러고는 사나운 손길로 열어젖혔다.

* * *

시험 기간이라 2시에 시작한 과외가 5시에 끝났다. 지서가 뭐라고 할 틈 없이 재언이 교과서를 쾅 소리 나게 덮었다. 더 볼 생각 말라는 듯 요약본도 저 멀리 내팽개친 재언이 의자를 돌려 지서를 마주 보았다.

"5시. 끝."

재언이 선언하듯 말했다. 마른침을 삼킨 지서가 마음먹은 듯 고개를 들었다.

"내가 먼저 말할게."

지서가 말문을 열자, 재언이 의외라는 표정으로 내려다보았다. 그러나 당찬 말과 달리 쉽게 입이 떨어지지 않았다. 잠시 입술을 달싹이던 지서가 천천히 말을 꺼냈다.

"네가 나한테 관심이 많은 거 알아."

"관심이 아니라……."

재언이 정정하려 했다.

"내 말부터 들어 줘. 어쨌든, 네가 나한테 좋은 마음 가진 거 알아."

지서는 다급히 재언의 말을 잘랐다. 차마 재언에게 직접 '좋아한다'는 말을 들을 자신이 없었다. 그 말을 들으면, 자신이 밤새 준비한 말을 할 수 없을 테니까.

"그런데 미안하게도 난 그 마음 못 받아 줘."

"……왜."

재언의 입에서 억눌린 물음이 새어 나왔다. 지서는 덤덤한 얼굴로 재언을 보았다.

"알잖아. 나, 가난한 거. 그래서 열심히 공부해야 해."

누구보다 열심히 살아야 마이너스인 삶이 겨우 영점이 될 테니까.

"나, 성공하고 싶어."

"……."

"그거 이룰 때까진 어떤 낭비도 하지 않을 거야."

"……."

"시간도, 돈도."

……마음도.

말을 마친 지서가 눈을 내리깔았다.

"네 마음, 고마워. 그런데 이렇게밖에 이야기 못 해서 미안."

말을 마친 지서는 숨을 들이켰다.

"하아."

재언의 한숨 소리가 무겁게 떨어졌다. 보지 않아도 재언의 움직임이 읽혔다. 습관처럼 얼굴을 쓸어내리는 행동, 입술을 깨물며 화를 삭이는 모습까지.

"이지서."

재언의 가라앉은 부름에 지서는 각오했다. 재언이 과외 못 하겠다고, 당장 우리 집에서 꺼지라는 말을 할 수도 있다고.

"왜 이렇게 머리를 못 써."

뜬금없는 말에 지서가 눈을 들었다. 의자 등받이에 기대앉은 재언이 복잡한 표정으로 지서를 쳐다보고 있었다.

"내가 너라면, 사귀어 주는 척하고 과외비 두 배는 받겠다."

"……."

"돈 많은 호구 새끼 생겼으니까 차도 얻어 타고, 카드도 받고, 비싼 것도 얻어먹고 할 텐데."

"……."

"왜 그걸 못 해."

"……."

"그게 뭐 어렵다고."

"……."

"……그거라도 해 주지, 씨발."

마지막 말을 툭 뱉은 재언이 손으로 제 입을 가렸다. 마치 자신도 모르게 속마음이 튀어나온 듯했다. 그러나 당황한 표정을 짓던 것도 잠시, 금세 자포자기한 표정을 지었다.

"나라고 왜 그런 생각 안 해 봤겠어."

지서의 말에 재언이 눈만 들어 그녀를 바라보았다.

지서는 잠깐 말없이 그런 재언을 마주 바라보았다.

넓은 어깨, 큰 키, 대하기 어려운 분위기, 태생부터 타고난 우아함과 고급스러움, 그 위에 덧입혀진 날티와 철없음. 그런 것들을 어색하지 않게 압도적으로 어우르는 표정까지.

이렇게 근사하면 좀 못되기라도 하지.

"그러기엔 네 마음이 너무 깨끗하더라."

지서는 재언이 제 뒤를 따라오던 걸음 소리를 아직도 기억하고 있었다. 조심스럽게, 보폭을 맞춰 걷던 걸음. 눈이 마주치면 사납게 '왜.' 하고 되레 소리 지르면서도, 차가 오면 '차 오잖아! 정면 보고 걸어!'라고 퍼붓던 잔소리. 그리고 제 품에 한 아름 안겨 주던 떡볶이까지.

재언을 가만히 눈에 담은 지서가 힘없이 웃었다.

"조금만 덜 착하지 그랬어."

내가 못된 마음으로 네 마음을 휘저어도 티 나지 않게.

나라는 사람이 있다가 어느 순간 사라지더라도 표 나지 않게.

……내가 널 좋아하지 않게.

말을 마친 지서가 시선을 내렸다. 더는 재언을 보고 있을 수 없었다.

"나, 그만 가 볼게. 과외받는 거 불편하면 어머니께 말씀드려."

지서가 무거운 몸을 억지로 일으켰다.

"넌? 넌 계속 이 과외 할 생각이야?"

"응. 이런 고액 과외 흔치 않거든."

지서의 노골적인 대답에 재언이 어이없다는 듯 웃었다. 그러나 웃음에 온기는 조금도 느껴지지 않았다.

"가 볼게."

지서가 가방을 둘러멘 채 돌아섰다. 급격한 피로가 밀려들었다.

"그럼 하나만 묻자."

등 뒤에서 착 가라앉은 재언의 목소리가 들렸다. 지서는 대답 대신 고개를 돌려 그를 보았다. 재언은 자신이 일어난 빈자리를 물끄러미 응시하고 있었다.

"내가 싫어?"

"아니."

"그럼…… 좋긴 해?"

재언의 물음에 지서는 울컥 목이 멨다.

……좋아한다.

"……아니."

그러나 지서는 마음과 다른 답을 내놓았다.

"씨발."

다시 한번 제 위치를 확인한 재언이 욕설을 뱉었다.

지서는 인사할까 하다가 관두고 돌아섰다. 인사할 분위기는 아니었다. 결국 인사 없이 공부방 문을 닫고 나온 지서는 계단을 내려가다 말고 잠시 멈춰 섰다. 손으로 목을 감쌌다.

"어머, 왜 그러고 서 있어요? 어디 아파요?"

때마침 올라오던 김 씨 아주머니가 물었다.

"아…… 그냥 목이 아파서요."

"감기 걸렸나 보네요. 얼른 병원에 한번 가 봐요. 심해지기 전에."

지서는 말없이 웃었다.

울컥거림을 삼키느라, 목 안이 아픈 거라고 말할 수 없었으니까.

* * *

거대한 저택을 벗어나 아스팔트로 잘 포장된 길을 따라 내려갔다. 자그마한 단독 주택들이 오밀조밀 모여 있는 구역을 벗어나면 2차선 도로가 나왔다. 그 도로를 따라 이어져 있는 인도를 걸어가던 지서는 습관적으로 영어 단어집을 꺼냈다. 그러고는 영어 단어를 외우기 시작했다.

저벅.

그러다 들리는 소리에 저도 모르게 돌아섰다. 뒤에 아무도 없었다. 다행이라 생각하면서도, 어깨가 아래로 축 늘어졌다. 천천히 걸어가던 지서는 다시 단어를 외웠다. 오늘따라 단어가 외워지지 않아 입 안에서 몇 번이나 중얼거리며 되새김질했다.

저벅.

또 들리는 소리에 지서가 한 번 더 돌아보았다. 여전히 제 뒤에는 아무도 없었다. 지서는 가만히 텅 빈 길을 바라보았다. 쭉 이어진 인도. 그 옆으로 촘촘히 세워진 가로수. 그 너머로 보이는 논과 밭.

오후의 하늘은 높고, 비스듬히 휘어진 햇살에 나무들은 따스한 색으로 빛나고 있었다. 평소와 다름없는 풍경 위로 지서는 재언을 어렵지 않게 떠올릴 수 있었다.

자신과 눈이 마주치면 눈썹을 찌푸리면서도 픽 하고 휘어지던 입매. 삐딱하게 서서 자신을 비스듬히 내려다보는 눈매 같은 것들.

이렇게 될까 봐 따라오지 말라고 했던 건데…….

혼자 걸어가는 게 당연했던 길이, 이젠 외로운 길이 되었다.

아랫입술을 앙다문 지서가 다시 고개를 돌렸다. 저벅, 등 뒤에서 환청이 또 한 번 들렸지만 지서는 돌아보지 않았다.

* * *

현관문 열쇠 구멍에 열쇠를 넣던 지서의 행동이 뚝 멈췄다. 문이 열려 있었다. 효경은 한 번씩 문 잠그는 걸 잊고 외출하곤 했다.

도둑이라도 들면 어쩌려고.

아무리 없는 세간이라지만, 없어지면 아쉬운 건 자신이었다. 더군다나 좌식 책상 뒷면에 붙여 놓은 통장이 신경 쓰였다.

얼굴을 찌푸린 지서가 현관문을 확 열어젖혔다. 신발을 벗으며 주변을 둘러보던 지서의 행동이 뚝 멈췄다.

아무도 없을 거라고 생각한 집에 효경이 있었다. 대충 한 갈래로 머리를 틀어 묶은 효경은 거실 겸 가스레인지 앞에 서 있었다.

"어디 갔다 와?"

효경이 퉁명스레 물었다.

"공부하고 왔어. 일하러 안 가?"

지서가 마지못해 대답했다.

"야, 나도 좀 쉬자. 아직 출근할 시간 아니거든?"

효경의 말을 듣고서야, 지서는 시간을 확인했다. 오후 5시 45분이었다. 당황한 지서가 머리를 쓸어 넘겼다.

정신이 나갔네.

재언의 집에서 나와 여기까지 어떻게 왔는지도 모르겠다.

"후."

긴 한숨을 내쉰 지서가 다시 한번 머리카락을 쓸어 넘겼다.

"땅 꺼져, 이년아."

효경의 타박이 곧장 날아들었다. 못 들은 척 제 방으로 들어가려던 지서의 걸음이 뚝 멈췄다.

"지금 뭐 해?"

지서의 시선이 싱크대로 향했다.

"뭐 하긴, 배고파서 떡볶이 먹으려고 하고 있지. 야, 넌 왜 이걸 쟁여 놓고 하나도 안 먹냐? 아깝게? 아! 그리고 앞으로 곤약 떡볶이 같은 걸로 사다 놔. 이런 거 먹으면 살찐단 말이야. 안 그래도 마담이 뱃살 빼라고 얼마나 지랄하는데."

효경이 떡볶이 밀 키트의 봉지를 뜯으려는 순간, 순식간에 다가간 지서가 봉지를 낚아챘다. 이미 봉지의 윗부분이 찢겨 있었다. 그걸 본 순간, 마음 한구석이 차가워졌다.

"야, 왜 이래?"

"먹지 마, 이거. 다른 거 먹어."

"뭐야?"

효경이 심상찮은 분위기를 풍기는 지서를 아래위로 살폈다.

"먹지 말라고."

지서가 눈을 똑바로 뜨며 으름장을 놓았다. 평소라면 다른 거해 줄 테니까 살찌는 떡볶이는 다음에 먹으라는 식으로 좋게 좋게 말했겠지만, 지금은 도저히 그럴 기분이 아니었다.

가진 게 너무 없어서 좋아하는 남자의 고백을 받아들이지 못했다. 그런 주제에 돈이 급해서 과외는 계속 하는 처지라니. 너무 우습고 비참해서 울고 싶은 지경이었다.

"야, 미쳤어?"

효경이 지서의 손에 들린 떡볶이 밀 키트를 빼앗았다.

"먹지 말라고, 좀!"

지서가 악쓰듯 소리 지르며 효경을 똑바로 노려보았다. 평소 이런 적 없었기에, 효경이 당황한 눈으로 지서를 쳐다보았다.

"야, 너……."

그러나 그것도 잠시, 효경의 눈빛이 순식간에 달라졌다.

"이년이, 근데 진짜."

효경이 손을 치켜들었다.

"아!"

어느새 효경의 손이 우악스럽게 지서의 머리채를 낚아챘다.

"어디서 언니한테 소리를 질러? 너까지 내가 만만해? 공부 좀 한다고 위아래 없어? 씨발, 떡볶이 좀 먹는다고 고래고래 악을 쓰고! 네가 나한테 요즘 덜 맞았지? 어?"

뒤이어 효경의 거센 손길이 날아들었다.

짝! 짝!

마찰음이 들릴 때마다 눈앞에서 별이 튀었다. 뺨, 머리 할 것 없이 손이 스치는 자리마다 얼얼했다. 지서가 반항하려 몸을 틀었지만, 이미 잡힌 머리채 때문에 쉽지 않았다. 결국 팔을 올려 얼굴을 가렸다.

퍽! 퍽!

그러자 효경의 손바닥이 머리를 후려쳤다.

"공부 좀! 잘한다고! 사람 우습게! 보는 쌍년들이! 제일 문제지! 응?"

한참 패던 효경이 씩씩거리며 제 손에 잡힌 지서를 노려보았다. 이쯤 되면 울든가, 비명을 지르든가 해야 하는데 지서에게선 어떤 소리도 나오지 않았다.

"독한 년. 지독한 년."

효경이 비틀거리면서도 쓰러지지 않는 지서를 노려보았다. 너무 지독해서 가끔은 무서울 지경이었다. 그럼에도 효경은 뒤로 물러서지 않았다.

"너, 무릎 꿇어! 꿇고 빌어! 언니 미안하다고 싹싹 빌어! 그럼 봐줄 테니까!"

효경이 소리쳤다. 그러나 지서는 여전히 대답하는 대신 입술을 꽉 다물었다.

"또 고집이지. 그래. 어디 한번 끝까지 가 보자."

효경의 손이 또 한 번 날아들었다. 효경의 손이 스치는 곳마다 살이 찢어지는 것 같았지만, 지서는 꾹 참았다. 그렇게 몇 분간 이어지던 구타가 어느 순간 멈추었다.

"와, 독한 년. 진짜 지독하다. 넌."

효경이 헐떡거리며 지서를 바닥에 집어 던지듯 내려놓았다. 그러고는 어깨를 문지르며 질린 눈으로 지서를 내려다보다 퉤 하고 침을 뱉었다.

쾅!

효경이 방문을 세차게 닫고 들어갔다.

마침내 집 안이 고요해졌다. 드문드문 닫힌 효경의 방문 너머로 분에 못 이겨 화풀이하는 소리가 들리는 게 전부였다.

지서는 헝클어진 머리를 대충 쓸어 넘겼다. 바닥에 우수수 머리카락이 떨어지는가 싶더니, 손가락에 진득한 침이 닿았다.

비틀대며 몸을 일으킨 지서가 곧장 싱크대에서 머리를 헹궜다. 흠뻑 젖은 머리를 대충 짠 후, 바닥에 떨어진 떡볶이 밀 키트를 들었다.

낡은 냉장고 문을 열자 사나운 소리가 윙윙하고 들렸다. 바닥에 쭈그리고 앉은 지서는 냉장고 가장 아래 야채 칸을 보았다. 머뭇거리던 손이 야채 칸을 열었다. 둘둘 말아 놓은 신문지가 들춰져 있었다.

효경이 이미 몇 개 빼 먹었는지 반 이상 텅 비어 있었다. 속상한 마음에 아랫입술을 꽉 깨물던 지서는 다시 떡볶이 밀 키트를 본래의 자리에 두었다.

……난 하나도 못 먹었는데.

아니, 사실 먹을 자신이 없었다.

먹으면 재언과 함께 떡볶이를 먹었던 기억이 날 테니까.

그러다 재언과 함께 떡볶이를 먹고 싶어질 테니까.

그렇게 욕심이 하나둘씩 생길 테니까.

그래서 몇 번이나 버리려 했다. 그러나 끝내 버리지 못했다.

'적선을 해도 돈으로 하지, 이렇게는 안 해! 누가 적선을 매운맛, 순한맛, 리뷰 다 따져 가면서 해! 먹지도 않는 떡볶이, 어떤게 네 입맛에 맞을지 하루 종일 고민을……. 하, 씨발.'

태어나 처음 받은 곧은 애정이었으므로.

시선을 떨군 지서가 냉장고 문을 닫았다. 쿵, 하고 냉장고 문이 닫히는 소리와 함께 지서의 얼굴이 무릎 사이로 파고들었다.

* * *

아침 일찍 등교해 교실 문을 열던 지서가 멈칫했다. 눈앞에하얀 벽이 세워진 듯 누군가 서 있었다. 명찰을 보지 않아도누군지 알 수 있었다. 반에 이 정도 키를 가진 사람은 한 명뿐이니까.

고개를 뒤로 젖히자 재언이 눈에 들어왔다. 재언의 매끈한 얼굴이 잔뜩 굳어 있었다.

인사 정도는 해도 되지 않을까 싶어 입술을 달싹이던 지서는
이내 입을 다물었다. 제 인사가 재언을 불편하게 만들 거라는 생
각이 뒤늦게 들었다.

지서가 한 발 물러서자 재언이 말없이 지나쳤다. 그 순간이
유난히 느리게 느껴졌다. 재언이 완전히 지나치고서야 지서는
알았다.

이제 인사도 못 하는 사이가 됐다는 걸.

* * *

교탁 앞에 담임 선생님이 섰다. 선생님은 무미건조한 눈으로
교실을 쭉 훑고서야 입을 열었다.

"다들 시험 보느라 고생했다. 결과는 오늘 나올 거다."

담임 선생님의 말에 아이들이 비명을 질렀다.

"자, 조용. 조용. 다들 가방 싸라. 오늘 자리 바꾼다."

갑작스러운 말에 지서의 눈이 살짝 커졌다. 반 아이들이 수군
거리자, 선생님이 교탁을 탕탕 두드리더니 말을 이었다.

"건의가 들어왔다. 뒤에 앉은 학생은 한 학기 내내 뒷자리에
앉아야 하는 게 불합리하다고. 그런 말은 앞으로 직접 선생님한
테 했으면 좋겠다. 부모님 시켜서 학교에 전화하지 말고. 그게
뭐 어려운 말이라고 바쁜 부모님을 시켜?"

담임 선생님 말에 반 아이들이 서로를 쳐다보았다.

"자, 여기부터 1번이다. 1번, 2번, 3번, 알겠지? 너부터 나와서 이거 뽑아라."

담임 선생님이 통을 내밀었다. 1분단 제일 앞에 앉아 있던 아이부터 나가서 번호를 뽑았다. 하나둘씩 아이들이 나갔다. 머지않아 제 순서가 된 지서가 번호를 뽑았다. 눈으로 자리를 확인하니 중앙 제일 뒷자리였다. 중앙이라 다행이지만, 뒷자리라는 게 아쉬웠다.

"자, 다들 옮겨."

담임 선생님 말에 지서는 챙긴 가방을 어깨에 멨다. 새로 뽑은 자리에 앉자, 얼굴 익은 반 친구가 뒤따라 앉았다. 조용하게 공부만 하는 아이였다.

"다들 둘러봐라."

담임 말에 앞자리에 앉은 아이들이 뒤를 돌아보았다. 뒷자리에 앉은 지서의 눈에 가장 앞자리에 율리와 나란히 앉은 재언이 보였다. 재언은 묵묵하게 앞을 바라보고 있었다. 뒤에 뭐가 있든 관심 없다는 듯이.

그사이, 주변을 둘러보던 율리와 지서의 눈이 마주쳤다. 지서를 묘한 눈으로 쳐다보던 율리가, 재언에게 뭐라고 말을 걸었다. 재언이 앞을 쳐다보고 있었기에 대답하는지 마는지까진 알 수 없었다.

지서는 펜을 힘주어 잡았다.

차라리 잘된 일이었다. 나란히 앉아 있으니 신경 쓰였는데.

그러나 생각과 달리 지서의 표정은 어두워졌다.

* * *

"아버님, 이것 좀 보세요."

재언과 나란히 앉은 배 여사가 손에 쥐고 있던 종이를 조용히 신 회장 앞에 보란 듯이 내려놓았다.

"이게 뭐야?"

신 회장이 주름진 눈을 찌푸리며 종이를 들었다.

"재언이 성적표예요. 요즘 공부 열심히 하더니 성적이 많이 올랐어요."

"그래? 어디 보자……. 28명에서 5등? 앞에 2 빠진 거 아니고?"

신 회장이 믿기지 않는다는 듯 소리 높여 물으며 고개를 들었다.

"어머, 아버님도 놀라셨죠? 저도 많이 놀랐어요. 기본적으로 머리가 있는 애라 그런지 금방 성적이 오르더라고요."

"여기가 강남이 아니니, 제 놈도 중간치는 가는구나."

"어머, 아버님. 시골이긴 하지만 그렇다고 영 못하는 학교는 아니더라고요. 하여튼 이번 6월 모의고사도 오를 것 같아요."

배 여사가 흐뭇한 얼굴로 신 회장을 바라보았다.

"그럼 다행이고. 근데 넌 왜 말이 없어?"

성적표를 뚫어져라 보던 신 회장이 제 앞에 앉아 있는 재언을 쳐다보며 물었다.

"재언아. 할아버지 말씀하시잖아."

배 여사가 신 회장의 눈치를 살피며 재언의 팔을 툭툭 쳤다.

"시험 끝나서 긴장 풀렸나 봐요. 재언아, 할아버지 말씀하신다."

배 여사의 말에 잠시 딴생각을 하고 있던 재언이 느릿하게 고개를 들었다.

"네. 뭐, 그랬나 봐요."

재언이 대충 장단 맞춰 대답하자, 신 회장이 가늘게 뜬 눈으로 쳐다보았다. 성적이 올랐는데 기뻐하는 기색이 전혀 없는 게 꼭 남의 성적표를 갖고 왔나 싶을 정도였다.

"성적도 올랐는데 갖고 싶은 거 없나?"

"없어요."

단칼에 대답하는 재언을 보며, 배 여사는 기겁한 표정을 지었다. 그러거나 말거나 재언은 지루해 죽겠다는 표정을 감추지 않았다.

"넌 왜 이렇게 욕심이 없어? 네 형들은 욕심이 드글드글한데. 그래서 하루가 멀다 하고 성과를 내고, 또 하루가 멀다 하고 전화를 하고 그러잖냐. 너는 집이 코앞인데도 들르지도 않고. 나한테 잘 보일 생각이 없어?"

"이미 잘 봐 주고 계시잖아요."

재언의 대답에 신 회장이 너털웃음을 터트렸다.

"그래. 그렇긴 하지. 그래도 사내자식이라면 욕심이 있어야 하는 법이다. 욕심이 있어야 사람이 성장하는 법이고. 넌 되고 싶거나, 하고 싶은 게 없어?"

"없……."

무심코 대답하던 재언의 입이 다물렸다. 찰나에 누군가의 얼굴이 스쳐 지나갔다.

되고 싶은 거…….

이지서 남자 친구.

하고 싶은 거…….

이지서랑 연애.

이러다가 인생 최종 목표가 이지서 남편이 될 판이었다.

차이고도 정신 못 차렸지. 개띠 신재언.

재언은 가볍게 고개를 가로저으며 대답했다.

"없습니다."

"거, 녀석도 참. 넌 욕심부터 키워라. 그렇다고 네 형들처럼은 되지 말고. 그것들은 사람으로 낳아 놨더니 기계가 되어 가지곤. 쯧."

신 회장이 고개를 절레절레 내저었다.

"나가 봐라."

"네. 안녕히 주무세요."

신 회장의 축객령에 재언은 군말하지 않고 방을 벗어났다.

"요즘 재언이 무슨 일 있나?"

신 회장이 넌지시 홀로 남아 있는 배 여사에게 물었다.

"사춘기인가 봐요. 말수도 줄어들고요."

"그래. 곁에서 잘 봐 둬. 저 녀석, 놈팽이 같아도 제 형들한테 뒤질 녀석 아니다."

251

"네. 알겠습니다."

신 회장의 서재에서 나온 배 여사는 신발을 꿰어 신었다. 현관문을 열고 나서자, 정원 한가운데 우두커니 서 있는 재언이 보였다. 심란함이 그대로 느껴지는 아들의 뒷모습을 가만히 바라보던 배 여사가 조용히 돌아섰다.

별채의 문이 닫히는 소리를 듣고서야, 재언은 배 여사가 집으로 돌아갔다는 걸 알았다. 그러거나 말거나 재언은 바지 주머니에 손을 찔러 넣은 채 하늘을 보았다.

차인 데다, 교실에서의 자리도 멀어졌다. 마치 운명이 갈라놓는 느낌이었다. 너희는 인연이 아니니 떨어지라고.

온 세상이 이렇게까지 인연이 아니라는데, 이제 제 마음만 정리하면 될 일이었다.

그런데…….

"그게 됐으면, 이 지경까지 안 왔지. 씨발."

재언이 손으로 눈가를 가렸다.

제 자리는 앞이고, 지서의 자리는 같은 분단 가장 뒷자리였다.

지서가 뒤에서 자신을 볼지도 모른다고 생각하니 등이 잔뜩 긴장했다. 그것 때문에 태어나 처음으로 담에 걸렸다.

그보다 더 큰 문제는 자신은 이런 상태인데, 이지서는 평온하기 그지없다는 거였다. 마치 제 이름은 까먹은 게 아닐까 싶은 정도였다. 새삼 자신만 이렇게 전전긍긍하고 있는 게 억울했다.

"후. 그래."

이제 나도 정리해야지. 시골에 이지서 같은 애가 드물다 보니 홀린 거겠지.

애써 생각을 정리한 재언이 손으로 머리를 쓸어 넘겼다.

이제 정말 정리한다, 이지서.

난 이지서가 누군지 모른다.

결연하게 다짐하며 고개를 돌리던 재언은 무심코 제 발 주변에 깔린 꽃들을 보았다. 어쩌다 보니 꽃밭까지 걸어 들어온 모양이었다.

성가시게.

재언이 무심코 꽃들을 밟고 지나가려 할 때였다.

'난 꽃 좋아하는데.'

불현듯 생각났다.

그대로 재언의 발이 허공에서 방향을 꺾었다. 꽃들을 훌쩍 뛰어넘은 재언이 정원 한 귀퉁이에 우뚝 섰다.

정적이 흘렀다. 넋이 나간 듯 정면을 주시하던 재언이 그 자리에 무릎을 접어 앉아 손으로 얼굴을 가렸다.

꽃도 못 밟는 주제에 정리는, 씨발.

* * *

중간고사가 끝난 지 일주일이 흘렀다. 재언과 지서는 자리가 바뀐 후로 대화는커녕, 서로가 있는 쪽을 쳐다보지도 않았다. 이 사실이 금세 퍼졌는지, 몇몇 아이들이 지서에게 다가와 은근히 물었다.

"지서야, 너 재언이랑 싸웠어? 둘이 엄청 친했잖아."

"그러니까. 한동안 둘이 같이 다니던데. 왜 요즘은 같이 안 다녀?"

"아니면 사귀다가 헤어진 건가?"

이런저런 선 넘는 질문에 지서는 별다른 대답 하지 않았다. 지서가 일괄적으로 무시하자, 애들은 입술을 삐쭉거리며 '재수 없어.'라고 중얼거리곤 홱 돌아섰다. 자리로 돌아간 애들이 지서 쪽을 쳐다보며 쑥덕거렸지만, 지서는 아무런 대응도 하지 않았다.

할 말이 없었으니까.

지서는 재언과 틀어진 후, 자신들의 관계에 대해 생각해 보았다. 애정을 나누던 사이는 당연히 아니고, 그렇다고 친구 사이도 아니었다.

이도 저도 아닌 사이였다.

그랬기에 이도 저도 아니게 희미해진 거고.

지서를 들들 볶던 애들은 재언에게는 물어볼 자신이 없는지 입을 꾹 다물었다. 그렇게 시간이 제법 흐르자, 애들도 더 이상 관심을 가지지 않았다.

"하, 존나 재수 없어."

율리를 중심으로 모인 친구들이 지서가 지나갈 때마다 욕설을 뱉거나 비아냥거리는 것 빼곤, 그럭저럭 버틸 만했다.

아니, 그래야만 했다.

버티지 않고는 다른 방도가 없었으니까.

* * *

날이 갈수록 창문을 통해 들어오는 바람이 따스해졌다. 한껏
부풀었던 팝콘 같던 벚꽃이 한창 하얗게 날리더니, 어느새 나뭇
가지 끝으로 초록 잎사귀들이 고개를 내밀기 시작했다.

하교 시간, 지서는 가방을 챙기다 말고 커튼이 날리는 창문을
바라보았다. 미처 끈으로 묶어 놓지 못한 커튼이 바람에 풍선처
럼 부풀어 올랐다. 하얀 커튼이 나부끼는 너머로 흐린 저녁 하늘
이 눈에 들어왔다.

"어? 비 온다."

"아, 엄마가 오늘 비 온다고 우산 가지고 가랬는데 그냥 왔
어."

멍하게 앉아 있는데 앞자리에 앉은 애들의 대화가 들렸다.

"지서야, 너 우산 챙겨 왔어?"

짝이 조심스럽게 물어 왔다. 요 근래 공부 때문에 몇 마디 주
고받은 후로, 이런 식으로 곧잘 말을 걸어왔다.

"모르겠어. 안 보여. 안 챙겼나 봐."

요즘 이렇게 정신을 놓고 다니는 일이 흔했다. 오늘 아침까지
만 해도 기상 예보를 보면서 우산 챙겨야지, 하고 생각했었는데.
챙겼는지 안 챙겼는지 기억이 잘 나지 않았다.

"네가 이런 실수도 하는구나."

짝의 말에 지서가 고개 돌려 쳐다보았다. 그러자 두꺼운 안경
을 쓴 짝이 당황한 듯 손을 내저었다.

"아, 그러니까 내 말은 실수해서 다행이다 이런 게 아니라, 네가 실수하는 게 신기해서. 그냥, 너는 다 잘할 것 같은 느낌이거든. 이번에 애들 다 빠트린 국어 수행 평가도 너만 냈잖아."

짝의 말에 지서는 며칠 전 국어 시간을 떠올렸다.

식곤증에 빠진 애들이 전부 다 잠에 들었다. 유일하게 살아남은 건 손톱 밑을 찌르며 억지로 눈을 치뜬 지서뿐이었다. 선생님은 모두가 잠든 걸 알면서도, 수행 평가가 있다는 걸 말로만 공지했다. 제 수업에 적극적으로 참여하지 않은 애들을 일부러 골탕 먹이려는 듯이.

덕분에 지서만 국어 수행 평가를 제출할 수 있었다.

"그때 나만 안 자고 있었거든."

"그러니까. 그 지겨운 수업을 네가 다 듣다니. 진짜 신기해."

"……."

지서는 희미하게 웃었다. 간절하면 닥치는 대로 하게 되어 있다는 말까진 굳이 하지 않았다.

"근데 어떻게 가려고?"

짝이 의자에서 엉거주춤하게 일어나며 물었다.

"괜찮아. 공부 좀 더 하다가 갈 거라서."

"그래. 내일 봐."

"응."

대답을 마친 지서가 문제집으로 시선을 돌렸다. 어차피 잘된 일이었다. 오늘은 효경이 쉬는 날이라 되도록 집에 늦게 가는 게 좋았다.

효경과 떡볶이로 싸운 후, 사이가 더욱 악화되었다. 그날 이후로, 효경은 사사건건 시비를 걸었다. 전기세도 사용한 비율대로 나누자는 둥, 제 방에 들어오면 앞으로 돈을 받겠다는 둥, 모조리 터무니없는 말이라 무시로 일관했다.

그러다 효경은 '네가 공부해 봤자지. 어차피 넌 나처럼 살게 되어 있어. 미리 우리 마담 언니 소개해 줄까? 아다면 2차는 더 세게 받는데.'라는 말로 선을 넘기 시작했다.

결국 참지 못하고 '네 인생이나 신경 써.'라고 되받아쳤다가, 또 한 번 싸움이 시작되었다. 말이 싸움이지. 일방적인 구타였다. 자신보다 덩치가 크고 억센 효경을 이길 수 없었다.

"후우."

어느새 교실에 홀로 남은 지서는 쓸데없는 생각을 떨치려 문제집을 펼쳤다. 그러나 10분도 되지 않아, 쥐고 있던 펜을 내려놓았다. 마음과 달리 집중이 되질 않았다.

그런 날이 아주 가끔 있었다. 집중 안 되고, 상념은 끝없이 밀려드는 날.

텅 빈 교실에 홀로 남은 지서는 멍하게 비 내리는 창가를 보았다. 시간이 날 때 한 문제라도 더 풀어야 하는데, 라는 조급한 마음이 드는데도 정작 몸은 꼼짝도 하지 않았다.

툭, 툭 떨어지는 빗줄기를 보고 있는 사이, 열린 창문 틈으로 바람이 훅 밀려들었다. 그 바람에 또다시 온갖 생각이 다 들었다.

'효경에게서 독립하는 게 나을까, 같이 사는 게 나을까' 하는 현실적인 고민과, '내가 만약 평범한 가정에서 태어났다면 어땠을까' 하는 무의미한 가정과, '그랬다면 재언의 고백을 받아들이는 게 이렇게 무섭지 않았을까' 하는 생각까지.

아무리 생각해 봐도 알 수 없었다.

평생 이렇게만 살아왔으니까.

조금만 자다가 다시 공부하자.

잠시 엎드려 누운 지서는 까무룩 잠에 들었다.

똑, 똑.

"학생!"

저를 부르는 소리에 지서가 벌떡 상체를 일으켰다. 앞문에 경비원 아저씨가 서 있었다.

"아침에도 일찍 오던 그 학생 아니야? 왜 이 시간까지 있어? 여기 3층 불 끌 시간이야."

"아……. 네."

"어서 집으로 가. 부모님 걱정하시겠네."

경비원 아저씨의 말에 지서가 마지못해 몸을 일으켰다. 어쩔 수 없이 집에 가서 방문을 걸어 잠그고 있어야겠다 싶었다.

환기 삼아 조금 열어 놓은 창문을 닫으러 갔던 지서의 시선이 무심코 운동장을 향했다.

건물 오른쪽 입구에 커다란 우산을 쓰고 누군가 서성거리고 있었다. 자신도 모르게 긴장한 지서는, 우산이 젖혀지며 드러난 남자의 얼굴에 눈을 크게 떴다.

훤칠한 키에, 차가운 느낌의 무표정이 눈에 익었다.

설마……. 그럴 리가.

지서는 머릿속을 스치는 가정을 부인했다.

다툰 그날 이후 학교에서 재언과 대화는커녕 인사도 나누지 않는 사이였다.

재언이 저기 있는 이유가 있겠지. 누군가를 기다리거나, 아니면 선생님과 상담을 마치고 나오는 길일 수도 있고, 데리러 오는 차를 기다리고 있는 중일 수도 있다.

그러니 헛된 기대를 집어먹는 건 금물이었다.

지서는 팽창하는 희망을 억지로 구겨 넣으며 창문을 마저 닫았다. 커튼까지 친 후, 가방을 둘러멘 지서는 신발을 챙겨 계단을 내려갔다. 한 층씩 내려갈수록 지서는 흔들리는 마음을 다잡았다.

이런저런 이유로 재언의 손을 잡지 않은 건 자신이라고.

그러니 이제 재언에게 나는 불편하고 불쾌한 사람이 되었을 거라고.

1층 우측 입구에 도착하자 비바람이 훅 몰아쳤다. 생각지 못한 바람에 지서의 걸음이 느려지며, 눈이 감겼다. 바람이 멎고 서야 슬쩍 눈을 뜬 지서는 우측 입구를 가로막고 서 있는 긴 실루엣을 보았다. 학교 운동장을 밝히는 조명 때문에 역광이었음에도, 재언이 자신을 쳐다보고 있다는 걸 어렵지 않게 알 수 있었다.

툭.

이유 없이 마음 한구석이 무너졌다.

잠시 입술을 달싹이던 지서는 이내 입을 다물었다. 자신을 기다리는 게 아닐 수 있는데, 괜히 말 걸어 민망한 상황을 연출하고 싶지 않았다. 입구에 가까워진 지서가 막 가방으로 머리를 가리려 할 때였다.

"이지서."

저를 부르는 소리에 지서의 움직임이 멈췄다. 고개를 돌리자 재언이 내려다보고 있었다.

"자."

재언이 3단 우산을 내밀었다.

"이걸…… 왜 날 줘?"

재언과 우산을 번갈아 보던 지서가 물었다.

"우산 없다며."

짝과 나누던 제 이야기를 다 들은 모양이었다. 분단의 가장 끝과 끝이라, 잘 안 들렸을 텐데.

여태껏 무심하기만 하던 재언이 여태껏 자신을 신경 쓰고 있었다는 사실에 기분이 묘했다. 자신만 재언을 신경 쓴 게 아니라는 것에 설명 못 할 안도감을 느끼면서도, 그 안도감이 불편했다. 사실 그건 안도감이 아니라 재언이 제게 계속 관심 가져 줬으면 하는 이기심이니까.

"그러니까 이걸 왜……."

"이걸 왜 널 주겠어?"

"……."

"집도 먼데, 비 다 맞고 걸어갈 게 보이니까 그러지."

재언이 인상 쓰며 꺼낸 말에 지서의 눈이 가늘게 흔들렸다.

"네가 왜 신경 써?"

부러 말이 더 세게 튀어나왔다. 말을 뱉고서 아차 할 정도였다.

"내가 왜 신경 쓰는지, 진짜 몰라?"

"……"

재언의 날 선 목소리에 지서는 입을 꾹 다물었다. 그러자 재언은 가슴이 부풀도록 숨을 들이켠 후, 길게 내쉬었다.

"너, 한국대 갈 거라며."

뜬금없는 말에 지서가 다시 재언을 보았다.

"나도 한국대 갈게."

"……"

"수석은 못 하겠지만, 어떻게든 입학은 해 볼게. 그때 다시 생각해 봐."

"……"

지서의 눈이 커졌다. 이어 고개 돌린 재언과 시선이 마주쳤다. 농담이냐는 질문을 꺼낼 수도 없게 재언의 표정은 진지했다.

"내가 싫은 거 아니라며. 공부해야 해서 그런 거라며. 그럼 내가 기다릴게."

"……"

"지금은 친구로 지내다가, 대학 가면 제일 먼저 나한테 기회 줘. 다른 새끼들은 안 돼. 후보에 올리는 것도 안 돼."

늦은 저녁의 하늘을 등진 채 재언이 생각만으로도 화가 치민다는 듯 이를 갈며 말했다. 지서는 그런 재언을 멍하게 바라보았다.

혹시 지금 내가 꿈을 꾸는 게 아닐까.

지서는 그렇게 생각하며 한 발 다가갔다. 그러나 재언이 흐려지기는커녕 더욱 또렷해 보였다. 화가 난 것처럼 보이지만, 자세히 보면 긴장감에 굳은 얼굴이라는 걸 알 수 있었다.

시선을 내리자 재언이 손에 쥐고 있는 3단 우산이 눈에 들어왔다. 비에 흠뻑 젖은 그의 신발과 교복 바짓단도 뒤따라 보였다.

그 모든 걸 먹먹한 눈으로 바라보던 지서는 문득 어린 시절 때 빌었던 소원을 떠올렸다.

'비 안 오게 해 주세요.'

고아원에서 지내는 것도, 아픈 날 이불을 덮어쓰고 끙끙 앓는 것도 견딜 수 있었다.

그러나 비 오는 날, 데리러 온 엄마와 함께 가는 친구들의 모습을 보고 있으면 참을 수 없이 외로웠다. 그런 날이면, 잠들기 전 믿지도 않던 하나님께 빌었다.

비 맞지 않게 해 달라고.

그게 아니면, 누구라도 데리러 오게 해 달라고…….

이뤄지지 않을 소원이라는 걸 알면서 울며 빌었다.

그때를 떠올리던 지서의 얼굴이 와락 구겨졌다.

그 소원을, 왜 네가 이뤄 주는 걸까?

왜 하필, 네가?

꾹꾹 참고 있던 것들이 한순간에 툭 터졌다.

"……너, 나한테 왜 이래?"

지서의 목소리가 가늘게 떨렸다. 머지않아 고개를 든 지서의 눈에 그렁그렁 눈물이 차올랐다. 한번 말을 뱉자, 여태껏 꾹꾹 묻어 둔 말들이 쏟아져 나왔다.

"그냥 가만히 내버려 두지. 이대로 조용히 사라지게 두지. 왜 이러는 건데? 안 그래도 내 생각의 절반은 너라서 힘든데! 왜!"

서러움인지 원망인지 모를 소리가 터져 나왔다. 말을 마치자 얼마나 흥분했는지 입술이 덜덜 떨렸다.

지서는 입술을 꽉 깨물다가 손등으로 가렸다. 그러나 지서는 제 손이 입술만큼이나 떨리고 있다는 걸 미처 몰랐다.

"절반이라……. 좋겠네."

재언이 덤덤하게 대꾸하며 지서를 뚫어져라 쳐다보았다.

"……."

"난 하루 종일 네 생각만 하면서 사는데."

그러곤 자조적으로 웃었다.

"……."

"나도 고민 많이 했어. 왜 널까. 내가 왜 날 좋아하지도 않는 사람한테 이럴까."

"……."

재언의 시선이 지서의 얼굴을 천천히 더듬었다.

"예뻐서인지."

이어 지서의 하얗고, 색감 옅은 눈동자와, 붉은 입술을 보았다.

"공부를 잘해서인지, 씩씩해서인지, 독해서인지, 돈 내고 떡볶이 사 먹어 놓고 설거지를 다 할 만큼 물러서 그런 건지. 아니면 그 모든 이유인지.”

어떤 이유를 떠올리든, 그게 다 지서를 좋아하게 된 이유인 것처럼 느껴졌다. 나중엔 이지서를 좋아하는 데 이유가 없는 게 아닐까 싶을 정도로.

“도저히 모르겠는데, 오늘 하나는 확실히 알겠더라.”

“…….”

“네가 비를 안 맞았으면 좋겠더라. 같이 가면 더 좋고.”

“…….”

“그냥…… 그랬으면 좋겠더라.”

그냥, 이라는 말을 하는 재언의 표정이 서글프게 변했다. 지서는 아랫입술을 꽉 깨물었다. 그냥, 이라는 두 글자에 욱여넣은 감정을 알 것 같았다.

아무 이유 없이, 그저 바라게 되는 감정.

기어코 지서가 고개를 떨구었다.

머릿속에서 은근히 재언과 거리를 두라고 말했던 배 여사가 떠올랐다. 뒤이어 사랑에 미쳐 인생을 낭비하고 있는 효경도 생각났다. 공부도 해야 하는데…….

언제나 자신을 붙들어 주던 이유가, 오늘따라 자꾸 모래성처럼 허물어졌다.

“그러니까 우산이라도 쓰고 가. 좀.”

재언이 3단 우산을 받으라는 듯 가볍게 흔들었다.

지서는 말없이 그 우산을 바라보았다. 그러고는 다시 재언을 바라보았다. 이 우산을 건네기 위해 비를 맞으며 기다렸을 재언을. 자존심이 상했을 텐데도 제 걱정을 한 재언을.

……더 이상의 부정과 거부가 의미 있을까.

창문에서 재언을 발견하자마자 심장부터 뛰었던 주제에.

자신 때문에 서 있는 게 아닐 거라고 생각하면서도 서둘러 내려왔던 주제에.

재언을 발견하자마자 반갑다 못해 울고 싶어졌던 주제에.

픽 하고 웃음이 터지자마자 눈에서 눈물이 툭 떨어졌다. 지서는 더는 제 표정을 감추지 않았다. 우는 것 같기도 하고, 웃는 것 같기도 한 엉망진창인 얼굴로 재언을 마주 보았다.

"대학 갈 때까지는 절대 사귀는 거 아냐."

말하자마자 제 마음이 툭 떨어지는 게 느껴졌다.

"그래도 괜찮으면……. 좀 기다려 줄래? 내가 너희 집 과외를 안 해도 될 때까지."

네 엄마와 한 약속을 어기지 않도록.

잡을 수 없이, 한참을 데굴데굴 굴러간 마음이 재언을 향한다.

믿기지 않는 듯 멍하게 서 있던 재언이 한 발자국 다가왔다. 또 한 발자국. 마침내 코앞에 멈춰 선 재언의 입꼬리가 희미하게 휘었다.

"응. 기다릴게."

재언이 제 마음을 받아들였다. 마치 소중한 것이라도 선물 받은 사람처럼 벅차오른 재언의 얼굴에 따뜻한 물이 퍼지듯, 명치부터 뜨끈한 감정이 퍼졌다.

지서는 울 것 같은 얼굴로 환하게 웃었다.

* * *

비 오는 거리를 걸어가던 지서는 곤란한 표정으로 옆을 쳐다보았다.

길 따라 이어진 가로등 불빛에 재언의 얼굴이 환하게 빛났다. 웃는 것 같기도 하고, 뿌듯해 보이기도 한 얼굴이 근사하지만 그것과 별개로 지서는 곤란한 표정을 지었다.

재언과 함께 걷는 이 길이 어색했다. 언제나 한 발자국 뒤에서 걷던 재언이 제 옆에 나란히 걷는 것도 어색하고.

"……너희 집 이쪽 아니잖아."

지서가 재언에게 조용히 물었다.

"길은 다 이어져 있어."

그러자 재언이 콧노래를 부르다 말고 대꾸했다.

"……."

이게 대체 무슨 소리야, 라는 표정으로 쳐다보자 재언은 더 뻔뻔한 표정으로 마주 보았다.

"왜? 어디로 가든 우리 집은 나오니까 그냥 가."

반대편으로 가면서 할 말은 아닌 것 같은데.

"재언아. 혹시나 해서 말하겠는데…… 우리 친구 사이야."

남자 친구를 사귀어 본 적은 없지만, 아무리 생각해도 친구 사이에 집을 데려다주는 게 이상하게 느껴져 다시 한번 짚었다. 그러자 재언이 얼굴을 찌푸렸다.

"알고 있어. 그만 말해. 친구야."

재언이 어금니를 꽉 깨물었다.

"아는데 지금……. 아냐, 됐어."

지서는 다시 한번 돌아가라고 말하려다가 관두었다. 재언이 제 말을 들을 사람이 아니라는 걸 확실히 알았다.

"잠시만 폰 좀."

재언의 말에 지서가 제 주머니에 있던 휴대 전화를 내밀었다. 한껏 낡은 제 휴대 전화가 새삼 부끄러웠다. 그러나 재언은 전혀 개의치 않고 진지한 얼굴로 휴대 전화에 번호를 입력했다.

"내 번호."

[단일 후보]

저장된 이름을 확인한 지서가 눈을 가늘게 떴다.

"혹시 단일 후보라는 게……."

"어. 남친 단일 후보. 다른 새끼는 후보에도 올리면 안 돼. 알지?"

재언이 휴대 전화를 내려다보며 단호하게 대꾸했다. 지서는 그런 재언을 혼란스러운 눈으로 바라보았다. 이런 재언의 저돌적인 면이 어지러우면서도, 그런 그의 행동이 싫지 않은 제 감정이 낯설었다.

"……굳이 이렇게 저장해야 해?"

"왜? 많이 조절한 건데."

"넌 어떻게 저장했는데?"

지서가 묻자, 재언이 제 휴대 전화를 불쑥 내밀었다.

[미래의 한국대 CC]

더욱 아찔한 저장명이었다.

"이게 뭐야? 너희 어머니 보시면 어쩌려고."

"보든 말든."

"보실 수도 있잖아. 바꾸는 게 좋을 것 같은데."

"하, 진짜 복잡하네."

재언이 한쪽 눈썹을 치켜올리더니 슬쩍 지서를 보았다. 지서의 표정이 사뭇 진지했다.

"자."

얼마 뒤, 재언이 '됐지?'라는 얼굴로 휴대 전화를 내밀었다.

[HUCC]

"이건 또 뭐야?"

"한국 유니버시티 CC."

"……."

"더는 못 바꿔. 이제 끝."

재언이 더 이상의 합의는 없다는 듯 휴대 전화를 바지 주머니에 넣어 버렸다. 저 정도면 괜찮겠지. 더 이상 간섭했다간 저장명을 더 이상한 걸로 해 놓을 것 같아 지서는 입을 꾹 다물었다.

"근데 오늘은 영단어 안 봐?"

나란히 걷던 재언이 불쑥 물었다. 그 말에 아차 한 지서가 흠칫했다. 재언에게 신경 쓰느라, 영단어장 꺼낸다는 걸 잊었다. 그러나 그 말을 할 수 없어서 지서는 일부러 정색하며 말했다.

"비 오잖아. 단어장 젖어."

"나 때문이겠지."

재언이 픽 웃으며 어깨를 으쓱거렸다. 그 말에 지서가 뜨끔했지만, 내색하지 않았다.

"아냐. 그리고 자꾸 선 넘을래? 친구 사이에 누가 그렇게 말을 해?"

"내가."

재언이 지체 없이 답했다. 순간 지서가 말문 막힌 표정으로 재언을 보았다.

"난 원래 친구한테 이렇게 말하는데."

다른 친구들이 들으면 땅을 치고 통탄할 말을, 재언은 눈 하나 깜빡하지 않고 했다.

"음, 고영이한테도?"

"여기서 고양이가 왜 튀어나와."

재언이 와락 얼굴을 찌푸렸다.

"고영이라니까."

"고영인지, 고양인지. 잠시만. 너, 걔 이름 왜 이렇게 정확히 알아? 다른 애들은 모르면서."

재언이 지서의 앞을 가로막고 섰다.

"왜 아니고."

"네가 매일 걔랑 투닥거리면서 싸우잖아."

고영은 재언과의 친분을 포기하지 않았다. 하루에 몇 번씩 재언에게 얼굴을 들이밀었다가, '고양이, 이 개새끼가! 놀랐잖아!'라고 욕을 먹곤 했다.

그때마다 고영은 '고양이가 아니라, 고영이라니까. 기억 좀 해 줘라, 친구야. 벌써 한 달이 넘었어.'라며 느물거렸다. 그 대화를 계속 듣다 보니 모르려야 모를 수가 없었다.

"내가?"

"응. 매일 싸우잖아."

"그 대화를 매일 듣고 있었단 말이지?"

갑자기 재언이 한쪽 눈썹을 치켜올리며 피식거렸다. 그 말에 움찔한 지서가 시선을 내리깔았다.

"안 보는 척하더니, 내가 계속 신경 쓰였나 보네. 응?"

한쪽 손을 바지 주머니에 넣고서 어깨를 으쓱거리는 재언을 흘겨보던 지서는 얼른 고개를 가로저었다.

"아냐. 니들 목소리 엄청 크거든? 하여튼 고영이한테 하듯이 나한테 해 줘. 그게 진짜 친구 사이니까."

"고영이 내 친구 아닌데."

"그럼 서울에 있는 네 친구들 대하듯이 해 줘."

"서울에 친구 없는데."

"뭐?"

"나, 친구 없어."

"……."

"친구는 너밖에 없어."

"……."

"이제 됐지? 가자. 친구야."

씩 웃은 재언이 다시 지서의 옆자리에 섰다. 그러고는 발 맞춰 걸었다.

배 여사와 대화할 때, 재언에게 친구가 많다는 이야기를 언뜻 들어 알고 있었다. 그러니 친구가 없다는 말은 분명 거짓말일 거다.

그런데도…….

'친구는 너밖에 없어.'

재언에게 특별한 사람이 된 것 같아, 저도 모르게 가슴이 울렁거렸다.

* * *

"그만 갈게."

어느새 지서의 동네 초입에 도착했다. 지서가 걸음을 딱 멈춘 채 재언을 보았다. 그 자세가 마치 이 선을 넘으면 안 된다고 경고하는 듯했다.

"친구야. 원래 친구끼리는 서로 집도 보여 주고, 같이 놀고 하는 건데……."

271

"잘 가."

지서에게 씨알도 먹히지 않자, 재언의 얼굴이 미미하게 구겨졌다.

"하, 어렵지."

"……."

고집부리지 말라는 듯 단호하게 쳐다보자, 재언이 마지못해 한 걸음 물러섰다.

"알았으니까 눈에 힘 좀 풀고. 조심히 가."

"응."

지서는 잠시 머뭇거리다가 어색하게 손을 들었다. 그러고는 손가락을 살랑거리며 흔들었다.

"너도…… 잘 가."

어색하기 그지없는 인사말을 남긴 후, 지서가 뻣뻣하게 돌아섰다. 지서의 뒷모습을 보던 재언이 픽 웃었다.

친구처럼 편하게 해 달라던 사람이 누군데, 인사도 제대로 못 하냐.

지서가 멀어지는 모습을 바라보던 재언은 아쉬움에 애꿎은 우산만 팽그르르 돌렸다. 그때 지서가 몇 발자국 가다가 확 돌아섰다. 그러고는 또 한 번 손을 흔들었다. 재언이 마주 손을 흔들었다. 이어 지서가 골목 모퉁이로 사라졌다.

목을 죽 뺀 재언이 아쉬운 얼굴로 지서가 사라진 방향을 쳐다보았다. 추적추적 내리는 빗소리를 제외하곤 골목이 조용했다.

"커튼콜도 모르나."

우산을 흔들며 뛰어나와 다시 제게 손을 흔들어 주는 지서의 모습을 상상하던 재언은 이내 김샌 표정을 지었다.

이제 집에 가야 하는데……

집은 또 왜 이렇게 멀게 느껴지는 건지. 올 땐 분명히 짧았는데.

괜한 아쉬움에 서성거리던 재언이 고개를 확 들었다. 동네 초입을 밝히는 가로등 불빛이 환했다.

재언은 애꿎은 가로등을 노려보다 버럭 소리 질렀다.

"왜 인간은 키가 5미터가 안 되는 거야!"

5미터쯤 되면 낮은 건물 너머 지서가 걸어가고 있는 길이 보일 것 같은데.

애먼 곳에 화풀이하던 재언이 아쉬운 걸음을 돌려세웠다. 그러나 얼굴을 찌푸리는 것도 잠시, 금세 픽 웃음이 흘러나왔다.

'그래도 괜찮으면……. 좀 기다려 줄래?'

살짝 떨리던 목소리와, 긴장한 하얀 얼굴, 그럼에도 흔들리지 않던 옅은 색의 눈동자.

지서를 떠올리던 재언의 날카로운 눈매가 부드럽게 휘어졌다.

비가 와도, 그 비에 바지가 다 젖어도, 행복했다.

오늘은.

* * *

"재언아, 안녕."

반에 들어서자마자 율리가 화사하게 웃으며 인사를 건넸다. 재언은 시큰둥한 표정으로 율리를 보는 둥 마는 둥 했다.

참 한결같았다. 일방적으로 무시하면 기분 나빠서 관둘 만도 한데, 율리는 자존심이 없는 사람처럼 꿋꿋하게 제게 들이밀었다. 특히 지서와 사이가 안 좋다는 소문이 돌면서 심해졌다. 재언은 그러거나 말거나 우뚝 서서 분단 가장 뒤쪽을 보았다.

일찌감치 등교한 지서가 반듯하게 앉아 교과서를 들여다보고 있었다. 한 갈래로 단정하게 묶은 머리카락, 하복으로 갈아입으면서 드러난 하얀 피부, 단정하게 움켜쥔 펜. 자신이 오든 말든 문제집에만 얼굴을 들이박고 있는 모습은, 어제나 오늘이나 마찬가지였다.

"재언아!"

갑자기 들리는 제 이름에 재언의 얼굴이 와락 구겨졌다.

친구 얼굴 좀 보겠다는데, 방해가 참 많다.

누군지 보지 않아도 이젠 목소리만 들어도 알 수 있었다.

"오늘 태그 아이템 뜸. 졸라 멋짐. 볼래?"

"……."

재언은 고영의 말을 싹 무시하며 자리에 앉았다. 분명 고등학생 평균 체격에 맞춘 걸 텐데, 책상과 의자가 모두 작았다. 앉아 있는 게 불편할 정도였다. 어쩔 수 없이 다리를 앞으로 쭉 뻗은 재언은 잠시 생각에 잠겼다.

어떻게 해야 내가 이지서랑 나란히 앉을 수 있을까.

고영이 옆에서 뭐라든 일관되게 무시하고 있던 재언이 갑자기 눈을 번쩍 뜨더니 자리에서 벌떡 일어났다. 그러고는 책상에 있는 짐을 다 챙겨 성큼성큼 지서에게로 걸어갔다. 뒤늦게 시선을 느낀 지서가 고개를 들어 다가오는 재언을 보았다.

왜.

지서가 입술만 달싹여 물었다. 가벼운 웃음으로 대꾸한 재언이 지서를 지나쳐 옆자리에 앉은 미영 앞에 섰다. 갑자기 드리운 그림자에 고개를 든 미영이 화들짝 놀라 재언을 쳐다보았다.

"어……. 어, 왜?"

당황한 미영이 주변을 둘러보더니 말을 더듬었다.

"부탁 하나 하려고."

"어? 뭐, 뭔데?"

"내가 시력이 갑자기 엄청 좋아졌거든."

"어? 으, 응."

느닷없이 무슨 소리인가 싶어 되묻던 미영이 얼른 수긍하듯 대꾸했다. 재언이 심각한 얼굴로 제 눈을 가리켰다.

"이렇게 눈이 좋은데 칠판이 가까우니까 불편하더라고."

지서가 설마, 하는 표정으로 재언을 쳐다보았다.

"자리 좀 바꿔 줄래?"

"……."

"부탁할게."

"어? 아, 응."

당황한 미영이 눈을 깜빡였다. 부탁의 탈을 쓴 명령이었다. 거절당할 거라곤 추호도 생각지 않는다는 듯 재언은 이미 짐을 다 챙겨 온 상태였다. 미영은 제 옆에 앉은 지서를 흘깃 쳐다보더니 자리에서 일어났다.

"그, 그래. 내가 앞으로 갈게."

원하는 대답을 얻은 재언이 보기 드물게 환히 웃었다.

"너, 뭐 좋아해?"

"나? 어……. 초코우유?"

"나중에 매점 갔다가 오는 길에 하나 사 줄게. 고마워."

기분이 좋아진 재언이 상냥하게 말하며 자리에 털썩 앉았다. 지서는 순식간에 제 옆자리를 강탈한 재언을 멍하게 쳐다보았다.

"왜?"

"너……."

너무 당황스러우니 말이 제대로 나오지 않았다.

"시력이 좋아졌는데 어쩌겠어."

그에 반해 재언은 뻔뻔한 표정으로 말했다.

"갑자기?"

"응."

"……시력이 얼마나 좋아졌는데?"

어이가 없어진 지서가 물었다.

"글쎄. 5.0은 되겠지?"

재언이 고개를 갸웃하며 심각하게 대답했다.

"……네가 독수리야?"

"장난이고. 2.0."

"……."

"이렇게 좋은 눈으로 칠판 가까이에서 보는 것도 힘들어. 하여튼 또 이렇게 앉게 됐네."

재언이 눈을 접으며 싱긋 웃었다. 방금 전까지 날카롭던 인상이 퍽 부드럽게 변했다. 지서는 그런 재언을 바라보다 고개를 절레절레 가로저었다. 정말 인정하기 싫지만 아주 조금……그가 귀여웠다.

* * *

2교시 수업을 마친 후, 두 손을 비벼 눈두덩이 위에 올렸다. 눈두덩이가 뜨끈했다. 이러고 잠시 쉬고 싶지만, 신경 쓰이는 곳이 있어서 쉽지 않았다.

손을 내린 지서가 눈을 떴다. 그러자 쭉 내민 팔을 비스듬히 베고서 엎드려 누운 재언이 시야에 들어왔다. 재언은 번쩍 뜬 눈으로 자신을 가만히 쳐다보고 있었다.

"……왜?"

묻는 지서의 표정이 미묘하게 굳었다. 예전엔 재언과 눈이 마주치면 불편했는데, 지금은 민망했다.

"그냥."

"다른 데 봐. 사람 얼굴 이유 없이 보는 거 아냐."

"이유 있는데."

"방금까지 그냥이라더니. 얼굴에 뭐 묻었어?"

얼굴을 쓸어내리고 혹시나 싶어 머리를 다시 묶는데도 재언의 시선은 요지부동이었다.

"이제 됐어?"

"뭐가 묻었다고 이야기한 적 없는데."

재언이 전보다 더 짙게 웃었다.

"그럼 왜 봐?"

"친구라서."

"……."

실없는 대답에 지서의 표정이 더 구겨졌다.

"내가 원래 친구 얼굴 보고 있는 거 좋아해."

지금 그걸 말이라고…….

지서는 기가 막혔다. 그러면서도 이러는 재언이 싫지 않은 스스로가 더 어이없었다. 지서는 애써 마음을 다잡으며 펜을 쥐었다. 그러고는 문제집으로 시선을 돌렸다.

"그럼 가서 고영이 얼굴 봐."

"저번부터 왜 자꾸 그 새끼를 들먹거려?"

재언의 얼굴이 한순간에 팍 구겨졌다. 그러더니 아예 작정했는지 벌떡 일어나 턱을 괴고서 지서를 쳐다보았다.

"공부하자, 친구야."

"쉬는 시간인데."

"쉬는 시간은 복습 시간이야."

"지서야."

순간, 펜이 비틀거렸다. 나긋하게 제 이름을 부르는 재언의 목소리가 바람 같았다. 한 번에 훅 밀려와 모든 걸 엉망진창으로 만들어 놓고 가는 바람.

괜히…… 신재언이랑 친구 하자고 했어.

이렇게 신재언이 제멋대로 굴 줄 알았다면, 친구라는 이름으로 깊숙이 다가올 줄 알았다면, 그런 신재언을 무르게 받아 주게 될 줄 알았다면, 조금 더 생각해 봤을 텐데.

그러나 지서는 그런 가정이 무의미하다는 걸 알고 있었다. 시간을 되돌리더라도 같은 선택을 할 테니까.

"……왜."

어색한 표정을 겨우 감춘 지서가 시선을 돌려 재언을 마주했다.

가장 먼저 입가에 맺힌 장난스럽고 가벼운 미소가 눈에 들어왔다. 뒤이어 자신을 집요하게 응시하는 눈매가 눈에 들어왔다. 여름 하늘을 닮은 청량한 미소에 지서의 표정이 누그러졌다.

"넌 어떤 친구를 좋아해?"

"……뭐?"

느닷없는 물음에 지서가 되물었다.

"궁금해서."

"이게 지금……. 하아."

이게 지금 친구 사이에 할 법한 대화냐고 물으려다가 관뒀다. 이젠 그 말을 하는 것도 지겨웠다. 대신 지서는 재언을 곁눈질로 흘겨보았다.

"나? 수업 시간에 안 자는 친구."

재언의 반듯한 얼굴이 살짝 구겨졌다.

"공부 잘하는 친구."

"······."

"자세가 바르고, 평소 예의 바른 친구."

"······씨발."

재언이 욕설을 뱉으며 엉거주춤 책상에서 떨어졌다.

"욕 안 하는 친구."

"······아니, 이런."

갑작스럽게 바뀐 재언의 탄식에 지서는 입술을 꽉 깨물었다. 하마터면 웃음을 터트릴 뻔했다. 자신이 웃어 버리면 재언이 이 때다 하고 더 장난칠 걸 알기에, 지서는 꾹 참았다.

그사이, 재언은 괜히 물었다 싶은 얼굴로 정면을 쳐다보았다. 그러더니 조금 후, 얼굴을 구긴 채 지서를 다시 쳐다보았다.

"친구를 어떻게 내가 원하는 스타일하고만 만나겠어? 이런 친구도 만나고, 저런 친구도 만나고, 씨발. 안 돼. 친구는 하나뿐이어야지."

말을 하다 말고 뭔가 이상함을 감지했는지 재언이 황급히 말을 바꾸었다.

"욕했어, 너."

지서가 지적하자 재언이 난처한 듯 눈을 감았다. 이미 입에 밸 대로 밴 욕이었다. 이제 와 바른 말 고운 말을 쓰려니 미칠 지경이었다.

"아니, 이런. 세상에나. 씨······. 아니. 이런."

눈을 가린 채 로봇처럼 중얼거리는 재언을 보던 지서는 입 안의 살을 꾹 씹었다. 다시 문제집으로 시선을 돌렸지만, 풀 수 없었다.

"이런. 젠장. 세상에나. 아주 놀랍네. 아이구."

……아이구는 대체 뭐야.

욕 대신 익히려는 듯 중얼거리는 재언의 목소리 때문에, 웃음을 참는 것만으로도 힘들었다.

* * *

아.

2교시 체육을 앞두고 체육복으로 갈아입던 지서가 멈칫했다. 체육복 바지를 입은 후, 치마를 벗으려는데 지퍼가 뚝 끊어졌다. 잘 벗겨지지 않아 힘껏 당긴 게 화근이었다.

일단 화장실에서 체육복으로 다 갈아입은 지서는 자리로 돌아와 교복 치마를 확인했다. 지퍼 손잡이는 물론, 지퍼 자체가 뒤틀려 더는 올라가지 않았다.

단추가 있어서 교복 치마를 입을 순 있지만, 문제는 지퍼가 벌어지며 속옷이 다 보인다는 거였다. 반면 체육복을 입고 있자니 땡볕 아래에 운동한 후, 땀에 젖은 옷을 계속 입고 있기 찝찝했다. 무엇보다 옆자리에 있을 재언이 신경 쓰였다.

거기다가 체육 시간을 제외하곤 체육복을 입고 돌아다니는 게 금지였다. 사정을 설명하면 이해하고 넘어가긴 하겠지만, 수업마다 모든 선생님께 설명해야 한다고 생각하니 머리가 찌릿했다.

계속 고민만 하고 있을 수 없어진 지서가 몸을 일으켜 우선 운동장으로 향했다.

* * *

"자, 오늘은 배구다. 알다시피 수행 평가도 배구다."

체조를 마친 후, 체육 선생님이 반 아이들 앞에 섰다. 단단한 체격에 선글라스를 낀 그가, 주변을 쭉 둘러보며 말했다.

"아, 쌤."

"배구 손 아파요."

"멍 들어요."

아이들이 볼멘소리를 내자, 체육 선생님이 픽 웃었다.

"왜? 그럼 달리기로 바꿔 줄까? 100미터에 13초 찍어야 통과하는 걸로?"

그 말에 아이들이 더 큰 볼멘소리를 냈다.

"자, 시범 보여 줄 테니까 오늘은 이걸 연습하는 거다."

아이들의 비명을 깔끔하게 무시한 선생님이 배구공을 가져와 두 손을 모았다. 통, 통, 통. 선생님이 친 공이 높지도 낮지도 않은 곳까지 올라갔다가 직선으로 떨어졌다.

"이거 스무 개. 떨어뜨리지 않고 하면 된다."

보기엔 쉬워 보였지만, 결코 쉽지 않다는 걸 시작하자마자 알았다.

툭, 데구르르.

세 개도 못 하고 공이 저만치 날아갔다. 공을 따라 걸어가던 지서는 운동장 끄트머리에 서서 아무렇지 않게 공을 툭툭 치고 있는 재언을 보았다. 잠깐 쳐다보는 사이에, 열 개를 훌쩍 넘겼다.

"와, 신재언. 너 배구 배웠어?"

고영이 신기하다는 표정으로 소리쳐 물었다.

"아니."

"근데 이렇게 한다고?"

고영이 놀라 물었지만, 재언은 별다른 대꾸를 하지 않았다. 어릴 때부터 운동을 곧잘 해 왔다. 익히는 운동마다 코치가 달라붙어서 이쪽을 전공 삼을 생각 없냐고 귀찮게 굴지 않았던가.

재언이 심드렁하게 서브하는 사이, 지서는 재언을 신기하다는 눈으로 쳐다보았다.

넌 이런 것조차 타고났구나.

지서는 재언이 부러우면서도, 그런 재언이 자신을 좋아한다는 게 새삼 신기하게 느껴졌다. 그러다 시선을 느꼈는지 고개 돌린 재언과 눈이 마주쳤다. 무료해하던 재언의 눈이 순식간에 활기를 띠었다.

아, 실수했다.

그걸 느끼자마자 씩 웃은 재언이 성큼성큼 다가오는 게 보였다. 그에 지서가 얼른 몸을 돌릴 때였다.

"어? 어? 어!"

어디선가 비명이 들렸다. 소리를 따라 고개 돌린 지서는, 순간 눈앞이 까매졌다가 새하얗게 변하는 걸 느꼈다. 정신을 차렸을

283

때는, 바닥에 주저앉아 있었다. 뒤이어 머리가 웅 하고 울렸다. 애들의 목소리가 가까워졌다가 멀어지길 반복했다.

"이지서!"

눈을 꾹 감았다가 뜬 지서는 제일 먼저 제 앞에 무릎을 굽히고 앉아 있는 재언을 보았다.

"괜찮아?"

재언이 물었다.

"아, 응."

지서의 안전을 확인한 재언이 홱 돌아섰다. 지서 쪽으로 공을 잘못 던진 남자애가 재언의 사나운 눈길에 다가오다 말고 멈칫했다.

"씨발 새끼야, 배구를 발로 하나? 제대로 안 봐?"

재언이 버럭 소리 지르자, 배구공을 잘못 전달한 남자애가 우물쭈물거렸다. 두 눈을 형형하게 뜬 채, 한 대 칠 것처럼 노려보는 재언의 모습에 얼어붙은 듯했다.

"재언아. 수업 중이다."

그사이 선생님이 다가왔다. 그제야 재언이 한숨을 내쉬며 한발 물러섰다.

"잠시만. 얘들아."

선생님의 말에 지서를 에워싼 아이들이 비켜섰다.

"지서야, 괜찮아?"

"네. 괜찮아요."

지서가 얼얼한 머리를 문질렀다.

"괜찮기는. 쌤, 양호실 좀 다녀올게요."

선생님이 재언을 유난이다 하는 눈으로 쳐다보았다.

"머리를 부딪혔어요, 머리. 얘, 전교 1등이에요. 이 학교에 한국대 수석 갔다고 플래카드 달릴 애. 그런 애 머리는 학교에서 관리해 줘야 하잖아요. 학교의 자랑인데. 아닌가요? 쌤?"

머리 하나가 더 큰 재언이 광기 넘치는 눈을 하고서 다가오자, 체육 선생님이 고개를 뒤로 젖혔다.

"……그래. 다녀와라."

"그런데 쌤. 누가 도와줘야 하지 않을까요."

"굳이?"

"아픈 애가 혼자 가다가 넘어져서 더 크게 다치면요? 휘청거리다가 계단에서 떨어져서 다리라도 다치면요?"

……양호실 1층이야. 계단은 무슨.

그러나 말을 잇는 내내 눈 한 번 깜빡이지 않는 재언이 부담스러웠다.

"……그럼 재언이가 도와주고."

기어코 원하는 답을 얻은 재언이 언제 그랬냐는 듯 체육 선생님을 향해 빙긋 웃었다.

"감사합니다, 쌤."

"……."

체육 선생님이 질린 눈으로 재언을 바라보았다.

"재언아, 괜찮아."

지서의 말에도 아랑곳하지 않은 재언이 그녀를 부축했다.

"괜찮기는! 머리가 얼마나 중요한 곳인지 알아? 뇌진탕이라도 걸렸으면 어쩌려고!"

마치 자신이 얻어맞은 것처럼 재언이 버럭버럭 화를 냈다. 그런 재언이 고마우면서도, 우스워 지서가 픽 웃었다.

"이것 봐! 막 실실 웃잖아!"

"잠깐, 내려 줘. 이게 더 불편해."

"안 돼."

"얼른. 안 그러면 혼자 갈 거야."

지서의 말에 재언이 못마땅한 얼굴로 마지못해 내려 주었다. 지서가 머리 맞은 곳을 문지르며 양호실로 걸어갔다. 그 뒤를 재언이 빠르게 따랐다. 체육 선생님과 반 아이들이 그런 재언과 지서를 멍하게 바라보았다.

* * *

양호실 문은 열려 있지만, 양호 선생님은 보이지 않았다. 의자에 앉은 지서가 얼얼한 머리를 문질렀다. 여분의 의자를 끌고 와 지서의 앞에 앉은 재언이 얼굴을 찌푸렸다.

"괜찮다니까. 양호실까지 올 필요 없었어."

지서를 빤히 들여다보던 재언이 손을 뻗어 지서의 머리를 만졌다. 혹이 만져졌다.

"괜찮기는, 여기 혹이 내 주먹만 하게 있는데. 씨발."

"주먹만 하긴. 손가락만 한데. 내 머리에 네 주먹만 한 혹이 생기면 병원 가야 해."

"어쨌든, 그만큼 크다 이거지. 씨발. 사람 머리를……."

"욕 그만해."

"……이런, 젠장. 사람 머리를."

한결 수그러든 목소리로 중얼거리는 재언을 보던 지서가 조용히 웃었다. 재언이 제 머리를 만질 때마다 혹 난 곳이 아팠지만, 지서는 굳이 말하지 않았다. 조심조심 쓰다듬는 재언의 손길이 좋았다.

배구공에 머리를 맞아 넘어졌을 때, 중학생 때 있었던 일이 주마등처럼 빠르게 스쳐 지나갔다. 축구공에 맞아 바닥에 쓰러진 자신을 에워싸던 아이들. 킁킁거리는 웃음소리. 그 사이에 섞여 있던 비아냥과 조롱.

'술병 나이스.'

'킁킁. 미친. 이걸 맞히네.'

일부러 자신을 맞히고서 킬킬대는 아이들 사이에서 지서는 다리부터 오므렸다. 혹시 치마 사이를 들여다보며 술집이네 뭐네 운운하며 킬킬대는 애들이 있을까 봐.

그때의 그 기억 때문에 지서는 쉽게 눈을 뜰 수 없었다.

이제 그런 일 없다는 걸 알면서도, 갑자기 두려움이 스몄다.

그 가운데 '이지서' 하고 익숙한 목소리가 들렸다. 머릿속을 가득 채운 조롱과 다른, 걱정이 듬뿍 담긴 목소리. 그 목소리에 힘을 내어 눈을 뜰 수 있었다.

예상대로 가장 먼저 보인 재언의 얼굴에 비로소 안도감이 퍼졌다. 모두가 자신을 조롱해도, 유일하게 조롱하지 않을 신재언이 있다는 생각을 하자 거짓말처럼 모든 게 괜찮아졌다.

"너 진짜 괜찮아?"

재언이 여전히 걱정된다는 듯 자신을 내려다보며 물었다.

"응."

"진짜지?"

"응. 몇 번을 말해."

지서가 희미하게 웃으며 재언을 쳐다보았다. 괜찮다고 여러 번 말해도 재언은 걱정을 멈추지 않았다.

누군가가 나를 진심으로 걱정해 준다는 건, 이런 기분이구나.

낯설고, 따뜻하고, 고맙고, 미안한 기분.

가슴 한가운데 따뜻한 물이 고인다.

"재언아."

재언의 손길을 가만히 느끼던 지서가 나긋하게 불렀다. 재언이 눈을 살짝 크게 떴다. 창가에 스친 빛살에 재언의 까만 눈동자가 환하게 빛났다.

"고마워."

"……."

갑작스러운 말에 재언이 지서를 빤히 쳐다보았다.

"걱정해 줘서 고맙다고. 그냥……. 그렇다고."

이 말은 꼭 해야 할 것 같았다.

너로 인해 따뜻해진 마음이니, 이 마음의 일부분은 돌려주고 싶었다. 고작해야 고맙다는 평범한 말뿐이지만.

재언의 표정이 한순간 탁 풀렸다. 이어 마른침을 삼키던 재언이 심각한 표정으로 천천히 손가락을 들었다. 그러고는 펼친 두 개의 손가락을 사정없이 흔들었다.

"……이거 몇 개야?"

지서는 재언을 어이없다는 눈으로 쳐다보았다. 유난 떠는 자신을 뭐라고 할 줄 알았는데, 되레 고맙다고 하니 이상한 모양이었다. 머리를 크게 다친 게 틀림없다는 듯이 쳐다보고 있는 재언을 보며 지서는 없던 장난기가 생겼다. 그녀는 눈을 가느스름하게 뜨고서 재언의 손을 빤히 보았다.

"내가 이걸 모르겠어? 세 개잖아. 아, 네 개구나."

"……뭐?"

재언의 표정이 확 굳었다.

"네 개 맞잖아."

지서의 말에 얼굴을 굳힌 재언이 자리에서 벌떡 일어나더니 휴대 전화를 찾았다.

"씨발. 아니, 이런."

욕을 툭 뱉었다가 지서를 보곤 얼른 정정한 재언이 얼굴을 찌푸렸다. 체육 시간이라 휴대 전화를 교실에 두고 왔다는 게 떠오른 탓이었다. 재언이 저벅저벅 양호실에 놓인 전화기로 걸어가 귀에 가져다 댔다.

"너, 뭐 해?"

"엄마한테 전화."

"어? 왜?"

"최 박사님 전화번호 물어보게. 서울에서 뇌 쪽으로 유명해. 일단 전화 상담부터 해 보자."

재언의 말에 지서의 얼굴이 하얗게 질렸다. 벌떡 일어난 지서가 전화기를 잡아챘다. 그러나 재언의 손아귀에 들어간 전화기를 뺏는 건 거의 불가능했다.

"장난친 거야! 장난!"

지서는 얼른 전화기의 버튼을 눌러 껐다.

"장난도……."

못 치겠네, 라는 말은 이어지지 못했다. 재언이 자신을 내려다보며 웃고 있었다. 그제야 지서는 재언 역시 장난쳤다는 걸 알았다.

재언이 쥐고 있던 전화기를 제 쪽으로 끌어당겼다. 전화기를 함께 붙들고 있던 지서가 힘없이 딸려 갔다. 안 그래도 가깝던 거리가 더욱 가까워졌다. 조금만 고개를 숙이면 코끝이 닿을 정도로.

지서는 제 시야가 한 사람의 얼굴로 가득 차는 걸 가만히 보았다. 내리뜬 눈, 어느새 웃음기가 사라진 얼굴이 세상의 전부인 양 느껴졌다.

그러자 아무 말도 할 수 없었다. 그럴 리 없다는 걸 알면서도, 입을 열면 심장이 튀어나올 것 같았다.

"아프지 마."

"……."

그사이, 다른 손으로 지서의 머리를 천천히 쓰다듬던 재언이 조금 붉어진 얼굴로 말했다.

그 말에 지서는 잠시 숨이 멈췄다.

우습게도 이런 걱정을 받을 수 있다면, 가끔 아픈 것도 나쁘진 않을 것 같다는 생각이 들었다.

지서가 대답 대신 고개를 끄덕이자, 재언이 미소 지었다.

* * *

지서는 곤란한 얼굴로 교복 치마를 살폈다.

양호실에서 '일단 괜찮아 보이지만, 끔찍한 두통이 지속되거나 사물이 두 개로 보이는 등 이상 증세가 생기면 언제든 병원에 가라'는 말을 듣고 올라온 후에야 잊고 있던 제 교복 치마가 떠올랐다.

어디서 실이랑 바늘을 구할 수도 없고, 설령 구한다고 해도 제 실력으로 지퍼를 수리할 수 있을 리 없었다. 하는 수 없이 체육복 바지를 입고 있는데, 아니나 다를까 3교시 선생님이 곧바로 지적했다.

"이지서, 수업 시간에 체육복 금지인 거 몰라?"

"죄송해요. 오늘 교복 치마 지퍼가 고장 나서 입을 수가 없었어요."

지서의 말을 듣고서야 선생님은 수업을 이어 나갔다. 지서가 곤란한 표정을 지었다. 이제 겨우 3교시였다. 앞으로 이 말을 수업 시간마다 해야 한다고 생각하니 급격히 피곤했다.

지서는 나오려는 한숨을 꾹 참으며 칠판을 보았다. 그런 지서를 재언이 턱을 괴고서 바라보았다.

* * *

　점심 식사를 마친 후, 재언이 계단을 터덜터덜 내려갔다. 건물 우측 입구에 선 재언은 운동장 끄트머리를 응시했다. 오늘 하루 종일 그랬던 것처럼, 지금도 여지없이 양호실에서 있었던 일이 떠올랐다.

　제 손가락이 네 개로 보인다는 지서의 말을 처음엔 의심했다. 그러나 곧 어색한 표정을 보고선 장난친다는 걸 알았다. 그 장난에 발맞춰 최 박사님에게 전화하는 척 굴었다가, 놀란 지서가 제 손을 붙들었다.

　손등을 타고 전해지는 따뜻한 온기와 부드러운 감촉에 심장이 내려앉는 것도 잠시였다. 얼굴을 마주한 순간, 갈증이 일었다.

　조금만 더.

　홀린 듯 고개를 숙인 재언은 지서만 보이는 곳에서 멈췄다. 제 세상에 이지서만 존재하는 듯했다.

　그 순간, 그는 생각했다.

　차라리 그랬으면 좋겠다고.

　터무니없다는 걸 알면서도 그게 가능하면 좋겠다고.

　그럼 적어도 이지서가 보고 싶어서 괴로운 순간만큼은 없을 텐데.

그런 간절함과 별개로, 지서의 말간 표정을 흐트러뜨리고 싶은 못된 충동이 일었다. 이지서를 끌어안고 싶다. 입을 맞추고 싶다. 키스도 하고 싶다. 그러나 그 충동들을 꾸역꾸역 누르며 그는 지서의 머리를 쓰다듬었다.

제 작은 충동으로, 지서를 잃을 순 없었으니까.

아직은 친구라는 이름에 충실해야지. 나중에 한국대 가면 데이트도 하고, 여행도 가고, 키스도 하고…….

살짝 미소 짓던 재언의 얼굴이 삽시간에 굳어졌다.

"씨발, 아직 1년 반이나 남았네."

계절을 몇 번이나 지나쳐야 하는 건지.

속이 탄 재언이 얼굴을 구기고 터덜터덜 걷는 사이, 저 멀리서 누군가 다가왔다. 재언의 등하교를 맡아 주었던 기사가 곤란한 얼굴로 종이봉투를 내밀었다.

"감사합니다."

"저기, 일단 교복 치마 가져왔는데 이게 왜 필요한 건지……."

기사가 도저히 이해하기 힘들다는 듯 물었다.

"아……."

딱히 변명거리를 생각해 둔 적 없던 재언이 뺨을 긁적거렸다.

이지서 주려고요, 했다간 그 말 그대로 배 여사의 귀에 전해질 게 분명했다. 그러니 그럴싸한 걸로 말해야 하는데…….

"수행 평가 중에 상황극이 있어서요."

"……입으시게요?"

기사의 말에 재언이 고개를 삐딱하게 기울였다.

293

"제가요?"

"네."

대답하는 기사의 표정이 혼란스러워 보였다.

"아뇨. 이거 제가 입었다간 허벅지에 걸려 터져요. 그냥 저기…… 고양이라는 친구 있어요. 걔가 여장한대서 빌려주려고요."

재언은 말하면서도 딱히 믿을 거라 여기진 않았지만, 어쩔 도리 없었다. 곧이곧대로 이지서 때문이라고 말할 수 없으니까.

"알겠습니다."

"고맙습니다."

재언이 종이봉투를 휘휘 흔들며 건물 안으로 들어갔다.

* * *

재언이 손에 들린 종이봉투를 흘깃 보았다.

"일단 가져오라고 하긴 했는데……."

어떻게 주지?

재언이 습관적으로 얼굴을 쓸어내렸다.

교복 치마 때문에 지서는 매 시간 곤란해했다. 수업 시작할 때마다 선생님께 왜 체육복을 입고 있는지 설명해야 했기 때문이었다.

쉬는 시간이 되면 하교 시간에 맞춰 옷 수선하는 집을 찾아 검색하느라 바빴다. 그러나 몇 없는 옷 수선집은 늦은 시간까지 하지 않았다. 그렇다고 청소 시간에 찾아가기엔 멀었다. 주말까지 기다리기엔 아직 시간이 많이 남아 있었고.

결국 새로 교복 치마를 사려고 검색하던 지서가 금액을 확인하곤, 흠칫하는 걸 봤다. 그리고 그 모습을 보다 못한 재언이, 기사에게 메시지를 보낸 거였다.

[단성 고등학교 여자 교복 치마 좀 사서 가져다주세요]
[치마요?]

믿기지 않는다는 듯 기사가 되물었다.

[네. 치마요. S 사이즈요. 필요해서요.]

다행히 기사는 이유를 묻지 않았다. 물론 만나서 묻긴 했지만.

그때 계단에서 고영이 내려오다 재언을 발견하곤 환하게 웃었다.

"여어, 재언!"

친화력이 좋은 건지, 눈치가 없는 건지, 아니면 진짜 고단수인 건지. 고영은 꾸준한 무시에도 지속적으로 제게 친한 척 굴었다. 다들 자신과 고영을 친구라고 생각할 정도였다.

평소라면 고영의 말을 무시하고 지나가겠지만…….

'아뇨. 이거 제가 입었다간 허벅지에 걸려 터져요. 그냥 저기…… 고영이라는 친구 있어요. 걔가 여장한대서 빌려주려고요.'

자신이 한 말을 잠깐 상상한 재언이 '씨발.' 하고 욕을 뱉었다.

"왜 또 남의 얼굴 보고 욕해!"

"더러운 게 떠올라서."

"그게 뭔데?"

"알 거 없고. 하여튼 미안. 난 사과했다."

"어?"

졸지에 여장하는 놈으로 만든 걸 사과한 재언이 성큼성큼 계단을 올라갔다. 등 뒤에서 고영이 불러 댔지만, 늘 그렇듯 돌아보지 않았다.

막 꼭대기 층에 도착한 재언은 화장실에서 나오는 지서를 발견했다.

"이지서."

제 부름에 지서가 고개를 돌려 그를 쳐다보았다. 지서에게 성큼성큼 다가간 재언은 잠시 고민했다.

"일단 잠깐만."

재언이 지서를 데리고 위쪽으로 향했다. 문이 잠긴 옥상으로 이어지는 계단은 텅 비어 있었다.

떡볶이만 사 줘도 난리 법석이 나는 애인데, 교복 치마 사 줬다간 욕먹는 거 아닐까. 안 그래도 누군가에게 기대는 걸 질색하는 애인데.

하, 사 주고도 이딴 고민을 해야 하다니. 정말 어려운 이지서. 문제는 그런 이지서를 절대 못 놓는 자신이겠지.

"할 말 없으면 내려갈게."

지서가 돌아섰다. 시간을 금처럼 여기는 애답게 칼 같았다.

"자."

결국 재언이 마땅한 말을 찾지 못한 채 종이봉투를 내밀었다.

"이게 뭐야?"

지서가 의아한 눈으로 종이봉투를 보다가 받아 들었다. 봉투를 열자 교복 치마가 보였다. 지서가 뭐냐는 듯 쳐다보자, 재언이 입을 열었다.

"이거 우리 누나 건데 너 입으라고."

재언은 되는대로 뱉었다.

"너, 형밖에 없잖아."

그 결과 곧바로 들통났다.

"아, 사촌."

"……사촌이 이 학교를 나왔다고?"

"……."

지서가 미심쩍은 눈으로 쳐다보았다.

……뭐라고 해야 하지? 내가 입던 거라고 할 수도 없잖아.

"여기 영수증 들어 있는데?"

지서가 봉투 안에서 영수증을 꺼내 보였다.

아…….

할 말이 없어진 재언이 숨을 들이마셨다. 누군가에게 기대면 버릇이 된다며 칠색 팔색 하는 이지서이니, 난리가 날 거라 생각했다. 대충 둘러대자 싶어 입을 열 때였다.

"고마워."

숨을 들이켜던 그대로 멈췄다. 재언이 말갛게 웃고 있는 지서를 보았다.

"진짜 필요했거든."

"……."

"오늘 학교 마치고 맛있는 거 먹으러 갈래? 도와줬으니까 내가 사 줄게."

생각지 못한 반응이었다.

역시 알 수 없는 이지서.

그래서 더 좋은 이지서.

지서의 말에 재언이 픽 웃으며 얼굴을 가까이 들이밀었다. 재언의 까만 눈이 반짝 빛났다.

"이거, 데이트 신청?"

"……아니. 고마워서 사 주는 거야."

"그게 그거지. 좋아."

지서는 어떻게 그게 그거야, 라고 되묻고 싶었지만 재언은 이미 콧노래를 흥얼거리며 계단을 빠르게 내려가고 있었다.

지서는 못 말리겠다는 듯 고개를 절레절레 내저으며 그 뒤를 따랐다. 종이 가방이 떨어질세라 꽉 움켜쥐고서.

* * *

재언은 무표정한 얼굴로 휴대 전화를 노려보았다. 오늘따라 시간이 너무 흐르지 않았다. 하필이면 일주일에 두 번 있는 자율 학습까지 하는 날이라, 더더욱 하교 시간이 멀게 느껴졌다.

1분조차 흐르는 게 더뎠다.

혹시 휴대 전화 시간이 멈췄나 싶어 껐다 켜 보기까지 했으나 멀쩡했다. 지루함을 못 견뎌 잠을 자 봤지만, 고작해야 20분 흘렀을 뿐이었다.

오후 6시.

땡, 하는 학교 종소리와 함께 재언이 자리에서 벌떡 일어났다. 얇은 백팩을 한 손에 움켜쥐고서 옆자리의 지서를 뚫어져라 쳐다보았다. 지서는 그런 재언을 기가 막힌 표정으로 바라보다 말했다.

"가방 챙겨야 해. 잠시만."

지서가 풀고 있던 문제집을 덮어 가방에 넣었다. 그러곤 필통과 각종 물건들을 챙겨 넣은 지서는 사물함으로 향하다가 픽 웃었다.

얼굴 뚫리겠다.

멀리서부터 자신을 쳐다보는 재언의 시선이 느껴졌다. 그게 싫지 않았다. 아니, 조금 좋았다. 자신과 약속이 있다는 이유로 들떠 하는 재언의 모습을 보는 게.

하교 준비를 마치고 학교를 나서는데 시선이 뒤따랐다. 평소에도 가끔 와 닿는 시선을 느꼈었으나 재언과 다닌 후에는 시선을 받는 일이 비일비재했다.

그 시선을 무시한 채 교문을 지나쳐 우측의 길로 걸었다.

"뭐 사 줄 건데?"

"떡볶이."

"……."

재언의 걸음이 뚝 멈췄다.

"싫어? 그거 말곤 잘 모르는데."

지서가 난처한 듯 뺨을 긁적거렸다. 재언이 떡볶이를 좋아하지 않을 수도 있겠다는 생각이 들었다. 재언이 삐딱하게 선 자세로 고개를 비스듬히 기울였다.

"떡볶이 좋아해. 좋은데……. 오래 같이 못 있잖아."

뜻밖의 불만 사항에 멍하게 재언을 보던 지서가 픽 웃었다.

"그게 중요해?"

"어. 내가 지금 돈이 없어서 너한테 얻어먹으러 가겠어? 같이 있고 싶으니까 그러지."

재언의 직설적인 대답에 지서가 민망한 듯 얼굴을 찌푸렸다.

"재언아, 우리 친구 사이라니까."

"아, 그래. 친구. 내가 원래 친구를 좋아해. 아주 많이 좋아한다고. 그래서 그래."

신재언은 제 생각과 마음을 숨기는 법을 몰랐다. 이런 구김 없는 적극성이 좋으면서도, 민망했다. 그리고 아주 조금 부러웠다. 제 마음을 자연스럽게 표현하는 법을 알고 있는 재언의 당당함이.

지서는 숨을 들이켰다. 밤이라 다행이라는 생각이 들었다. 그렇지 않았다면 제 붉어진 얼굴이 다 보였을 테니까.

"천천히 먹고 빙 둘러서 걸어오면 되잖아."

"산책도 하는 거면……. 뭐, 좋아."

잠시 고민하던 재언이 고개를 끄덕였다.

둘은 한적한 길을 따라 걸었다. 한결 따스한 바람이 불었다. 바람 소리 가운데 타박타박 발소리가 이어졌다. 지서는 귀 기울여 듣지 않아도 들리는 소리를 가만히 들으며 계속해 걸음을 옮겼다.

떡볶이집은 오늘도 한산했다.

"떡볶이 3천 원어치랑, 순대랑, 어묵 꼬치 주세요."

혼자 왔으면 떡볶이만 사 먹었겠지만, 재언을 생각해 이것저것 주문했다.

"떡볶이는 떡이랑 어묵이랑 섞어 줄까?"

"네."

"잠시만 기다려."

오늘은 기력이 있으신지 주인 할머니가 직접 퍼 주겠다고 나섰다.

"내가 가져다줄게."

할머니가 떡볶이, 순대, 어묵 꼬치 몇 개를 담은 쟁반을 가리켰다.

"아니에요. 제가 가져갈게요."

그사이 지서가 재빨리 쟁반을 챙겨 들었다.

"맨날 네가 한대? 여기 사장은 난데. 누가 보면 네가 사장인 줄 알겠어? 거참, 사람 미안하게."

할머니의 말에 지서가 빙긋 웃었다.

"대신 떡볶이 많이 주시잖아요. 잘 먹겠습니다."

지서가 쟁반을 들고 걸어가려 할 때였다.

"비켜."

어느새 다가온 재언이 지서의 손에 들린 쟁반을 빼앗아 성큼성큼 테이블로 걸어갔다. 순식간에 빈손이 된 지서는 멍하게 재언을 보다 빙긋 웃었다.

한 번 와 봤다고 재언이 자연스레 의자에 앉아 포크를 내밀었다. 포크를 받아 든 지서가 말랑한 쌀떡볶이를 콕 찍었다. 입 안에 가득 매콤달콤한 맛이 퍼졌다.

휑하니 뚫린 입구에서 선선하게 불어오는 바람. 입 안 가득한 쫄깃쫄깃한 떡. 가끔 시선이 마주치는 재언.

지서는 이 순간이 아주 조금 행복했다. 그러나 티 낼 수 없었다. 너무 행복해하면, 운명이 시기해서 불행을 안겨 줄까 봐.

순식간에 어묵 꼬치와 떡볶이가 사라졌다. 순대만 몇 개 남았을 즈음, 재언이 먼저 입을 열었다.

"머리는 괜찮아?"

"응. 다행히도."

"어지러운 건?"

"없어."

대답하던 지서의 눈이 살짝 커졌다. 머리 위가 묵직했다. 위를 쳐다보니, 제 머리를 감싸고 있는 재언의 큰 손이 보였다. 스윽, 스윽. 재언의 손길이 스칠 때마다 간지러웠지만, 지서는 그 손길을 피하지 않았다.

"여기 아직 혹은 있는데."

"며칠 갈 거래."

"다행이네. 아프면 말해."

"괜찮을 것 같아. 그리고…… 교복 치마 말인데. 잘 입을게. 다시 한번 고마워. 맛있는 건 다음에 한 번 더 살게."

멋쩍은 듯 꺼낸 지서의 말에 재언은 턱을 괴고서 그녀를 빤히 쳐다보았다.

"신기하네."

"뭐가?"

"화 안 내는 게."

"어?"

지서가 무슨 말이냐는 듯 되물었다.

"교복 치마 주면 화낼 줄 알았거든. 떡볶이 줬을 때처럼."

"……아."

기억났다는 듯 짧게 탄식한 지서는 잠시 후, 민망한 얼굴로 웃었다.

"화낸 거 아냐. 부끄럽고 민망한 거지."

"……."

"그리고 무서운 거고."

"……."

"형편 어려운 사람이 염치도 없다고, 혹시 내가 그렇게 보이면 어쩌지 하는 고민도 있고. 나도 모르게 하나 받다가 두 개를 바라면 어쩌나 싶기도 하고. 생각이 많았어."

"……."

"근데 이젠 그런 고민 안 하려고. 도와주면 고맙게 받을게. 대신……."

테이블 모서리를 응시한 채 고백을 이어 가던 지서가 고개를 들었다. 눈을 몇 번 깜빡이는 사이 지서의 얼굴에 드리워 있던 부끄러움, 민망함, 난처함 등이 순식간에 사라졌다.

"성공해서 네가 나 도와준 거 몇 배로 갚을게. 그래서 네가 나 도와준 거, 뿌듯하게 만들어 줄게."

그 자리를 확신에 가득 찬 표정과, 자기 신뢰로 가득 찬 눈빛, 단단한 내면이 투영되는 말투가 대신하고 있었다.

순간 말문이 막힌 재언이 희미하게 웃는 것도 잠시, 아득한 표정으로 지서를 마주 보았다.

처음 알았다.

사람에게서 빛이 날 수 있다는 걸.

그걸 곁에서 보는 게, 얼마나 벅차오르는 일인지도.

"……왜 그렇게 봐?"

지서가 평소와 다른 재언의 눈빛이 낯설다는 듯 쳐다보았다.

"그냥."

"……."

"……여기 올 때마다 너한테 반하는 것 같아서."

자연스럽게 말이 흘러나왔다. 당황한 지서가 눈만 깜빡였다. 고백한 재언보다, 받은 자신이 더 민망해한다는 게 우스웠다.

지서는 곁에 있는 컵을 들어 벌컥벌컥 물을 마셨다. 당황해서 어쩔 줄 몰라 하는 지서를 바라보던 재언이 웃었다. 자신도 모르게 뱉은 진심이긴 하지만, 틀린 말은 아니었기에 재언은 민망하지 않았다.

이미 고백했는데, 또 고백하는 것쯤이야. 백 번도 더 할 수 있었다.

* * *

"안녕히 계세요."

떡볶이집을 나서며 지서가 꾸벅 인사했다. 어정쩡하게 서 있던 재언이 뒤따라 고개를 숙였다. 그러자 할머니가 환하게 웃으며 '또 와. 담엔 더 챙겨 줄 테니까.'라는 말과 함께 손을 흔들었다.

주변에 상가들이 오밀조밀 모여 있는 떡볶이집을 조금 벗어나자, 금세 조용한 골목길이었다. 논과 밭을 사이에 둔 2차선 도로. 그 곁에 딸린 작은 인도를 따라 걸었다.

평일 대부분의 시간을 재언과 함께 보냈다. 심지어 토요일에도 만나다 보니, 일주일 중에 6일을 함께 보냈다. 그런데도 나란히 걷고 있으니 견딜 수 없는 어색함이 찾아들었다.

"배부르다."

오래 흐르는 침묵을 깨려 지서가 자그맣게 중얼거렸다.

"그거 먹고?"

재언은 자신이 잘못 들었나 하는 표정으로 물었다.

"나, 많이 먹었어. 배불러. 집에 가서 소화제 먹어야 하나 할 정도야."

"엄살은."

"진짜야. 소화 안 돼."

지서가 허리를 구부정하게 굽혔다.

"소화 잘 되는 법 가르쳐 줄까?"

재언이 마주 서서 물었다.

"손가락 사이 누르는 거 아냐?"

지서가 손가락으로 반대편 엄지와 검지 사이의 살을 꾹꾹 눌렀다.

"맞아. 근데……."

걸음을 멈춘 재언이 지서의 손을 가져갔다. 한 손으로 지서의 손목을 잡고, 반대편 손으로 지서의 손가락 사이를 꾸욱 힘주어 눌렀다.

"윽!"

손가락 사이가 찌릿했다. 저절로 손가락이 움찔할 정도였다. 순간 무릎에 힘이 풀려 지서가 휘청하며 비틀거렸다.

"남이 해 줘야 빨리 낫는다더라."

그러나 지서의 아픔에도 아랑곳하지 않고 재언이 지서의 손가락 사이를 더욱 문질렀다.

"……아파!"

"그러니까 효과 있는 거지."

"진짜, 아파!"

고통스러운 표정으로 지서가 재언을 올려다보았다. 어느새 말간 갈색 눈에 눈물이 그렁그렁 맺혀 있었다. 재언은 그런 지서를 보며 나오려는 웃음을 꾹 참았다.

　눈물도 귀여울 수 있구나.

　"너, 정말 체했나 보다."

　"……그냥 집에 가서 소화제 먹을게."

　지서가 재언의 손을 뿌리치려 했다. 그러나 제 손을 붙든 재언의 손에서 힘이 풀릴 줄 몰랐다. 재언은 가만히 지서의 손가락 사이를 꾹꾹 눌렀다.

　"놔줘."

　"안 돼. 한참 걸어야 하잖아. 아니면 업힐래?"

　"아니!"

　"그러니까 가만히 있어."

　"윽."

　이어지는 재언의 손길에 지서의 눈가에 맺힌 눈물이 식지 않았다.

　"이렇게 계속 서 있을 거 아니잖아. 집에 가야지. 그러니까 얼른 손 놔."

　"……그건 그러네. 그럼 다른 방법으로 하자."

　넌지시 꺼낸 재언의 말에 지서가 얼른 고개를 끄덕였다. 평소라면 달라진 재언의 목소리에 의아함을 느꼈을 테지만, 지금은 손가락 사이가 아파서 알아채지 못했다.

　픽 웃은 재언이 말없이 그녀의 손을 감싸 쥐었다. 그러고는 엄지손가락으로 지서의 엄지와 검지 사이를 꾹 누르며 감싸 쥐었다.

전보다 아프진 않지만, 아프긴 했다.

"그래도 아픈데……."

지서는 말을 하다 말고 맞잡은 손을 보았다. 제 왼손을 재언이 오른손으로 감싸 쥐고 있었다. 게다가 어느새 나란히 서 있었다. 졸지에 손잡고 걷는 모습이 되었다.

"괜찮지? 지압도 되고."

재언이 한 발 앞서 걸었다. 지서는 아득한 눈으로 맞잡은 손을 보았다. 손바닥에서 뜨끈한 온기가 전해지고, 온기가 전해지자 팔까지 저릿했다. 이윽고 심장까지도.

빈 입술만 달싹이던 지서가 다급히 입을 열었다.

"신재언, 너 일부러……."

이건 아무리 봐도 계산된 행동처럼 보여 지서가 지적하자 재언이 되레 뻔뻔한 얼굴로 쳐다보았다.

"뭐? 왜? 네가 체했다며. 그래서 내가 도와주는 거잖아. 이건 순수한 지압이야. 내가 네 손 잡으려고 수작 부리는 게 아니라……."

"……."

지서가 미심쩍다는 듯 쳐다보자, 재언이 얼굴을 찌푸렸다.

"……하아, 수작 좀 부리자. 왜?"

그러고는 이내 뻔뻔한 표정으로 진심을 토로했다.

"우리 친구라니까……."

이제는 수도 없이 말해 지겹기까지 한 말을 중얼거리던 지서가 이내 말끝을 흐렸다.

"왜? 친구끼리 손잡으면 안 돼?"

재언이 이해 못 하겠다는 듯 물었다.

"넌 고영이랑······."

"고영이 새끼랑은 안 잡아! 그리고 그 새끼, 아니 그 아이랑 친구 아니라니까!"

"······."

"후, 하여튼 부축이라고 생각해. 마사지라고 생각하든지. 편할 대로 생각해."

"이게······."

···이게 어떻게 부축이고 마사지야, 라고 따져 물으려던 지서는 획 돌아선 재언 때문에 더는 말을 잇지 못했다.

한 발 앞선 재언이 성큼성큼 걸었다. 맞잡은 손 때문에 덩달아 지서가 딸려 가듯 걸었다.

이런 식으로 허용하면 안 되는데······.

그러나 마음과 달리 한마디도 할 수 없었다.

한 발 앞서 걷는 재언의 걸음이 뻣뻣했다. 이따금씩 제 뒷목을 쓸어내리는 재언의 손길이 어색했다.

자신보다 더 민망해하고 있는 재언을 보고 있으니, 차마 아무 말도 할 수 없었다.

* * *

늘 헤어지는 골목 앞에 선 지서가 가방 어깨끈을 꽉 움켜쥐었다. 픽 웃음이 났다. 손을 잡고 걷는 동안 손바닥에 땀이 차면, 재언은 얼른 반대편에 나란히 섰다.

'한쪽만 지압하면 안 된대. 마사지도 균형이 중요하다더라.'

……라는 전혀 신뢰성 없는 말을 하며 반대편 손을 꼭 잡기 위해서였다.

지서는 더 이상 재언이 선 넘는 걸 허용해선 안 된다고 생각하면서도, 마음과 달리 거절의 말을 하지 못했다. 머뭇거리다가 제 손을 잡고서, 입매를 움찔거리며 웃는 재언의 얼굴이 보기 좋았다. 제 손이 뭐라고, 그거 하나 잡았다고 걸음에 힘이 바짝 들어가 씩씩하게 걷는 모습도 귀여웠다.

그리고…… 손을 잡고 가는 느낌이 싫지 않았다.

"오늘만이야. 알지?"

골목 앞에 선 지서가 웃음을 꾹 참으며 일부러 진지하게 재언에게 말했다.

"뭘?"

그러자 재언이 무슨 말인지 전혀 모르겠다는 얼굴로 물었다.

"손잡는 거 말이야. 오늘만이라고."

더 이상 이렇게 어물쩍 선 넘어가는 걸 두고 보면 안 될 것 같아 지서가 더욱 단호한 표정을 지었다.

"알았어. 근데 지서야."

"……."

재언이 갑작스럽게 제 이름을 부르자, 당황한 지서가 입술을 꾹 다물었다.

"사람이 빚지면 갚아야 하는 거 알지?"

"그게 왜?"

"알아, 몰라?"

재언이 허리를 숙여 지서와 얼굴을 가까이 마주한 채 물었다.

"……알아."

"그럼 됐어. 그냥 기억만 해 두라고."

"…….."

고개를 갸웃거리던 지서가 시간을 확인하곤 다급하게 몸을 돌렸다. 평소보다 귀가 시간이 한참 늦었다.

골목으로 걸어가던 지서가 뒤를 돌아보았다. 재언이 두 팔을 휘휘 젓고 있었다. 그런 재언을 보던 지서는 보일랑 말랑 웃음을 지으며 돌아섰다. 평소보다 가벼운 걸음으로 골목에 접어든 지서는 슬그머니 제 손을 펴 보았다. 그러고는 눈으로 재언의 손을 짐작했다.

"……손, 진짜 엄청 크네."

제 손을 잡는 게 아니라, 덮는 것 같았다.

또 한 번 희미하게 웃던 지서가 집 앞에 도착했다. 열쇠로 문을 열려다가 멈칫했다. 불투명한 현관문 너머가 환했다. 문을 열고 들어가자 효경이 콧노래를 흥얼거리는 소리가 들렸다.

일 안 나갔네.

술집이 쉬는 수요일도 아닌데, 효경이 집에 있는 건 이례적인 일이었다. 술집 사장은 빚진 돈을 핑계로 효경을 쉬지 못하게 했다.

뭐, 알아서 했겠지.

그나마 다행인 건 오늘은 기분이 좋아 보인다는 거였다. 휴일에도 빠짐없이 술을 마시고, 주사로 울어 대는 평소에 비하면 그나마 다행이었다.

신발을 벗던 지서는 때마침 방문을 열고 나오는 효경과 마주쳤다.

"어? 왔어?"

떡볶이 밀 키트 사건 이후로 어젯밤까지만 해도 제게 쌍년이네, 뭐네 하면서 가지각색의 욕을 하던 효경이 갑자기 기분 좋게 말을 걸어왔다.

왠지 모르게 싸한 기분이 들었지만, 지서는 별다른 내색 하지 않았다. 굳이 효경의 기분을 나쁘게 만들 필요 없으니까.

"응. 다녀왔어."

벗은 신발을 잘 정리한 후, 방에 들어가려 할 때였다.

"야, 잠시만. 기다려 봐."

효경이 방으로 후다닥 들어갔다. 지서는 가다 말고 멈춰 서서 효경의 방 문을 쳐다보았다. 금세 방에서 튀어나온 효경이 뭔가를 번쩍 들어 보였다.

"야, 이거 봐 봐. 예쁘지? 이거 이번에 나온 최신상이다?"

까맣게 광택 나는 핸드백 한가운데에 지서도 아는 명품 로고가 크게 박혀 있었다. 효경이 자랑한답시고 흔들 때마다 표면이 반질반질 빛이 났다. 그러나 그걸 보는 지서의 표정은 어둡게 가라앉았다.

"그거 어디서 났어? 샀어? 돈이 어디 있어서?"

"야, 안 샀거든? 선물 받은 거야."

"누구한테?"

지서가 불안한 표정으로 효경을 쳐다보았다. 차라리 빚을 갚던 중에 스트레스 풀 겸 샀다면 그나마 이해가 될 텐데, 선물 받았다고 하니 더욱 불안했다.

"누구긴. 남자 친구지. 이번엔 좋은 예감이 들어. 잘될 것 같아. 내 인생이 이제야 피려고 여태껏 그렇게 고생했나 봐."

"……무슨 소리야? 알아듣게 말해. 그 남자라면 저번에 집에 데려온 그 남자?"

"어."

"그 남자가 이걸 사 줬다고? 아무 이유 없이? 그냥?"

지서는 그때 목소리만 들었던 남자를 떠올렸다. 질 낮은 말투에 건들거리던 음성이 떠올랐다.

"어. 그럼 당연하지. 나한테 푹 빠졌거든. 왜? 부러워? 그래서 표정이 그래? 아니면 네 언니는 이 정도 선물도 못 받는 사람인 줄 알았어?"

자격지심 가득한 효경의 표정이 서서히 굳어 가기 시작했다.

"그게 아니라……. 갑자기 사 줬다길래 두 사람 기념일인가 해서."

둘러대듯 꺼낸 지서 말에 효경이 빙긋 웃었다.

"아니. 그냥 사 줬어. 뭐, 우리만의 비즈니스이기도 하고. 어쨌든 나한테 잘 보여. 내 인생 앞으로 잘될 일만 남았거든."

"비즈니스?"

도저히 이해하기 힘들다는 듯 물었다. 그러자 효경이 검지를 입술에 가져다 대더니 '쉿' 하고 소리 냈다.

"더 알 거 없어. 하여튼 난 앞으로 주 4일만 일하고, 3일은 쉴 거야. 오빠가 관두라고 할 때 그때 딱 관둬야지."

장밋빛 미래를 꿈꾸는 듯 흐뭇한 표정을 짓던 효경이 별안간 집을 둘러보며 얼굴을 찌푸렸다.

"이제 보니 이 집도 정말 구질구질하다."

"……."

효경의 말에 지서는 헛웃음을 칠 뻔했다. 이 구질구질한 집마저도 제 생활 수급비로 월세를 충당하지 않았다면, 못 구할 뻔했다는 걸 잊은 듯했다.

"하여튼 이 구질구질한 곳도 정리할 거야. 집, 동네 뭐든. 네가 살든지 말든지. 이사를 가든지 말든지. 하여튼 난 미리 말했다? 나중에 왜 말 안 했냐고 지랄하기만 해. 가만 안 둬."

"언니!"

지서의 부름에도 효경은 볼일 다 끝났다는 듯 방문을 쾅 닫고 들어갔다. 마른침을 삼키며 효경의 방 앞까지 다가간 지서가 문을 두드리려고 주먹을 치켜들었다가 멈칫했다.

문 두드려서 뭐?

효경이 제대로 말해 주지 않을 게 뻔할뿐더러, 괜히 기분 상한 효경이 또 난리 법석 부리면 자신만 손해였다. 얼마 전 효경에게 언어맞아 멍 든 허벅지가 채 낫지도 않았다.

그렇다고 효경에게 어떤 일이 벌어지고 있는지 알아볼 방법도 없었다. 술집에 찾아가서 효경의 동생인데 요즘 효경에게 무슨 일이 있냐고 물어볼 수 있는 것도 아니고.

……괜찮겠지. 별일 아니겠지.

지서는 불안한 마음을 삼키며 허공에 든 주먹을 내렸다.

5

이른 아침 교실에 도착한 지서는 곧장 창문을 열어젖혔다. 얼마 전까지만 해도 이른 아침은 선선했던 것 같은데, 이젠 아침에도 따뜻한 바람이 불었다. 며칠 새에 급격히 날이 더워졌다.

이런 날은 집에 있는 게 고역이었다. 창문이 작고 답답한 구조인 집은 바람이 잘 통하지 않았다. 더군다나 천장에서 빛을 받아 금세 더워지곤 했다.

날씨가 더워지면 최대한 교실을 활용하거나, 그것도 여의치 않으면 버스를 타고 시에서 운영 중인 도서관이라도 가곤 했다.

자리에 앉은 지서가 다시 문제집을 펼쳐 공부할 때였다. 드르륵, 교실 뒷문을 열고 재언이 들어왔다.

"안녕."

지서가 손을 들어 인사한 후, 다시 문제집으로 시선을 돌렸다.

저벅저벅 다가온 재언이 책상 옆에 가방을 걸어 둔 뒤 지서의 옆자리에 털썩 앉았다. 그러고는 어이없다는 눈으로 지서를 쳐다보았다. 제 인사는 받을 생각도 없는지, 지서는 문제집에 시선을 집중하고 있었다.

이것 봐. 또 모의고사 코앞에 두니까 사람 무시하지.

재언이 불만스러운 얼굴로 턱을 괴고서 지서의 얼굴을 빤히 쳐다보았다. 평소라면 왜 그러냐, 얼굴에 묻었냐, 고개 돌려라, 라는 말이 나와야 하는데 지서의 시선은 문제집에 못 박혀 있었다.

"하아."

재언의 한쪽 눈썹이 삐쭉 위로 솟았다.

내가 지금 누구 때문에 이렇게 일찍 등교하는데.

지각은 해 봤어도, 이른 등교는 해 본 적 없던 자신이 벌써 몇 주째 빨리 집을 나서고 있었다. 이런 노력을 가상히 여겨, 다정하게 몇 마디 대화라도 나눠 줬으면 이렇게까지는 안 섭섭할 건데.

재언이 불량한 표정으로 고개를 삐딱하게 기울였다.

그렇지만 제 성격대로 지서를 방해할 수도 없었다. 요즘 다정해지긴 했지만, 그렇다고 공부를 방해하는 것까지 내버려 두진 않았다. 기분 상한 지서가 하루 종일 말 한마디 안 걸면, 제 손해였다.

씨발. 내가 왜 이렇게 됐지?

하지만 어디 가서 하소연할 수도 없었다. 자신이 어려운 이지서를 좋아하게 된 게, 다른 사람의 탓은 아니었으니까.

결국 제풀에 지쳐 책상에 엎드려 누운 재언이 지서의 옆얼굴을 빤히 쳐다보았다.

할 게 없으니, 이거라도 해야지.

재언은 지서를 눈으로 따라 그렸다. 길게 드리운 속눈썹, 문제집을 응시하는 옅은 색의 맑은 눈동자, 하얀 피부에 곧게 뻗은 콧날, 집중하느라 살짝 모인 입술까지. 창문을 통과해 들어온 빛 때문에 오늘따라 더 환하게 보였다.

마치 고요한 물가를 보는 듯했다. 작은 파동조차 없는 잠잠하고 투명한 물가. 그래서 헤집고 싶은 충동이 들었다.

참아야 하는데…….

손이 움직였다.

재언이 지서의 손을 붙들었다. 작은 손이 제 손안에 쏙 들어왔다. 따뜻하고 부드러운 느낌에 재언의 입가가 움찔했다.

"뭐 하는 거야?"

갑작스러운 감촉에 놀랐는지, 지서가 눈을 크게 뜬 채 재언을 쳐다보았다.

"나, 소화 안 돼."

사실 아침에 일찍 나오느라 아무것도 먹지 않았지만, 알 게 뭔가. 어차피 이지서는 모를 텐데.

"그럼 양호실을 가."

"아직 안 열었어."

"그럼 따뜻한 물이라도 마셔 봐."

"사람이 빚을 지면 갚아야지."

"뭐? 그게 무슨……."

무슨 말이냐고 되묻던 지서가 뭔가 생각난 듯 입을 딱 다물었다. 떡볶이를 먹고 돌아오던 밤, 재언이 제 손가락 사이를 꾹꾹 눌러 줬던 일이 떠올랐다.

"잘 부탁해."

"……."

지서가 말없이 재언의 큰 손을 쳐다보았다. 그렇게 잠시 우물쭈물하다 재언의 엄지와 검지 사이를 꾹 눌렀다. 그러다 왠지 당한 기분이 들어 꼬집었다. 이러면 안 시키겠지.

"뭐 해?"

그러나 돌아온 반응은 예상 밖이었다. 재언이 간지럽다는 듯 픽 웃으며 지서를 쳐다보았다.

"너, 체한 거 아니지?"

"맞는데."

"거짓말."

"알면 속아 주든가."

"……."

"어쨌든 빚 갚아. 원래 채권자가 요구할 때 갚아야 하는 거야."

"……."

"얼른 공부해. 난 잘 테니까."

재언이 제 손으로 지서의 손을 덮었다. 재언의 손에 깔린 제 손은 보이지도 않았다. 그러나 손등을 타고 재언의 온기가 분명히 느껴졌다. 지서가 애써 외면하며 오른손으로 필기를 이어 갈 때였다.

"으, 추워."

재언이 맞잡은 손을 당겨 제 얼굴 가까이에 뒀다.

"……너, 뭐 하는 거야?"

"추워서. 웅크리는 건데."

"……이 날씨에?"

"원래 체하면 오한도 들어."

"……."

태연한 얼굴로 거짓말을 일삼는 재언을 기막힌 표정으로 쳐다볼 때였다. 지서의 손을 끌어당긴 재언이 그녀의 손등 위에 뺨을 가져다 댔다.

놀란 지서가 잠시 숨을 멈췄다. 손등에 재언의 숨이 닿는 게 느껴진다. 재언에게 붙들린 왼팔이 저릿하다 못해 찌릿했다.

움찔한 지서가 손을 빼려 했으나, 재언에게 붙들려 꼼짝도 하지 않았다.

무슨 힘이…….

"너……."

지서가 꽉 눌린 목소리로 자그맣게 재언을 부를 때였다.

"봐, 얼굴 차갑지?"

"……."

오한에 걸린다고 뺨이 차가워지진 않는다. 무엇보다 뺨이 차갑지도 않았다.

"그러니까 잠시만 이렇게 있자."

천연덕스럽게 말한 재언이 지서의 손바닥에 제 손바닥을 가져다 댔다. 그러고는 손등에 제 뺨을 대었다. 재언의 손과 얼굴 사이에 지서의 손이 자리하고 있었다.

지서는 이 상황을 어색하게 쳐다보았다.

낯설었다. 제 몸에 타인의 체온이 느껴지는 게. 타인이 제 몸의 일부분을 소중하게 대하는 것도.

……친구 사이에 이게 무슨 짓이야.

그러나 지서는 그렇게 물을 수 없었다.

자신의 시끄러운 심장 박동 소리 또한 친구를 대하는 정상적인 박동은 아니었으므로.

* * *

재언은 불만스러운 표정으로 책상 위에 놓인 탁상 달력을 노려보았다. 재언은 토요일을 가장 좋아했다. 주말이라 학교를 가지 않는데, 지서가 제 집에 찾아오는 날이었으니까. 지서 또한 토요일에 가장 표정이 여유로웠다. 그러므로 좋은 날인데도 불구하고, 재언의 표정은 썩 밝지 못했다.

"……시험 끝났더니 또 시험이네."

6월 모의고사가 끝난 지 얼마나 됐다고, 기말고사가 코앞이었다.

기말고사만으로도 골치 아픈데, 가장 큰 문제는 방학이었다. 방학엔 지서를 볼 일이 일주일에 2회로 줄어들었다. 재언이 팔짱을 낀 채 고민하다 가방에서 6월 모의고사 성적표를 집어 들었다. 그러고는 1층으로 빠르게 내려갔다.

　"재언아, 점심 먹어."

　때마침 점심 식사를 차리던 김 씨 아주머니가 식탁을 가리켰다. 고슬고슬한 밥과, 김이 모락모락 오르는 북엇국, 소담하게 담은 몇몇 밑반찬들 사이에 돼지불고기가 놓여 있었다. 맛깔스러운 음식들을 앞에 두고도 재언은 심드렁하게 주변을 살폈다.

　"엄마는요?"

　"여기 있지."

　부엌으로 들어오던 배 여사가 무슨 일이냐는 듯 쳐다보았다. 시골로 온 이후, 외출할 일도 없다며 매번 홈 웨어만 입고 있던 배 여사가 머리부터 발끝까지 치장한 채였다.

　"어디 가?"

　"어머, 오늘 엄마 서울 가잖니. 몇 번을 말했는데 또 잊었어?"

　그제야 재언은 아빠가 엄마에게 올라오라고 했다는 말이 떠올랐다. 듣긴 했지만 크게 신경 쓰지 않았다. 부부간의 만남이야, 부부들이 알아서 할 일이니.

　"가는 길에 네 선물도 사 오려고. 올해는 생일 선물 필요한 거 없어?"

　배 여사가 식탁 의자에 앉으며 말을 이었다.

"없어."

하고 싶은 건 다 하고, 갖고 싶은 건 다 갖고 살아서인지, 원하는 게 없었다.

"얼마 전에 네가 좋아하는 브랜드에서 한정판 지갑 나왔던데. 그거 사 올까?"

"됐어."

"그럼 가방은?"

연거푸 묻는 배 여사의 질문에 재언은 심드렁한 얼굴로 고개를 가로저었다. 명품 가방, 명품 지갑이 다 무슨 소용인가. 이 시골에선 쓸 수도 없는데. 써 봤자 귀찮은 녀석들만 환호하고, 정작 지서는 불편하게 쳐다보는데.

"이거."

재언이 주머니에 들어 있던 걸 꺼내 내밀었다.

"이게 뭐야? 어머! 어머!"

대수롭지 않게 종이를 펼치던 배 여사가 뭔가를 발견하곤 소리를 내질렀다.

"이거, 이거 정말 네 성적이야?"

"⋯⋯."

배 여사의 반응에 재언이 뚱한 표정을 지었다.

왜 제 성적을 보고 한결같이 저 반응인지⋯⋯.

지서도 놀라서 '이거 위조 아니지?'라고 되물었었다.

"세상에나. 네가 머리가 있는 건 알았지만 이렇게 단기간에⋯⋯."

〈국어 3등급 / 수학 2등급 / 영어 1등급 / 한국사 3등급〉

그 외의 몇 과목은 4등급이었지만, 눈이 번쩍 뜨이는 성적이었다. 물론 한국대를 지망할 정도로 훌륭한 성적은 결단코 아니었지만, 매번 8등급 받던 예전 성적과 비교하면 감개무량할 정도였다.

특히 영어가 1등급이라니. 어릴 적 유학해서 영어를 유창하게 말하는데도 불구하고 늘 모의고사는 8등급이라, 돈 낭비했다고 생각했는데.

"이거 엄마가 가져가도 되지? 아빠한테 보여 줄게. 아빠가 너무 놀라서 너한테 전화하실 거야! 아니지, 이거 챙겨서 네 할아버지 보여 드려야겠다. 중간고사 때 성적 오른 거 보시고는, 수준 낮은 학교라서 그럴 거라고 하셨거든. 이거 보면 정말 놀라시겠어!"

들뜬 얼굴로 다급하게 일어나는 배 여사의 앞을 재언이 가로막고 섰다.

"엄마."

"응?"

"이거 봐."

재언이 다른 과목을 가리켰다. 경제, 정치와 법, 사회문화 등 나머지가 5등급이었다. 그 성적을 흐린 눈으로 바라보던 배 여사가 금세 어깨를 으쓱거렸다.

"괜찮아. 주요 과목부터 올리고 나머지는 찬찬히 올리면 되지. 영어가 8등급에서 1등급으로 올랐잖아. 국어랑 수학 주력으로 하면서 나머지 사람들도 올려 보자. 알았지?"

"그래서 말인데. 방학 때 과외를 더 늘리고 싶어."

"응?"

"주 5회. 하루에 두 시간씩."

"……."

"가능하면 주 7회도 괜찮고. 시간이 더 길어져도 되고."

"……."

"원래 방학 때 늘 특강했잖아. 몇천만 원짜리. 그거 올해 방학에도 하자고."

"그래? 혹시 선생님이……."

"이지서. 이렇게 잘 가르치는 사람이 있는데, 굳이 딴 사람 할 필요 있어?"

"……."

배 여사의 표정이 미묘해졌다. 재언의 속셈이 뭔지 눈에 훤히 보였다. 방학이라 자주 볼 수 없으니, 제 과외 선생님으로 눌러 놓겠단 말이었다. 너무 검은 속이라 안 된다고 못 박아야 하는데……. 배 여사의 시선이 성적표로 향했다.

성적이 올라도, 너무 올랐다. 8등급만 받던 애가 맞나 싶을 정도로.

기쁘면서도 불안했다. 재언에게 지서가 이만큼 중요한 존재라는 거니까. 하지만 처음 재언의 관심이 향했을 때면 모를까, 이미 호감이 된 상태에서 둘을 못 만나게 막으면 후폭풍만 커지게 될 거다.

"알았어. 엄마가 이야기해 볼게."

배 여사가 불안한 마음을 감추며 싱긋 웃었다.

"과외비는 얼마나 주려고?"

"내가 알아서 챙길게. 넌 신경 쓰지 말고 공부해. 엄마는 할아버지한테 인사드리고 올게."

중앙 건물을 나선 배 여사는 정원을 가로질러 좌측 주택으로 향하며 성적표를 다시 한번 봤다.

"이렇게 할 수 있는 녀석이……."

배 여사가 괘씸하다는 듯 혀를 찼다.

동갑내기 이지서가 가르쳐 봤자 얼마나 잘 가르쳤으려고. 결국 이지서가 동기 부여가 됐단 말이었다.

"후우."

배 여사는 복잡한 표정으로 별채에 들어섰다.

일단은 내버려 두자. 삐딱한 녀석이긴 했지만 그래도 자신을 실망시킨 적은 없었던 막내아들이었다.

별채 문이 열리자마자, 배 여사는 언제 심란해했냐는 듯 환하게 웃으며 '아버님! 저 왔어요.' 하고 들어섰다.

* * *

골목길을 오르던 지서가 모퉁이를 돌았다. 고개를 들자 푸른 하늘을 배경으로 거대한 저택이 눈에 들어왔다.

언젠가 자신도 이런 집에서 살 수 있을까. 아니, 이 집의 10분의 1만 되는 곳이라도 좋으니 자가 주택이 있었으면 했다. 아파트면 더 좋고. 무심히 그런 생각을 하는 찰나, 대문이 열렸다.

"왜 이제 와?"

문을 열고 나온 재언이, 지서를 발견하곤 곧장 걸어왔다. 언젠가부터 재언은 지서를 데리러 나오기 시작했다.

"데리러 나오지 말라니까."

지서가 저택을 흘깃 쳐다보며 목소리를 낮췄다. 재언과 친하게 지내지 않겠다고 거듭 말해 놓고, 그와 친구라는 핑계로 가깝게 지내는 게 신경 쓰였다. 배 여사 보기에도 민망했고.

"잠깐 나왔어, 잠깐. 바람 쐬러."

"어쨌든. 앞으로는 나오지 마. 알았지?"

"그럼 좀 일찍 오든지."

"지금 1시 50분이야."

"1시 30분에 와서 놀다가 공부하면 되잖아."

"누가 좋은 건데?"

"내가."

"……."

재언이 당연한 거 아니냐는 듯 뻔뻔하게 대답했다. 너무 당차게 대꾸하는 바람에 지서는 말문이 막혔다.

"친한 친구끼리 원래 만나서 노는 거야."

"……하아, 일단 들어가자."

지서는 그를 스쳐 지나갔다. 한번 틈을 주면 재언이 집요하게 달려든다는 걸 알기에, 이제 길게 대꾸하지 않았다.

잘 관리된 정원을 지나, 정중앙 저택에 들어가자 김 씨 아주머니가 웃으며 맞이했다.

"어서 와요. 날이 많이 덥죠?"

"안녕하세요. 아직은 괜찮아요. 어머님은요?"

"아, 방금 외출하셨어요. 서울 가시는 날이거든요."

"아……."

"올라가요. 얼른 간식 챙겨 줄게요."

"감사합니다."

허리를 굽혀 인사한 지서가 2층으로 향하는 계단을 타박타박 올라갔다. 재언이 그 뒤를 따라 올라왔다. 공부방의 문은 활짝 열려 있었다. 공부하는 내내 이 방의 문은 열어 놓고 있었다. 자신들의 대화 소리가 1층에 다 들리도록.

쿵.

그런데 재언이 그 방문을 닫았다.

"문을 왜 닫아? 열어."

가방을 열어 짐을 꺼내던 지서가 놀란 얼굴로 물었다.

"일단 이야기 좀 하고."

어머님이 안 계셔도 이건 곤란한데…….

지서의 난처한 얼굴에도, 재언은 방문을 열지 않았다. 오히려 열 생각 말라는 듯, 방문에 기대서서 지서를 쳐다보았다. 지서는 꽉 닫힌 방문과 단둘이 마주 서 있는 이 순간이 어색했다.

"무슨 이야기? 공부해야 하니까 빨리 해."

일부러 지서가 딱딱하게 물었다.

"이번에 6월 모의고사 성적 많이 오른 거 알지?"

"응."

깜짝 놀랄 정도로 많이 올랐다.

그런데 그게 왜?

지서가 표정으로 물었다.

"뭐 없어?"

"……뭐?"

"이렇게 잘했는데, 뭐라도 줘야지. 그냥 넘어가려고요, 선생님? 이러다 제자 울겠어요."

재언이 삐딱한 자세로 얼굴을 찌푸리며 물었다. 뒤따라 지서가 곤란한 듯 얼굴을 찌푸렸다.

"칭찬해 줄게."

"어떻게?"

"……박수 쳐 줄까?"

"……."

"기립박수?"

재언의 얼굴이 딱딱하게 굳었다.

"그럼 뭘 원해?"

생각보다 안 좋은 반응에 지서가 뺨을 긁적이며 물었다.

"뭘 줄 수 있는데요? 선생님."

재언은 작정했는지 꼬박꼬박 선생님이라 불렀다. 그게 여간 부담스러운 게 아니었다.

"이번 모의고사는 지났으니까 어쩔 수 없고, 기말고사 잘 보면 선물 줄게. 반에서 4등 안에 들기."

"······애매하게 4등은 뭐예요? 선생님?"

"선생님이라고 그만해."

"선생님을 선생님이라고 하지, 뭐라고 해요?"

"후우, 3등은 힘들 것 같고, 5등은 너무 쉬울 것 같아서."

"누가 5등이 쉽대?"

재언이 얼굴을 와락 찌푸렸다.

"원래 도전은 어려워야 하는 거야. 쉬우면 그게 도전이겠어?"

"이미 세상에서 제일 어려운 도전 중인데?"

"무슨 도전?"

"한국대 입학. 이지서랑 연애."

"······."

"이게 얼마나 어려운지 알아? 난 벌써 재수할까 봐 손이 벌벌 떨려."

재언이 일부러 벌벌 떨리는 손을 들어 보였다. 동시에 이게 보이냐는 듯이 재언이 눈을 크게 떴다. 지서는 슬그머니 아랫입술을 깨물었다.

재언의 과장이 우스우면서도 귀여웠다. 그러나 지서는 티 내지 않았다. 자신이 틈을 보이면, 재언이 어물쩍 선을 넘을 게 분명했다. 한번 무너진 벽은 다시 세워지기 어려운 법이었다. 재언에게 휘둘리기 전에, 자신이 중심을 잡아야 했다.

"한국대 가려면 반에서 1등은 해야 해."

지서가 일부러 딱딱한 얼굴로 말했다.

"네가 1등인데, 내가 어떻게 1등을 해?"

"그럼 2등 하든지."

"하, 씨발."

"욕."

"……이런, 세상에나."

지적에 얼른 말을 정정하는 재언을 보며 지서는 다시 한번 입술을 깨물었다. 그사이 기가 막힌다는 듯이 머리를 쓸어 넘긴 재언이 터덜터덜 걸어와 자리에 털썩 앉았다.

"그럼 반에서 4등 하면 선물 주는 거다."

"좋아."

"뭐 줄 건데?"

"떡볶이 사 줄게."

"……이 동네에서 나오는 가래떡은 네가 다 먹겠다."

"못 먹을 것도 없지."

지서의 대답을 끝으로 정적이 흘렀다. 자연스레 서로를 마주 보았다. 먼저 웃음이 터진 건 지서였다. 웃고 싶지 않았는데, 참지 못했다. 지서가 얼른 손바닥으로 제 얼굴을 가렸다.

"왜 가려? 손 떼 봐. 좀 보자."

"……저리 가."

갑자기 웃음 터진 게 낯설어서 지서는 재언을 밀어 냈다. 그러나 재언은 더더욱 고집스럽게 고개를 숙여 지서의 얼굴 가까이로 다가갔다.

"한 번만 보자."

"안 돼."

"하, 진짜. 알았어. 저리 갈게."

재언이 몸을 뒤로 젖히는지 의자에서 삐그덕 소리가 났다. 그 소리에 안심하고 손을 떼어 내던 지서의 몸이 흠칫했다. 재언의 얼굴이 코앞에 있었다. 그는 지서의 웃음기 남은 얼굴을 보곤 픽 웃었다.

……속았다.

"왜 숨어?"

"……."

"예쁜데."

지서는 대답 대신 재언의 눈을 보았다. 재언은 모른다. 때때로 장난기 가득하고, 또 가끔은 한없이 솔직해지는 그가 더 예쁘다는 걸.

"……공부하자. 2시 넘었어."

지서는 동요하는 모습을 들키지 않으려, 재언의 어깨를 툭 밀치고는 책상 앞에 제대로 앉았다.

"기말고사 포상은?"

"일단 4등 하고 말해. 그럼 들어줄 테니까."

"약속했다?"

"응."

지서가 고개를 끄덕였다. 그러면서도 4등은 쉽지 않을 거라 생각했다. 시골에 있는 학교라 만만하게 보일지 모르지만, 공부 잘하는 애들이 많았다. 더욱이 28등이 20등 되긴 쉬워도, 15등이

10등 되긴 어려운 법이니까.

* * *

과외 마치자마자, 자신을 데려다주겠다며 따라붙는 재언을 지서가 막아섰다.

"혼자 갈게."

얼마 전부터 지서는 자신을 데려다주겠다는 재언을 말려야 했다. 그럼 보통 재언이 한발 물러서는데, 오늘은 집요했다. 아무리 막아서도 재언의 행동을 저지할 수 없었다. 기어코 방문 앞까지 밀려났다.

"혼자 간다니까."

"오늘 엄마 없어. 서울 갔어."

"……."

뜬금없는 말에 지서가 그를 빤히 쳐다보았다.

"너, 우리 엄마 신경 쓰잖아."

"……."

……알고 있었어?

지서가 표정으로 물었다. 그러자 재언이 심드렁한 표정으로 말했다.

"신경 쓸 필요 없다고 말해 봤자, 통하지 않을 거니까 여태껏 말 안 한 거야. 하여튼 오늘 엄마 없으니까 데려다줄게. 가자."

"어머님뿐만이 아니야."

"뭐?"

"이 집에 있는 대부분의 사람들이 너랑 나를 주시할 거야. 어머님이 그냥 가시진 않았을 거 아냐."

"……."

재언의 침묵에 지서가 희미하게 웃었다.

사람들에게 언질을 줬을 거다. 재언과 자신을 잘 지켜보라고. 오늘만 해도 김 씨 아주머니가 간식을 핑계로 두 번이나 오가지 않았던가. 나가면서 슬그머니 방문도 열어 놓고 가기도 했고. 어쩌면 방문 밖에서 대화를 엿들었을지도 모른다.

"그러니까 혼자 갈게. 알았지?"

지서가 재언의 가슴팍을 밀어 내던 손에서 서서히 힘을 풀었다. 재언이 더 이상 움직이지 않는 걸 확인한 후에야, 지서가 빙긋 웃었다.

"잘한다, 신재언."

"……또 애견 프로그램 찍지."

또 나를 개 다루듯이.

재언이 못마땅한 표정으로 쳐다보았다.

"뭐?"

"아냐. 됐어. 가 봐. 대신 가면서 통화해. 그건 되지?"

"미안한데, 가는 길에 영단어 봐야 해."

지서의 덤덤한 말에 재언은 잠시 눈을 꼭 감았다가 떴다. 영단어한테까지 밀리는 제 자신이 이제 불쌍해지기 시작했다.

"……그럼 보면서 통화해."

선심 썼다는 듯 말하자, 지서가 고개를 가로저었다.

"그게 어떻게 돼?"

"그럼 같이 가든지."

"안 돼."

"뭐가 맨날 안 돼?"

재언이 불만 가득한 얼굴로 지서를 내려다보았다. 재언이 숨을 들이마셨다가 내쉴 때마다 넓은 가슴팍이 오르내렸다. 지서는 아무 말 없이 그런 재언을 쳐다보기만 했다.

"……후, 알았어. 가 봐."

결국 재언이 한발 물러섰다. 지서는 미안한 표정으로 돌아섰다. 그러면서도 끝내 통화하자고 말하지 않았다. 한 번 허락하면 두 번 허락하는 건 쉬우니까.

과외를 시작한 후로, 개별 공부 할 시간이 더더욱 부족해졌다. 오가면서 통화하는 걸로 시간을 허비할 수 없었다.

그래도 미안한 건 마찬가지였다.

씁쓸한 표정으로 1층으로 내려온 지서는 부엌에서 통화 중인 김 씨 아주머니를 보았다. 눈이 마주치면 인사해야겠다 싶어 조용히 기다릴 때였다.

"어. 어. 사모님 몇 시간 전에 서울 가셨어. 왜 올라가시냐고? 글쎄. 사장님 뵐 겸 막내 도련님 생일 선물 사러 백화점도 갈 겸 가신다고 하시던데? 이번 달 마지막 금요일이 막내 도련님 생일이잖아. 까먹었어? 하기야, 거기 있는 도련님들 챙기기도 바쁘지?"

……생일?

지서의 눈이 살짝 커졌다.

"아, 내 정신 좀 봐. 내가 전화한 이유가 뭐냐면 회장님이 서울에 있는 김칫독 김치를 먹고 싶다고 하셔서. 사모님 내려오실 때 김 기사 편으로 챙겨 보내라고."

통화를 하며 부엌 싱크대 상판을 행주로 훔쳐 내던 김 씨 아주머니가 돌아섰다. 그러더니 지서를 발견하곤 눈짓을 했다.

"가 보겠습니다. 안녕히 계세요."

지서가 허리를 숙여 인사하자, 김 씨 아주머니가 사람 좋은 미소를 지으며 고개를 주억거렸다. 그길로 저택에서 빠져나온 지서는 길을 따라 내려가며 습관적으로 영단어장을 꺼냈다. 그러곤 중얼중얼 영단어를 외울 때였다.

이번 달 마지막 금요일…….

기말고사가 끝나는 날이었다.

알게 되었으니 선물을 준비해야 할 텐데…….

걱정이 앞섰다. 흘깃 본 재언의 방 안에는 이미 고가의 물건들이 수없이 진열되어 있었다. 자신의 안목과, 자신의 여력으로 재언을 만족시킬 만한 선물을 살 수 있을지 의문이었다.

일단 저장부터 해 두자.

지서는 휴대 전화를 꺼내 캘린더 앱을 켰다. 그리고는 이번 달 마지막 금요일을 꾹 눌러 작성했다.

[신재언 생일]

지서는 다섯 글자를 바라보다 슬그머니 웃었다.

처음이었다. 누군가의 생일을 저장한 건.

* * *

조용한 교실엔 사각거리는 연필 소리와 종이 넘기는 소리만 가득했다. 교탁에 선 선생님은 정면을 응시한 채 반을 둘러보았다. 지서는 차분하게 시험지를 살폈다. 체크 표시를 해 둔 헷갈리는 문항 두 개만 한 번 더 확인한 후, 마킹을 시작했다.

답을 밀려 쓰지 않았는지 재확인한 지서가 책상에 엎드려 누웠다.

……다 됐다.

안도하려는 찰나, 종이 울렸다.

"답안지 뒤에서부터 거둬 와라."

선생님의 말에 몸을 일으킨 지서가 답안지를 걷어 교탁 위에 올렸다. 선생님이 교실 문을 열고 나가자마자 기다렸다는 듯 소리가 터져 나왔다.

"야, 3번 답 뭐야?"

"4번 아냐?"

"2번인 줄 알았는데?"

여기저기 모여서 답안지를 체크하는 애들이 있는가 하면,

"시험 끝. PC방 가서 존나 달린다."

"미친 새끼. 누가 보면 시험공부한 줄 알겠네."

"아. 갑자기 웬 지랄임?"

놀 계획부터 세우는 아이들도 있었다.

그 가운데 지서는 멍하게 정면을 응시했다. 시험이 끝나자마자 긴장이 훅 풀렸다.

잠시 눈을 감고서 휴식을 취하는데, 가까이 다가오는 인기척이 느껴졌다. 눈을 떠 보니, 재언이었다. 지서는 고개를 젖혀 그림자를 드리운 재언을 올려다보았다.

"자."

재언이 시험지 뭉치를 지서의 책상 위에 툭 던졌다. 지서는 말없이 시험지와 재언을 번갈아 보았다.

"놀러 가자."

"그게 무슨……."

"반에서 4등 하면."

재언이 이래도 기억 안 나느냐는 듯 눈썹을 들어 올렸다. 이제 막 시험이 끝났다. 가채점 가지고는 반에서 4등을 할지, 24등을 할지 알 수 없는 일이었다.

"아직 모르잖아."

"일단 봐."

재언이 바지 주머니에 손을 찔러 넣으며, 시험지를 향해 턱짓했다. 지서가 그를 흘깃 쳐다보다가 시험지를 들었다. 클립으로 집어 둔 시험지를 한 장, 한 장 넘겼다. 시험지를 넘길 때마다 지서의 눈이 점점 커졌다.

"……이거, 진짜야?"

지서가 장난치는 거 아니냐는 듯 재언을 보았다.

"어차피 걸릴 구라는 안 쳐."

"……."

지서의 시선이 다시 시험지로 향했다. 잠이 확 달아났다. 변별력이 없었던 중간고사 때문인지 이번 기말고사는 어려운 편에 속했다. 그런데 재언이 내민 시험지의 점수 대부분이 90점을 훌쩍 넘었다. 몇몇 과목은 만점도 있었다. 지서는 자신과 크게 다르지 않은 재언의 성적을 보며 눈을 크게 떴다.

"이 정도면 3등 안엔 들어갈 것 같지?"

재언이 이를 드러내며 씩 웃었다. 지서는 재언과 시험지를 번갈아 보다 고개를 끄덕였다. 평균 점수를 대충 계산해 보니 자신과 비슷했다.

"그럴 것 같아."

지서는 말을 하다가 주변을 둘러보았다.

어느새 교실이 조용했다. 반 아이들이 재언과 자신을 흘깃거리는 게 보였다. 스스럼없이 다가오는 재언과 그런 재언을 더 이상 밀어 내지 않는 자신을 바라보는 시선이 가지각색이었다. 흥미, 질투, 시기, 부러움, 신기함 등.

"일단 나가서 이야기하자."

"좋아. 따라와."

재언이 지서의 가방을 홱 낚아채더니 뒷문을 향해 성큼성큼 걸었다.

"살살 잡아! 그 안에……!"

지서가 말을 하다 말고 입을 다물었다. 그러고는 재언의 뒤를 따라 걸었다.

* * *

　가방을 돌려받은 건, 버스 정류소 앞이었다. 가방을 둘러멘 지서가 낯선 눈으로 주변을 둘러보았다. 우거진 나무가 버스 정류소를 덮고 있었다. 푸른 잎사귀 때문에 자세히 봐야 이곳이 정류소인 걸 알 수 있었다. 버스를 타지 않는 데다, 이곳으로 지나다닐 일이 없어서 이곳에 서 있는 것이 어색했다.

　여긴 대체 왜 온 거냐고 물으려는 찰나, 재언이 한발 빨랐다.

　"왔다."

　그러더니 막 도착한 버스로 지서의 등을 떠밀었다.

　"응?"

　지서가 어리둥절한 얼굴로 재언을 쳐다보았다. 물어볼 틈도 없이 뒤따라 타는 학생들에게 떠밀려 버스에 올라탔다.

　"두 사람이요."

　재언이 제 카드를 찍은 후, 지서를 데리고 버스 뒷자리로 향했다. 때마침 딱 두 자리 비어 있는 곳에 재언과 나란히 앉은 지서는 어안이 벙벙한 얼굴로 재언의 옆얼굴을 쳐다보았다.

　"어디 가는 거야? 지금."

　"놀러 가자."

　"……뭐?"

지서의 물음에 재언이 되레 어이없는 표정으로 지서를 보더니, 고개를 숙였다. 귓가에 재언의 얼굴이 다가오자 움찔한 지서가 옆으로 물러났다. 그러나 금세 창문에 가로막혔다.

"약속했잖아. 뭐든 해 주기로."

재언이 웃음기 섞인 목소리로 속삭였다.

"……오늘? 이렇게 급하게? 당장?"

놀란 지서가 고개를 확 돌렸다. 그러다 가까운 거리에서 눈이 마주쳤다. 까만 눈동자 안에 제 얼굴이 비쳤다.

"어. 수업 일찍 마치고, 시험도 쳤으니까. 오늘이 딱이지."

재언이 한결 누그러진 말투로 중얼거렸다. 지서는 안 된다는 말을 하려다 입을 꾹 다물었다.

이미 버스도 탔고, 시험도 끝났고…….

무엇보다…… 오늘 재언이 생일일 텐데.

지서가 물끄러미 재언을 바라보았다. 반대편 창가로 초여름의 청량함이 물씬 묻어나는 풍경이 눈에 들어왔다. 이 청량함을 닮은 재언의 얼굴에 설렘이 가득했다.

오늘이 어떤 날인지 아니까, 재언을 실망시키고 싶지 않았다.

"그래."

마침내 지서에게서 긍정의 대답이 나왔다.

* * *

지서는 애꿎은 가방끈을 꼭 쥐고서 거리를 둘러보았다. 교실에서 애들이 떠드는 이야기를 통해서나 듣던 시내였다.

시내에서 사진 찍자, 닭볶음밥 먹으러 가자 등등.

시내엔 그런 게 있구나, 하고 무심히 흘려들었을 뿐 단 한 번도 나오지 않았다.

중학생 시절, 언니가 술집에 다닌다는 이유로 괴롭힘을 당한 후로 사람 많은 곳은 불편했다. 이곳이 자신이 다니던 중학교와 차로 다섯 시간이나 떨어진 거리라서, 다른 사람들을 만날 일이 없다는 걸 알면서도.

"여기서 뭐 할 건데?"

지서가 나란히 선 재언을 올려다보며 물었다.

"글쎄. 뭐부터 하지? 일단 밥부터 먹자. 뭐 좋아해?"

"나는……. 닭볶음밥?"

반 애들이 시내에서 닭볶음밥을 먹는다고 말했던 게 문득 떠올랐다. 그런 게 있구나 하고 무심히 넘겼지만, 아주 가끔씩 멍하게 있을 때면 궁금했다. 친구들과 함께 식당에서 밥을 먹으면 어떤 기분일까, 하고.

"저거?"

재언이 설마 저걸 말하냐는 듯이 손끝으로 닭 로고가 박힌 가게를 가리켰다.

"아마도…… 그럴걸."

자신도 잘 모르기에 어물쩍 대답했다.

"그래. 좋아. 가자."

"근데 네가 먹고 싶은 걸 먹어야 하는 거 아냐?"

"나도 저거 먹고 싶어. 가자."

지서는 재언과 나란히 발 맞추어 가게로 들어섰다.

마주 앉아 재언이 주문하는 사이, 지서는 주변을 둘러보았다. 모든 게 신기했다. 자신이 시내에 있는 것도, 제 앞에 재언이 있는 것도, 자신이 여기에서 재언과 함께 식사하는 것도.

얼마 후 나온 닭볶음밥은 태어나서 처음 먹어 본 맛이었다. 식사를 하는 내내 재언의 시선이 제게 닿았지만, 지서는 괜히 멋쩍은 마음에 모른 체하며 식사를 이어 갔다.

"이제 우리 뭐 해?"

식사를 마친 후 지서가 묻자 재언이 미묘한 표정을 지었다.

"그러게."

애매하게 대답한 그가 얼굴을 찌푸렸다.

"넌 친구들이랑 시내 나오면 뭐 해?"

"시내 안 나와."

"그럼 친구들이랑 뭐 했어? 서울에선?"

"내 친구는 너밖에 없는데."

의자 등받이에 등을 댄 채 확고하게 말하는 재언을 보며 지서가 픽 웃었다. 이젠 지긋지긋할 정도로 들었는데도, 저 말이 반가운 거 보면 자신도 어지간히 중증인 모양이었다.

"그럼 네가 아는 애들이랑은 뭐 하고 놀았는데?"

"게임."

"그럼 그거 하러 가…… 볼까?"

지서가 고개를 갸웃거리며 물었다. 오늘 재언의 생일이니 그가 좋아하는 걸 하고 싶었다.

"장난쳐?"

그러나 생각과 달리 재언에게서 불퉁한 반응이 튀어나왔다.

"왜? 게임 좋아한다며."

"내가 모니터를 왜 보고 있어. 널 놔두고."

재언의 대답에 지서의 손끝이 움찔했다. 뒤늦게 말뜻을 이해한 지서의 얼굴이 붉게 달아올랐다.

"넌…… 그런 말을 참 아무렇지 않게 하더라? 안 부끄러워?"

지서의 물음에 재언이 더욱 얼굴을 찌푸렸다.

"왜 부끄러워. 내 생각을 말하는 건데."

"……."

"어쨌든 게임은 안 해."

"그럼 뭐 하지? 그냥 집에 갈까?"

"우리 버스만 40분 타고 왔어."

근데 고작 밥만 먹고 가자고?

재언이 어이없다는 표정으로 대꾸했다.

"할 게 없으니까. 여기 계속 앉아 있을 수도 없잖아."

지서가 낯선 표정으로 주변을 둘러보며 말했다. 아무래도 여기서 어정쩡하게 있는 게 불편한 모양이었다.

"내가 여길 어떻게 나왔는데……. 무려 일주일 밤낮없이 공부했어."

"……."

재언의 말에 엉덩이를 떼던 지서가 도로 자리에 앉았다.

"할 거 있어. 저거 해."

그때 재언이 눈에 보이는 대로 무언가를 가리켰다. 애들이 들락날락거리기에 대충 가리켰는데, 자세히 보니 사진 찍는 기계들이 있는 가게였다. 재언이 뒤늦게 당황한 듯 손가락을 굽혔다.

"어? 진심이야?"

지서가 떨떠름한 표정으로 물었다.

"……뭐 어때. 찍으면 되지."

자세히 보니 커플도 제법 보였다.

그러고 보니 얘랑 사진 찍은 적이 없네.

"저건 좀……."

"오늘 내 말 들어준다며."

"……."

재언이 제 말에 힘 빼는 지서의 손목을 잡고서 성큼성큼 걸었다. 재언이 안으로 들어서자 교복 입은 여자애들이 흘깃대며 쳐다보았다.

재언은 따라붙는 시선에도 아랑곳하지 않고 빈 기계에 들어갔다. 지서가 대처할 틈도 없이, 지갑에서 돈을 꺼내 지폐 투입구에 밀어 넣기까지 속전속결이었다.

이어 지서가 당황해서 어쩔 줄 몰라 하는 사이 재언이 컷 수와 사진의 컬러를 정했다.

-자, 준비하라구!

기계에서 발랄한 음성이 흘러나왔다.

……뭘?

지서가 의아한 표정을 지을 때였다.

-3, 2, 1!

준비할 틈도 없이 플래시가 터졌다.

"아, 눈."

재언이 손으로 눈을 가렸다.

"너, 눈 괜찮아?"

재언이 지서를 돌려세웠다. 그러고는 고개를 숙여 지서의 눈을 살펴보는 사이, 또 한 번 플래시가 터졌다.

"됐어. 바로 서 봐. 사진 찍게."

"사진이야 나중에 또 찍으면 되지."

재언이 지서의 얼굴 가까이로 찌푸린 제 얼굴을 들이밀었다. 재언의 눈이 지서의 눈을 빤히 들여다보았다. 코끝이 스칠 듯 가까워졌다.

그 순간, 재언의 눈빛이 돌연 바뀌었다. 그의 눈빛이 지서의 얼굴을 찬찬히 살피며 아래로 향했다. 또렷한 눈매, 귀여운 콧방울, 그리고 붉은 입술. 지서는 살짝 벌리고 있던 입술을 저도 모르게 꽉 다물었다.

"……사진, 찍어야지."

핑곗거리를 찾은 지서가 겨우 재언을 잡아 돌렸다. 나란히 서 있는데 팡 하고 플래시가 또 한 번 터졌다.

미칠 것 같았다. 눈앞은 번쩍이고, 심장은 쿵쾅거려서.

그 와중에 또 한 컷이 더 남았다는 신호가 울렸다.

"뭐 어떻게 해야……."

당황한 지서가 눈만 굴렸다. 고민하는 찰나, 재언이 어깨동무를 한 채 머리를 맞댔다.

팟!

플래시가 터졌다. 마지막 촬영까지 끝났다.

"……하아."

촬영이 끝나자마자 지서의 입술 새로 묵직한 한숨이 새어 나왔다. 분명 촬영이 끝났는데도, 재언은 지서의 어깨에서 팔을 풀지 않았다.

"손 놔줘."

지서가 밀쳤음에도 재언은 꼼짝하지 않았다.

"친구끼리 어깨동무할 수 있잖아!"

자기 필요할 때만 친구를 들먹거리는 재언의 말에 지서는 기가 막혔다.

"그럼 나도 다른 친구한테 어깨동무해도 돼?"

지서의 말에 재언의 표정이 일순 바뀌었다.

"누구? 남자?"

"뭐…… 누구든. 남자든, 여자든."

잠시 고민했지만 마땅한 사람이 없어 대충 대답했다.

"안 돼. 절대 안 돼."

"그렇지? 안 되지? 그러니까 너도 안 돼."

지서의 말에 재언은 어이없다는 표정을 지었지만, 반박하진 못했다. 친구라도 하자고 한 게 자신이다 보니 뭐라 할 말이 없었다. 결국 재언이 한발 물러섰다.

재언에게 풀려난 지서가 냉큼 기계 옆에서 출력된 사진을 집어 들었다. 한 컷은 눈을 크게 뜨고 있고, 또 다른 한 컷은 재언이 지서를 돌려세우고 있었고, 또 다른 한 컷은 재언이 지서의 양쪽 뺨을 감싸고 있었다. 마치 금방이라도 입술을 맞출 것처럼.

곁에 다가온 재언이 지서의 어깨 너머 사진을 확인했다.

"누가 보면 우리 사귀는 줄 알겠다, 그렇지?"

재언이 툭 하고 말했다. 지서는 빈말이라도 아니라고 할 수 없었다. 어떤 친구가 코끝이 닿을 거리에서 서로를 마주 보며 사진을 찍을까.

"사진 찍길 잘했어."

재언이 환하게 웃으며 말했다.

이래야 생일이지.

재언이 속으로 감탄하며 남은 사진 한 장을 챙겼다.

"잘 나왔네."

환하게 웃는 재언을 쳐다보던 지서는 못 말리겠다는 픽 웃었다. 그러다 코끝이 닿을 듯 마주 서 있는 사진을 보곤 얼굴을 붉혔다. 어디선가 뜨거운 여름 바람이 부는 듯한 기분이 들었다.

* * *

어느덧 해가 뉘엿뉘엿 저물기 시작했다. 지서는 피곤한 얼굴로 시간을 확인했다. 시내에 도착한 지 벌써 다섯 시간이 흘렀다.

어째서 노는 게 공부하는 것보다 더 힘든 것 같지?

지서가 어이없다는 눈으로 제 옆에서 신나서 걷고 있는 재언을 쳐다보았다.

재언은 처음 시내에 도착해 당황하는 것도 잠시, 스티커 사진을 찍은 후 폭주하기 시작했다.

'우리 이 길에 있는 건 다 해 볼까? 언제 또 나올지 모르는데?'

그 말을 던질 때만 해도 농담하는 줄 알았다.

'그럴까?'

그래서 지서는 순순히 웃으며 대답했다. 그러나 그게 농담이 아니라는 걸 얼마 지나지 않아 알게 되었다.

재언은 지서를 데리고 스티커 사진 가게 옆에 자리한 화장품 가게에 들어갔다. 어정쩡하게 서 있는 지서의 등을 밀어 로션 코너 앞에 섰다. 그러고는 물었다.

'네가 쓰는 거 뭐야?'

'나, 아직 로션 많이 남았어.'

지서의 말에 재언이 의아한 얼굴로 쳐다보았다.

'내 거 사려는 건데.'

'……'

'네 거 향 좋더라. 뭐야?'

재언의 말에 지서는 민망한 표정을 감춘 채, 가장 구석에 있는 용량 크고 싼 걸 골라 내밀었다.

'이거야.'

지서의 말에 재언은 조금 당황한 얼굴로 로션을 쳐다보았다.

'무슨 로션이 1.5리터야…….'

그러더니 두 개를 집어 들어 계산했다. 하나는 제 가방에 넣고, 다른 하나는 지서에게 내밀었다.

'난 많이 남았다니까.'

'그러니까. 바꾸지 말고 계속 이거 쓰라고. 이 향이 너한테 잘 어울리니까.'

그러더니 억지로 제 손에 쥐여 주었다.

바로 옆의 햄버거 가게는 배가 불러 건너뛰었다. 한 번 들른 곳과 비슷한 가게는 제외했다. 그렇게 하다 보니 거짓말처럼 골목 한 곳을 다 들렀다. 그러자 어느새 양손이 가득 차 있었다.

'들렀는데 그럼 안 사? 난 아이 쇼핑은 못 하는 사람이야!'

……라며 쥐여 준 손바닥만 한 장미꽃 다발.

'저거 너 닮았네. 내가 오늘 안에 뽑고야 만다!'

……라며 2만 원 탕진 끝에 뽑아 준 복숭아 캐릭터 인형.

'공부 열심히 해야지.'

……라며 잔뜩 산 학용품들.

'아, 나 체했어. 손 좀 잡아 줘. 아니. 악수하자는 게 아니라. 손을 잡자고. 누가 이렇게 손잡고 걸어?'

……라는 핑계로 제 손을 잡은 신재언.

말려 봤자 소용없었다.

재언은 큰 눈을 부릅뜬 채, 누가 보든 말든 개의치 않고 '오늘

다 해 주기로 약속했잖아.'라고 밀어붙였다. 계속 이렇게 휘둘리면 안 되겠다 싶어서 지서가 '안 돼!' 하고 말했다. 그러자 재언은 특유의 삐딱한 표정으로 '이러지 않기로 했잖아요. 선생님. 선생님은 신뢰가 생명인데.'라는 말로 지나다니는 행인들을 뜨악하게 만들었다.

'……알았으니까 선생님이라는 말 좀 그만해.'

결국 지서는 자포자기가 되어 재언이 하자는 대로 다 따라다녔다. 손을 잡고, 여기저기 들여다보며 구경하고, 더러 셀카도 찍었다. 찍지 않겠다고 하면 '선생님?'이라며 눈을 크게 뜨는 바람에, 순순히 따랐다. 문제는 그렇게 억지 부리는 재언이 밉지 않았고, 이렇게 함께하는 시간이 싫지 않다는 거였다.

아니, 못 해 본 것들을 실컷 할 수 있어서, 그 대상이 재언이라서 좋았다.

"우리 또 어디 갈까?"

재언이 가뿐한 걸음으로 주변을 둘러보았다. 왜인지 재언은 걸어 다닐수록 에너지가 더욱더 넘치는 것 같았다. 제 짐도 재언이 다 들고 있는데도 불구하고. 아무리 짐을 돌려 달라고 해도, 재언은 들은 체도 하지 않았다.

"이제 카페 갈까?"

앉아서 쉬고 싶어진 지서가 2층 카페를 가리켰다. 그러자 재언이 씩 웃으며 고개를 끄덕였다.

"그래."

재언이 앞장서서 걸었다. 그 뒤를 따르며 지서는 제 가방을 만지작거렸다. 오늘 걸어 다니는 내내 사람 많은 곳만 가면 이 가방이 신경 쓰였다. 정확히 말해 이 가방 안에 들어 있을 짐이 걱정되었다.

저녁 시간이 가까워서인지, 카페는 한산했다. 재언과 지서는 시원한 레모네이드를 시킨 후, 창가 쪽에 앉았다. 음료가 나왔다는 진동 벨에 지서가 냉큼 몸을 일으켰다.

"내가 가져다줄게."

그러고는 재언이 따라오지 못하게 진동 벨을 들고 성큼성큼 걸었다. 금세 쟁반을 가져온 지서가 재언의 앞에 에이드 한 잔을 내밀고, 남은 한 잔을 가져갔다. 그러고는 차가운 에이드가 담긴 잔을 꽉 움켜쥔 채 재언을 보았다. 스트로를 빼 버리고, 잔에 입을 댄 채 벌컥벌컥 음료를 마시는 내내 재언의 시선은 지서를 향해 있었다.

"너, 뭐 할 말 있지?"

잔을 내리자마자 재언이 물었다.

귀신같아.

그 말에 숨을 들이켠 지서는 순순히 가방 지퍼를 열었다. 그러고는 종이 가방을 꺼내 내밀었다.

"할 말은 아니고, 줄 게 있어. 이거."

"뭔데?"

"문제집."

"……하, 이러지 마, 좀. 시험 끝난 날에."

재언이 질색한 얼굴로 의자 등받이에 등을 대며 말했다. 재언의 반응이 재미있다는 듯 픽 웃은 지서가 다시 종이 가방을 내밀었다.

"열어 봐."

"싫어."

"문제집 아냐."

지서의 말에 재언이 의심스럽다는 표정을 감추지 않은 채 종이 가방을 열었다. 내부를 들여다보던 재언이 이게 뭐냐는 듯한 얼굴로 지서를 쳐다보았다.

"오늘 생일이라며. 생일 축하해."

지서의 말이 끝났음에도 한참이나 그녀를 바라보던 재언이 시선을 내렸다. 그러고는 종이 가방 안을 오래도록 들여다보았다.

"꺼내 봐."

지서의 말이 떨어지고서야 재언은 종이 가방에서 캡 모자를 꺼내 찬찬히 살폈다. 붉은 챙의 까만 모자는, 재언이 아는 브랜드의 것이었다. 대부분의 남자들이 흔하게 쓰고 다니는 모자였다. 너무 흔한 나머지 재언은 쓰지 않는 것이었다.

그러나 지금 눈앞에 있는 이 모자는 그런 흔한 게 아니었다.

지서는 매일 쓰는 로션도 제일 싸고 양 많은 거 쓰는 애였다. 버스도 타지 않고 30분씩 운동 삼아 걸어 다니는 애였다.

그런 애가 5만 원이 넘는 모자를, 시험 기간에 사 놨다가 끝나자마자 제게 건넸다. 시험 기간엔 공부 말고는 아무것도 안 하는 애가…….

깨달음은 부지불식간에 찾아왔다.

"……나만 좋아한 게 아니었네."

재언이 작은 목소리로 중얼거렸다.

아주 가끔 자신만 이지서를 좋아하는 것 같았다. 제 감정에 떠밀리듯, 이지서가 받아 준 게 아닐까. 아니면 과외를 더 하려고 잠깐 제 감정을 보류한 건 아닐까. 그런 의심이 들 때가 있었다.

그런데 이 모자 하나에 제 의심이 싹 가셨다. 마음이 없으면 이렇게 할 애가 아니니까.

확인해 주듯, 재언의 말에 지서는 아니라고 반박하지 않았다.

"어쩌다 보니 생일을 알게 됐어."

그저 조금 민망한 표정으로 재언을 쳐다보며 말을 꺼냈다.

"……그래서 준비하긴 했는데, 혹시 별로면 교환해도 돼. 너무 마음에 안 들면 환불해도 되고. 혹시 몰라서 안에 영수증 넣어 놨어."

혹시나 하는 마음에 지서가 말하자, 재언이 한쪽 눈썹을 구겼다.

"누가 교환한대?"

그러더니 제 머리에 모자를 푹 눌러썼다.

"어때?"

그러고는 씩 웃었다.

"잘 어울려."

하얀 얼굴에 번지는 청량한 미소에 지서는 따라 웃었다. 그가 제 선물을 마음에 들어 한다는 사실에 안도감이 드는 한편, 누군가의 기쁨이 제 기쁨이 될 수 있다는 사실이 놀라웠다.

마치 마음이 가느다란 실로 연결되어 있는 듯했다. 그에 따라 감정이 공명되어 함께 울리는 것 같았다.

"여름 방학 때 이거 쓰고 놀러 가자."

재언이 휴대 전화 액정에 비친 제 모습을 살피며 말했다.

"어디로?"

"바다."

"……."

바다, 라는 말에 지서는 아득한 표정을 지었다. 듣기만 했지, 단 한 번도 본 적 없었다.

"거기 가서 같이 놀자."

재언의 말에 지서는 바다를 상상했다.

푸르고 넓은 바다는, 재언을 닮았을 테지.

문득, 지서는 푸른 바다에 서 있는 재언의 모습이 숨 막히게 보고 싶어졌다. 그림 그린 것처럼 아름다울 게 분명해서.

"응. 가자. 대신, 수능 끝나고."

너무 보고 싶었기에, 지금 당장 볼 자신이 없었다.

눈이 멀어 버릴 것처럼 아름다운 바다와 그 바다를 닮은 너를 보고 나면, 너를 좋아하는 마음을 주체할 수 없을 것 같아서.

"좋아. 그럼 꼭 나랑 가자."

재언의 말에 지서는 싱긋 웃으며 고개를 끄덕였다.

* * *

"이제 벗는 게 어때?"

늦은 시간, 저녁 먹은 후 버스 정류장에 선 지서가 재언을 쳐 다보며 말했다. 재언은 선물 받은 후부터 줄곧 모자를 쓰고 있었다. 모자를 쓴 재언은 무척 잘 어울렸지만, 문제는 교복과 어울리지 않는다는 거였다. 다른 사람들이 보고 이상하게 생각하면 어쩌나 했는데, 다행히 버스 정류장에 아무도 없었다.

"왜? 마음에 드는데."

재언이 얼굴을 찌푸리며 되레 모자를 더 눌러썼다.

"교복에 그 모자는 좀……."

"잘 어울리지."

재언의 확신에 찬 말에 지서는 아랫입술을 살짝 깨물었다. 너무 좋아하니 되레 민망했다.

"내년에는 조금 더 좋은 거 사 줄게. 그땐 아르바이트도 할 수 있으니까."

지서의 말이 마치기가 무섭게, 재언이 휴대 전화를 들이밀었다.

"다시 말해."

"응?"

액정에 비친 제 얼굴을 보며 지서가 의아한 표정을 지었다.

"녹화 중이야. 다시 말해 봐."

"……꼭 이렇게?"

"꼭 이렇게 해야지."

"……."

지서가 어색한 표정으로 재언의 휴대 전화에 비친 제 얼굴과 재언의 얼굴을 번갈아 보았다. 마음 같아선 찍지 말라고 하고 싶은데, 옆에서 들뜬 표정을 감추지 못하는 재언을 보니 차마 그만 하라는 말이 나오지 않았다.

저렇게 행복해하는데 영상쯤이야…….

"내년에는 더 좋은 선물 사 줄게. 그리고……."

"……."

지서가 액정에 비친 재언을 보았다. 휴대 전화를 통해 눈이 마주쳤다.

"생일 축하해. 재언아."

자그맣게 말을 한 지서가 빙긋 웃었다. 선선한 바람에 지서의 머리카락이 부드럽게 흔들렸다.

"왜 그렇게 쳐다봐?"

지서가 민망한지 손으로 액정을 덮으며 말했다. 딩동, 하고 동영상 촬영이 끝나는 것과 동시에 재언이 큰 손으로 얼굴을 쓸어내렸다.

"너 때문에 죽겠다, 진짜."

너무 좋은 듯이, 또는 그래서 너무 괴롭다는 듯이 눈을 질끈 감고 있던 재언이 눈을 번쩍 떴다.

"오늘 생일이니까 30초만 친구 하지 말자."

"응?"

재언의 달라진 표정에 지서가 의아한 표정을 지을 때였다.

"진짜 좋아해, 이지서. 내가 뭘 이렇게 좋아해 본 적이 없는데……. 넌 그래. 넌 좋아. 수능 끝나고 꼭 연애하자."

"……."

"꼭, 제발, 좀."

당차던 고백이 어느새 애원으로 바뀌었다.

지서는 놀란 얼굴로 재언을 바라보았다. 그 모습을 가만히 지켜보던 지서는 무심히 재언의 마음이 넘쳐흘렀음을 알아챘다.

어느 비 오는 날, 제게 우산을 주려고 기다리던 재언을 발견했던 자신처럼.

마음이 주체할 수 없을 만큼 흘러내려 말로 넘쳤던 것처럼.

지서는 말갛게 웃으며 손을 뻗어 재언의 뺨을 감쌌다.

"응."

꼭, 제발.

지서는 간절한 마음을 마음으로 곱씹었다.

* * *

버스는 텅 비어 있었다. 지서와 재언이 뒷자리에 나란히 앉는 걸 확인하고서야, 기사가 버스를 몰았다.

지서는 고개를 돌렸다. 창가에 재언의 손길이 스치며 헝클어진 제 앞 머리카락이 눈에 들어왔다. 지서는 손으로 앞 머리카락을 정리하다가, 창문에 비친 재언을 보았다.

재언은 턱을 괴고서 창문을 보고 있었다. 정확히 창문에 비친 제 얼굴을 빤히 쳐다보고 있었다. 오늘 하루 종일 자신을 봐 놓고도, 또 자신을 구경하고 있었다.

앞머리를 정돈하던 지서의 손길이 서서히 느려졌다. 창문을 통

해 눈이 마주쳤을 뿐인데, 수많은 감정이 스쳤다. 그 끝에, 제게
고백하던 재언의 얼굴이 떠올랐다.

'꼭, 제발, 좀.'

감정이 넘쳐 어쩔 줄 몰라 하던 재언.

그 말에 흘러넘쳤던 제 마음까지도.

"괜찮아? 피곤해 보이는데. 좀 쉬어."

재언이 물끄러미 쳐다보며 말했다.

"괜찮아."

"40분이나 가야 해."

재언의 말처럼 한참 시간이 남았다. 잠시 고민하던 지서가 버
스에 머리를 댔다.

"그럼 조금만 쉴게."

"너, 뭐 해?"

그러자 재언이 기가 찬다는 듯 물었다.

"좀 자려고. 왜?"

"왜냐고?"

"응."

"나한테 기대야지. 날 놔두고 버스한테…… 하아."

"너 어깨 아파. 내 머리가 얼마나 무거운데."

"그건 내 어깨고, 네 머리가 아픈 건 아니잖아."

"너를 불편하게 만들고 싶지 않아."

"난 네가 나를 좀 불편하게 했으면 좋겠다."

"난…… 그러고 싶지 않은데."

네게 좋은 사람이고 싶을 뿐.

지서가 말없이 재언을 바라보았다. 눈 싸움을 하듯 시선을 주고받을 때였다.

"뭐, 됐어. 그냥 내가 하고 말지."

지서가 뭐라고 할 틈도 없이 재언이 지서의 어깨에 머리를 기댔다. 정면을 바라보고 있던 지서의 시선이 아득해졌다. 한 박자 늦게 툭, 심장이 바닥으로 떨어졌다. 동시에 손이 안으로 말렸다. 이게 재언의 수작이라는 걸 알면서도, 밀어 내지 못했다. 자꾸만 신재언에게 물러진다.

"오늘은 내가 기댔으니까, 다음엔 네가 기대는 거다. 알았지?"

"……."

"근데 이지서 좀 많이 먹어. 뼈 때문에 아프다."

"……그럼 비켜."

지서가 애써 덤덤한 목소리로 대꾸했다.

"싫어."

"아프다면서."

"아프긴 한데……. 좋아."

"……불편해 보여."

"불편해도 좋아. 그러니까 계속 이러고 있어도 되지?"

무슨 말을 해도 좋다는 말로 받아쳐 버리니, 할 말이 없었다.

"……."

"왜 대답이 없어."

재언이 얼굴을 돌리는 게 느껴졌다. 지서는 자신을 향한 재언의 시선을 분명하게 느꼈음에도 고개 돌리지 못했다. 코끝이 스칠 만큼 가까울 테니까. 지금도 시야에 재언의 얼굴이 가깝게 보였다.

"지서야."

"응."

"날 보고 대답해야지."

재언의 말에 지서는 갈등했다. 그러다 고개 돌리지 않으면 지나치게 동요하고 있는 제 마음을 들킬 것 같아, 겨우 눈동자만 움직여 재언을 보았다.

목소리만 들었을 땐, 장난스럽게 웃고 있을 줄 알았는데 의외로 무표정한 얼굴을 하고 있었다.

"계속 기대고 있는다?"

"알았어. 불편해도 그렇게 있는 게 좋으면……. 그렇게 있든지."

지서의 대답에 재언은 말없이 눈만 깜빡였다. 자신이 제대로 들은 건지 잠시 고민하던 재언이 웃었다. 조금은 장난스럽게, 조금은 애틋하게.

"그래. 이렇게 있을게."

"……."

"좋으니까."

나지막하게 던진 재언의 말에 지서는 숨을 멈췄다. 고개 돌려 다시 쳐다보자, 재언이 눈을 접으며 웃었다. 그 얼굴을 바라보던 지서가 희미하게 따라 웃었다.

처음 알았다. 너무 좋으면, 마음이 아릴 수 있다는 걸.

지서는 분위기를 환기시키기 위해 버스 창문을 조금 열었다. 뜨끈한 바람이 몰아쳤다.

* * *

버스에서 내린 지서가 몸을 돌려세웠다. 그러자 버스 뒷좌석에 삐딱한 자세로 앉아 있는 재언이 보였다. 재언은 머리부터 발끝까지 불만을 표출하고 있었다. 데려다주지 못하게 했다는 게 그 이유였다.

지서는 웃음을 꾹 참으며 재언에게 손을 흔들어 보였다. 그러자 재언의 얼굴이 더욱 못마땅하다는 듯 구겨졌다. 지금 웃음이 나오냐는 목소리가 들리는 듯했다.

지서가 더 빠르게 손을 흔들었다. 그제야 재언이 마지못해 바지 주머니에서 손을 뺐다. 그러더니 휴대 전화를 들어 보였다. 얼마 후, 액정에 재언의 이름이 떴다.

"응."

-혼자 가서 쓸쓸하지? 내 생각 나지?

재언의 말에 지서가 픽 웃었다.

"전혀 안 쓸쓸해."

-너, 그럴래?

"굳이 내릴 필요 없잖아."

-그건 내 마음이고.

재언의 투덜거리는 말투에 지서의 입매가 더 길어졌다. 마음 같아선 재언에게 데려다 달라고 하고 싶었다. 그렇지만 5분 함께 있다가 30분을 걸어가야 할 재언을 생각하면 쉽게 그 말이 나오지 않았다.

지서가 휴대 전화를 꽉 움켜쥐었다. 이 마음이 더 커지기 전에, 아니. 커지고 있는·내 마음을 주체하지 못하기 전에, 자제해야 했다.

"잘 가. 내일 봐."

-그래. 집에 도착해서 전화해.

지서의 입매가 더욱 길어졌다. 제 안전을 걱정하는 재언의 말에 가슴 한가운데가 뭉근하게 달아올랐다. 그러나 마음과 별개로 긍정적인 답을 할 수 없었다.

"일찍 잘 거야."

괜히 전화했다가, 재언의 어머니에게 걸리면 곤란하니까.

-그럼 문자라도 넣어 놔.

"응. 근데 친구끼리……."

-난 해! 친구끼리 해!

재언이 버럭 소리쳤다. 지서가 소리 내어 작게 웃자, 그제야 장난이라는 걸 알아챈 재언이 '너……. 이지서.'라며 말을 잇지 못했다.

"내일 봐."

제멋대로 통화를 끝낸 지서가 소리 내어 웃었다.

[또 네 맘대로 끊지?]

곧바로 메시지가 날아왔다. 지서가 메시지를 보며 픽 웃었다. 그러다 부재중 전화 표시를 발견하곤, 액정을 몇 번 두드렸다. 그러자 부재중 목록이 주르륵 떴다.

[부재중 전화 - 효경 언니(13)]

골목으로 걸어가던 지서의 걸음이 뚝 멈췄다. 고개를 든 지서는 어두컴컴한 골목을 잠깐 바라보다가 고개를 다시 숙였다. 잘못 봤나 했는데 여전히 부재중 전화는 13통이었다. 잠시 아득함을 느낀 지서가 마른침을 삼키며 뒷목을 쓸어내렸다.

평소 효경은 제게 전화를 잘 하지 않았다. 이렇게 부재중 전화를 많이 남겨 놨었던 건, 딱 한 번이었다.

'빨리 집으로 와! 빨리! 당장! 씨발, 안 그러면 너 죽고, 나 죽는 거야. 아니. 너만 죽을 수도 있어. 내 말이 장난 같아?'

효경의 광기 어린 닦달에 못 이겨 선생님께 아프다는 핑계를 대고 귀가했을 때였다. 효경은 미친 사람처럼 가방 안에 옷가지를 욱여넣고 있었다. 무슨 일이냐고 아무리 물어도, 효경은 짐 싸라는 말만 반복했다.

'빨리 안 챙겨?'

효경의 거듭된 닦달에 못 이긴 지서가 급한 대로 짐을 챙겼다. 그러면서도 자신이 뭘 챙기고 있는지 알 수 없었다. 손에 잡히는 대로 몇 개의 옷가지와 동전 몇 개가 든 저금통을 넣고서 새로 산 문제집을 챙겼다. 그때 양쪽 눈이 벌게진 효경이 문제집을 낚아채 바닥에 집어 던졌다.

'미친년아, 지금 내가 공부하러 가자는 걸로 보여? 정신 차려.'

'무슨 일인데, 대체!'

'나중에 말할 테니까 일단 챙겨! 아니, 지금 가자.'

'짐 다 못 챙겼어!'

'가서 사면 되잖아! 빨리! 그 새끼 오기 전에!'

그러더니 효경은 지서의 팔을 잡고 질질 끌었다. 지서는 억센
힘에 끌려가면서도 바닥에 떨어진 책가방을 보았다. 왠지 모르게
너절하게 늘어져 있는 가방이 제 꼴 같아서 지서는 울컥 눈물이
났다.

효경이 사정을 설명해 준 건, 시외버스를 탄 후였다.

'씨발 새끼가 짜증 나게 하잖아!'

조용한 버스 한가운데서 효경이 소리를 질렀다. 무슨 말이냐
고 묻는 대신, 지서는 버스 등받이를 방패 삼아 몸을 숨겨야
했다.

'그 새끼가 이혼하고 나랑 산다고 했다고. 근데 이거 보여? 그
씨발 새끼가 오늘 갑자기 말 바꾸더니, 날 패잖아. 이혼 못 한다
고. 나 같은 거랑 진짜로 살 줄 알았냐고. 하, 씨발. 기가 차서.
그래서 내가 그 새끼 거 싹 다 털었어.'

'……뭐?'

'그 새끼 팬티까지 내가 다 팔아 제끼고 튀었다고. 결혼반지도
팔았어, 하.'

'……'

365

효경은 혼잣말처럼 말을 이어 갔다.

효경이 사귀던 상대는 술집 실장이었다. 이혼 후 결혼하자는 감언이설에 속아 교제를 했으나, 석 달 만에 말을 바꾸었다고 했다. 이혼은커녕 얼굴 보기 껄끄러우니 다른 술집으로 팔아 치우려고까지 했고.

그 말에 크게 분노한 효경은 마음먹었다고 했다.

'딱 한 번만 더 하자고 했지. 이렇게 헤어지기 아쉽지 않냐고. 그랬더니 그 새끼가 또 그러자고 하네? 미친 새끼.'

결국, 한 번 더 잠자리를 가진 후 효경은 남자에게 수면제를 먹여 재웠다. 그 틈에 남자의 시계, 결혼반지, 지갑에 있는 현금과 카드를 모조리 훔쳐서 나왔고 카드로 근처 금은방에서 가장 비싼 시계까지 질렀다며, 효경은 팔을 들어 번쩍이는 금시계를 보여 주었다. 지서는 값비싸 보이는 시계가 아름다워 보이지 않았다. 그걸 찬 효경이 너무 볼품없어 보였기에.

'……대체 어쩌려고?'

한참 만에 지서가 겁먹은 목소리로 물었다.

'어쩌긴, 신고 못 해. 나 찾아내거나 신고하면, 부인한테 싹 다 말한다고 했거든. 그 새끼 아마 자기 부인 무서워서라도 신고 못 할 거야. 지가 알아서 하겠지.'

'괜찮겠어?'

지서는 앞으로의 날들을 걱정해 물었다. 그러나 효경은 잘못 이해했는지 우물거렸다.

'응. 난 괜찮아. 난 아무렇지 않은데, 뭐.'

당당하게 말하던 효경의 목소리는 점점 줄어들었다. 그러다가 버스 안에서 사람들이 쳐다보든 말든 엉엉 울었다.

지서는 효경의 말이 반은 사실이고, 반은 거짓말이라는 걸 알았다. 효경이 사귄 남자가 다시는 그녀를 찾지 않을 거라는 건 사실, 아무렇지 않다는 효경의 말은 거짓이라는 걸.

다행히 그녀의 예상대로 남자는 경찰에 신고하지 않았다. 그러나 효경에게 마지막으로 보낸 메시지는 살벌했다.

[씨발년아 내 눈에 절대로 띄지 마라 깊이 숨어 다녀 눈에 띄면 기어 다니게 만들 테니까 씹쌍년아]

효경은 지서를 데리고 며칠간 모텔에서 숙식을 해결하면서, 매일 어디론가 전화를 걸었다. 쉽게 취직이 되지 않는다고 했다.

'언니, 그럼 우리가 살던 집은?'

'어차피 전세금 다 까먹었어. 월세도 밀려 있었고.'

순간, 숨이 턱 막혔다.

'……그럼 짐들은?'

'집주인이 알아서 버리겠지.'

'…….'

'어디까지 전화했지? 아, 까먹었네. 미친년아! 말 걸지 말라니까?'

효경은 이후로도 한참 전화를 걸었다. 그 뒤 일주일 만에 취직했다며 데려온 동네가 지금 사는 곳이었다.

방 두 칸짜리 다세대 주택. 방음이 잘 되지 않는 데다 여름엔 무척 덥고, 겨울은 난방이 구석구석 돌지 않아 추운 곳.

건물 외벽엔 금이 가 있고, 누군가가 소변을 눈 자국이 귀퉁이에 그대로 남아 있었다. 이전에 살던 집보다 더 엉망진창이라, 지서는 효경을 말없이 쳐다보았다.

고작 이런 곳에 오려고, 그 난리를 치고 도망쳐 왔냐는 듯이.

그러자 효경이 찔렸는지 그녀의 눈을 쳐다보지 못한 채 말했다.

'집은 이렇게 엉망이지만 훨씬 괜찮아. 우리 가진 돈 중에 여기가 제일이었어.'

지서는 그동안 효경이 몸 상해 가며 열심히 일해 번 돈과, 자신의 생계 급여로 나온 돈들은 다 어디 갔는지 묻고 싶었다.

그러나 의문은, 효경이 짐을 푼 순간 해결할 수 있었다. 그녀의 캐리어 안에 잔뜩 들어가 있는 명품들. 몸을 팔고, 월세를 밀려 가며 산 것들이 그곳에 있었다.

지서는 어이가 없어서 웃음이 나면서도 울고 싶었다.

고작 이런 것들 때문에…….

그러나 지서는 효경에게 따져 묻거나, 화내지 않았다. 일주일 간 숙박업소에 있는 동안 이미 지쳐 있었다. 지서는 맨바닥에 누워 기절하듯 잠에 들었다. 그렇게 하루 동안 자고 일어난 후, 멍한 머릿속으로 생각했다.

효경에게서 독립할까.

그러나 지서는 효경이 없을 때, 추근거렸던 이웃 아저씨를 떠올렸다. 사라졌던 제 속옷과, 그 속옷이 이웃집 쓰레기통에서 나왔던 일을.

효경이 남자에게 미쳐 잠시 집을 비웠을 때, 기다렸다는 듯이 기웃거렸던 동네 아저씨들 또한.

그런 아저씨들 앞에서 난리 법석을 피워 집 근처에 얼씬도 하지 못하게 만든 사람이 효경이었다.

그러니 아직은…… 효경이 필요했다.

그리고 아직은……. 효경과 헤어지고 싶지 않았다. 하나뿐인 가족이었으니까.

고아원에서 누군가가 자신을 때리면 꼭 달려가 두 대 때려 주던 게 효경이었다. 자신이 부모님이 보고 싶어서 울면, 울지 말라고 다그치면서도 제 옆에서 울음 멎기를 기다려 주었다.

지서는 효경의 손을 놓는 대신, 제 마음을 추슬렀다.

차라리 잘됐어. 여기엔 제 언니가 무슨 일을 하는지, 제 사정이 어떤지 모르는 사람들뿐이니까.

'나, 학교 다닐 수 있어? 난 그거면 돼.'

지서의 말에 효경이 기가 막힌 표정으로 쳐다보았다.

'그러든지. 근데 너도 참 신기하다. 그 지겨운 곳을 꾸준히 다니는 거 보면.'

'…….'

'하여튼, 이번엔 미안. 앞으로는 그럴 일 없을 거야. 여기서 잘 살아 보자. 나도 이제 정신 차리려고. 남자 새끼들 없이도 보란 듯이 잘 살 거야. 씨발. 얼른 돈 모아서 이딴 거지 같은 일도 관둬야지.'

효경은 바닥에 쭈그려 앉아 라면을 먹으며 다짐했다. 지서는 그 다짐이 썩 믿기지 않았음에도, 믿고 싶었다.

제발, 그러기를.

지서는 고민하다 어색한 손길로 효경의 등을 쓸어 주었다. 그러자 효경은 라면을 먹다 말고 울음을 터트렸다.

그런데 그때의 애틋한 기억이 무색하게, 지금은 섬뜩할 정도로 불안한 기분이 들었다.

지서는 본능적으로 동네 초입에서 돌아 나와, 효경에게 전화를 걸었다. 손끝이 덜덜 떨려 지서는 휴대 전화를 몇 번이나 고쳐 잡았다.

신호음이 얼마 가지 않았을 때였다.

-이지서! 너 어디야? 집이야? 왜 전화를 안 받아!

다급한 목소리가 휴대 전화를 넘어왔다.

"……언니는 어딘데?"

떨리는 손과 달리, 목소리는 이상할 정도로 차분하게 흘러나왔다.

-너, 일단 절대로 집에 가지 마. 절대로.

"무슨 일인지 말해 줘야 알 거 아냐."

-그 새끼가 나한테 사기 쳤어! 투자라고 했다고! 정말 이번 건만 잘되면 인생 피게 해 준다고 해서 믿었는데……. 씨발. 그게 사기였어. 하필이면 돈도 조폭 새끼들한테 빌려 가지고……. 하여튼 너 걸리면 안 돼. 그 조폭들 장기 매매도 하는 새끼들이야. 너 걸리면 죽어. 지금 당장 도망쳐. 시외버스 터미널로 당장 가!

무조건 거기로 가야 해! 알았지?

지서는 입술을 꽉 깨물었다.

"……언니는?"

-난 이미 출발했어.

"……어디로?"

-알 필요 없잖아! 내 코도 석 자인데. 이제 네가 알아서 도망쳐서 살아! 난 할 만큼 했으니까! 짐 덩어리 달고 사는 것도 하루 이틀이지! 이제 이 폰 버릴 거야! 너도 그렇게 해!

뚝.

통화가 끊겼다.

삑, 하는 이명과 함께 저 멀리서 요란한 소리가 들렸다.

"아, 씨발!"

걸쭉한 욕설 뒤로 우당탕탕 하고 넘어지는 소리와 뭔가가 부서지는 소리가 이어졌다.

"아이구 …… 무슨 일……이요?"

누군가 묻는 소리가 멀리서 들렸다. 그 뒤로 웅얼거리는 소리가 들리는가 싶더니, 별안간 누군가가 '이효경 이 씨발년아!'라고 외친 소리가 동네를 쩌렁쩌렁 울렸다.

그 소리에 움찔한 지서가 저도 모르게 뒷걸음질 쳤다. 남자 목소리가 점점 더 가깝게 들려왔다. 손발이 차갑게 식으며, 심장이 사정없이 뛰었다.

"벌써 튀었네, 씨발년아!"

걸걸한 남자의 목소리가 귓가에 박혀 들었다.

"동생 년이라도 찾아!"

확 돌아서서 뛰던 중, 저 멀리서 저를 찾는 듯한 말이 들려왔다.

제발, 제발. 누구든 좋으니 살려 주세요.

힘이 풀린 다리를 질질 끄다시피 하며 뛰어가던 지서는, 바닥을 박차고 나가는데도 허공을 딛고 달리는 것처럼 기분이 이상했다.

발바닥 감각이 느껴지지 않고, 있는 힘을 다해 뛰는데도 길이 느리게 스쳐 지나가는 것 같았다. 그렇게 정신없이 달리다가도 등 뒤에서 헤드라이트가 비치면 얼른 길 아래로 내려가 논에 몸을 숨겼다.

신발과 양말이 진창에 박혀 엉망진창이 되었는데도 느끼지 못했다. 두어 번 그러고 난 후부터 지서는 아예 아랫길로만 걸었다.

한참 걸으니, 사위가 고요해졌다. 지서는 손등으로 이마에 맺힌 식은땀을 닦았다.

"하아, 하아."

그제야 지서는 참았던 가쁜 숨을 내쉬었다. 그러다 입술을 꾹 깨물었다. 누군가 들을까 덜컥 겁이 났다.

여기가 어디지?

지서는 선 자리에서 주변을 휘휘 둘러보았다. 빛 하나 들지 않는 어두컴컴한 논길. 들리는 거라곤 개구리 소리가 전부였다.

그럼에도 대충 어딘지 알 것 같았다. 이 길을 따라가다 보면 시외버스 터미널이 나온다는 것도…….

지서는 힘 빠진 손을 들어 다시 효경에게 전화를 걸었다.

-전화기가 꺼져 있으니 소리샘으로 연결됩니다.

지서의 팔이 아래로 툭 떨어졌다.

"어쩜……."

……이렇게 무책임할까.

'알 필요 없잖아! 내 코도 석 자인데. 이제 네가 알아서 도망쳐서 살아! 난 할 만큼 했으니까! 짐 덩어리 달고 사는 것도 하루 이틀이지! 이제 이 폰 버릴 거야! 너도 그렇게 해!'

문득, 효경의 목소리가 떠올랐다.

아아, 그거구나.

지서는 무심히 깨달았다.

효경이 자신을 데리고 다니면 붙잡힐 확률이 높으니 버린 거라는 걸…….

어딘지 말 안 해 준 건, 혹여나 자신이 잡혔을 때 불까 봐 알려 주지 않은 걸 거고…….

지서가 고개를 들었다.

캄캄한 밤하늘이 눈에 들어왔다. 금세 밤하늘이 눈물에 파묻혔다.

가끔 이 세상에 제 자리가 없다고 느껴질 때가 있었다. 그런데 오늘은 완전히 자신을 이 세상에서 밀어 내는 듯했다. 마치 이 세상에서 사라지길 바라는 것처럼.

이제 어디로 가야 할까…….

익숙한 동네 한가운데서 미아가 된 기분이었다.

어깨를 축 늘어뜨린 채 잠시 서 있던 지서는 애써 고개를 가로 저었다. 잘못되더라도 조폭들에게 잡혀 인생을 끝낼 순 없었다.

손에 힘을 주어 가방을 품에 안았다. 그러고는 혹시나 밤공기에 소리가 멀리 퍼질까 봐 조심조심 열었다.

정신 차려야 했다. 얼마가 있는지, 이 돈으로 어디까지 갈 수 있는지 계산해야 했다.

가방 깊은 곳에서 꺼낸 낡은 지갑을 열어 보니 현금 2만 원과 체크 카드가 들어 있었다. 재언에게 생일 케이크를 사 주려고 챙겨 놓은 돈이었다. 현금을 쥐던 지서의 손에 힘이 실렸다.

일부러 생각하지 않으려고 한 노력이 무색하게, 가방 안엔 온통 재언과 관련된 것들뿐이었다.

재언…….

자신도 모르게 중얼거린 이름에 거짓말처럼 눈물이 차올랐다. 도망쳐서 걸어오는 내내, 무작정 살려 달라고 빌었다. 그 가운데 간간이 재언을 떠올렸다.

재언아, 나 좀 살려 줘. 나 너무 무서워. 처음 보는 무서운 사람들이 쫓아와.

속으로 수도 없이 부르짖으면서도, 재언에게 연락하지 못했다.

너라면 기어코 날 찾아올 테니까…….

그러다 만에 하나 재수 없게 내가 붙잡히면, 너도 나와 같이 있었다는 이유로 잡히게 될 테니까…….

기어코 코끝으로 밀려 올라온 울음이 얼굴을 와락 구겼다. 세상이 그렁그렁하게 차오른 눈물에 파묻혔다.

밤하늘에 가득 찬 별빛, 저 멀리 드문드문 자리한 가로등 불빛들을 포함해 보이는 모든 것들이 어룽져 보였다.

'진짜 좋아해, 이지서.'

그런데 신재언만은 또렷하게 떠올랐다.

고개를 뒤로 젖힌 지서가 손으로 눈가를 가렸다. 그러고는 있는 힘을 다해 입술을 깨물었다. 제 울음을 들은 불행이 좇아올까 봐.

툭, 툭.

팔을 타고 떨어진 눈물이 논바닥을 조용히 적셨다.

* * *

한 시간을 더 걸었다. 발바닥이 퉁퉁 붓고, 물 한 모금 마시지 못하고 뛴 탓에 입 안이 바짝 말랐다. 제법 따뜻한 기온인데도 불구하고, 손끝이 차가웠다.

터덜터덜 걸어 겨우 이웃 동네에 도착한 지서는 방심하지 않았다. 효경에게 들은 바로 나쁜 놈들은 집요하다고 했다. 심지어 말로만 듣던 조폭이라고 하니, 덜컥 겁이 났다.

지서는 도둑고양이처럼 조심조심 움직여 근처 구석진 곳에 5분 정도 머물렀다. 주변에 돌아다니는 사람이 없다는 걸 확인하곤 편의점에 있는 ATM에서 20만 원을 출금했다. 막 돈을 챙겨 시외버스 터미널로 향하려는데, 저 멀리 두 명의 남자 실루

엣이 보였다. 덜컥 겁을 먹은 지서가 빠르게 편의점 건물 뒤로 몸을 숨겼다.

"아무래도 벌써 튄 것 같은데."

"하, 그러게 왜 그런 년을……."

"술집 년이니 돈은 제법 있을 줄 알았다잖아."

"전에 호빠 새끼한테 한 번 털린 년이라며."

"빈집이었네. 친 걸 또 치니 파산하지. 개같네. 씨발."

"하……."

편의점 담벼락을 타고 매캐한 담배 냄새가 흘러들었다. 지서가 두 손으로 입을 틀어막았다. 입 안에 고인 비명을 간신히 삼키며 벽에 더 붙어섰다.

살려 주세요…….

또 한 번 누군지 모를 신에게 빌면서.

"일단 죽치고 있어 보자. 뛰어 봤자 벼룩이지."

"그년, 벌써 택시 타고 튄 거 아냐?"

"몰라, 일단 하나라도 잡자. 그년이든, 그년 동생이든."

"둘이 같이 튄 거면?" '

"아, 씨발. 답 없네. 어쩔 거야. 일단 까라면 까야지. 있어 보자. 술집 년은 그렇다 쳐도 동생 년은 고딩이라잖아. 고딩 년이 뛰어 봤자지. 경찰서 아니면 시외버스 터미널 아니겠냐. 아니면 어디 논 구석에 숨어 있든가."

"하, 귀찮아 죽겠네. 보이기만 해라. 한 대 쳐 버릴 테니까."

두 사람의 대화 소리가 점점 멀어졌다. 그런데도 지서는 손가

락 하나 까딱할 수 없었다. 눈앞이 캄캄했다. 머리를 쓴다고 썼
는데도, 조폭들 손안이었다.

아니, 어쩌면 당연한 일이었다. 조폭 말처럼 어린 여자가 도망
칠 방법은 몇 가지 없었으니까. 근처에 숨거나, 경찰에 신고하거
나, 아니면 시외버스를 타고 무작정 도망치거나.

일단 생각해 보자. 생각을……

지서의 눈이 허공에서 빠르게 흔들렸다.

현재 시외버스 이용이 불가능했다. 심야로 가는 어떤 버스라도
타고 빠져나가려고 했는데…….

거기다가 더 큰 문제는 이곳에 저 남자들 말고 다른 조폭들이
있을지 모른다는 점이었다. 그 생각에 잇닿자 입술이 바싹 말랐
다. 심장이 뛰다 못해 아랫배가 아파 왔다.

다시 걸어서 다른 동네로 간다고 하더라도, 이미 그곳에도 조
폭이 포진하고 있을 가능성이 높았다. 이미 이 주변 시외버스 터
미널엔 조폭이 깔려 있다고 봐야 했다. 거기다가 지금은 지쳐서
한 발자국도 더 걸을 수 없었다. 뛰어서 도망칠 체력은 더더욱
되지 않았다.

고민 끝에 지서는 휴대 전화를 꺼내 들었다. 혹시나 만에 하나
위치가 추적될까 봐 꺼 놓은 휴대 전화였다.

지서는 머뭇거리다가 휴대 전화를 켰다. 그러고는 빠르게 동네
지도를 검색했다. 택시 정거장이 시외버스 터미널에 바로 붙어
있었다.

그곳은 위험했다.

지서는 손톱을 물어뜯으며 고민하다가 콜택시 업체에 전화를 걸었다.

-네. 어디로 가세요?

"……서울이요."

-네? 서울이요?

안내원이 무슨 소리냐는 듯 되물었다.

"네. 급하게…… 누가 돌아가셔서요."

-음, 서울 어디로 가세요?

"……."

순간, 말문이 막혔다. 일단 여기서 가장 거리가 멀고, 사람들이 많아 찾기 힘들며, 청소년 쉼터가 있는 곳에 가야 할 것 같아 서울이라고 했을 뿐이었다. 서울 어딘지는 정확히 정하지 않았다.

-여보세요?

"서울 강남……역이요."

떠오르는 대로 대답했다. 서울에서 아는 곳이라곤, 거기밖에 없었다.

-야간이라 금액이 많이 나옵니다.

"알고 있어요. 돈 있어요."

-지금 계신 곳은 어디세요?

"여기 무내읍 편의점이요."

-네. 배차 후 문자 보내겠습니다.

상대방은 탐탁잖아 하는 목소리로 대꾸하곤 전화를 끊었다.

1초가 1분처럼 느리게 흘렀다. 금방이라도 조폭들이 자신이 있는 곳을 찾아낼 것 같았다.

만약 언니 대신 잡혀가면 어떻게 되는 거지?

언니처럼 살게 되는 걸까. 아니면 언니보다 더 험하게 살게 되는 걸까.

끔찍한 상상에 눈앞이 캄캄해질 즈음, 골목을 가로지르는 긴 헤드라이트가 보였다. 지서는 살짝 고개를 내밀어 밖을 보았다. 그러자 택시 한 대가 느리게 다가오는 게 보였다. 배차 안내 문자에 적힌 번호판을 확인한 지서는 뒤도 돌아보지 않고 뛰어 택시에 탔다.

"아저씨, 서울 강남역으로 가 주세요."

그러자 기사가 의아한 얼굴로 쳐다보았다.

"어린 아가씨네? 돈이 있어?"

"네. 여기요."

"서울에 간다고?"

돈을 보여 주자, 아저씨가 더더욱 의심스러운 표정으로 쳐다보았다.

"엄마가 위독하다고 하셔서요. 얼른 병원으로 오라고 해서요. 아저씨, 부탁드려요. 정말 급해요. 엄마가…… 엄마가……. 흑."

우는 척을 하려는데, 정말 눈물이 터져 나왔다. 누가 툭 치기만 해도 눈물이 나는 상태인 게 다행이었다.

지서가 우는 걸 보고서야 아저씨가 긴가민가한 얼굴로 택시를 출발시켰다. 그사이, 택시 차창 너머로 삼삼오오 무리 지어 서 있는 남자들이 보였다.

"오늘따라 왜 저런 놈들이 동네를 어슬렁거려?"

택시 기사 아저씨가 혀를 끌끌 찼다. 지서는 얼른 눈물을 닦는 척 고개를 숙였다.

택시가 동네를 벗어나 컴컴한 도로를 달렸다. 2차선을 벗어나자 곧 고속 도로로 접어들었다.

말없이 차창 밖을 보는 지서가 의심스러운지, 드문드문 아저씨가 무슨 사정인지 물어 왔다. 지서는 눈 한 번 깜빡이지 않고 거짓말을 했다. 아저씨가 의심스러워서 다시 동네로 돌아갈까 봐, 일부러 휴대 전화를 켜서 아버지와 통화하는 척까지 했다. 절박해서인지, 아니면 제정신이 아니어서인지, 거짓말이 막힘없이 흘러나왔다.

"아저씨. 서울까지 가는 데 10만 원 맞나요? 아빠가 그러시던데."

"에이, 무슨 10만 원이야. 15만 원은 줘야지. 야간인데."

"아, 네. 아빠한테 그렇게 말할게요."

그러고는 휴대 전화를 만지작거렸다.

"네. 아빠가 그러라고 하시네요."

지서는 일부러 조수석 앞에 적힌 차 번호 사진을 찍었다.

"죄송해요. 아빠가 보내 달라고 하셔서요."

"아빠도 걱정이 많으시겠네."

어느새 아저씨도 지서의 말을 믿었다.

그 후부터 아저씨는 더 이상 말을 걸지 않았다. 지서는 가방을 품에 꼭 안은 채 차창 너머를 바라보았다. 드문드문 스쳐 지나가는 가로등, 텅 빈 고속 도로를 바라보며 지서는 자신이 두고 온 것들을 떠올렸다.

정리되지 않은 집, 통장, 학교, 그리고…… 신재언.

마지막에 떠올린 이름에 지서의 얼굴이 허물어졌다.

'이지서!'

자신을 부르던 목소리와,

'진짜 좋아해, 이지서.'

자신을 향하던 곧고 풍성한 마음과,

'바다.'

이젠 지키지 못할 약속까지.

……이게 마지막인 줄 알았으면, 좀 더 많이 웃어 줄걸. 사진도 같이 찍을걸.

어쩐지 너무 행복하다고 생각했다. 제 삶이 평탄할 리 없는데.

긴 어둠 속에 지서가 조용히 눈을 감았다. 후두둑, 눈물이 아프게 손등을 때렸다.

* * *

-전화기가 꺼져 있어 소리샘으로 연결됩니다.

귀에서 휴대 전화를 떼어 낸 재언의 미간이 확 좁혀졌다. 버스에서 내린 후에도 잘 되던 연락이 뚝 끊겼다.

침대에 걸터앉은 재언이 불편한 표정으로 휴대 전화를 노려보았다. 벌써 연락 두절된 지 두 시간이 흘렀다.

처음 연락이 안 될 때만 해도 집으로 향하던 중 배터리가 다 되어서 그런 거라 여겼다. 그러다 집에 도착했을 시간을 한참 넘겼는데도 연락이 되지 않을 땐, 충전 중이라서 그런 줄 알았다. 그런데도 연락이 되지 않았다.

버스에서 줄곧 피곤한 표정이더니, 집에 가자마자 잠든 모양이었다.

"메시지는 보내 줄 수 있잖아."

재언이 휴대 전화에 대고 짜증을 내다 긴 다리를 쭉 뻗으며 침대에 누웠다. 팔짱을 낀 채 천장을 쳐다보며 얼굴을 구긴 것도 잠시, 재언은 다시 휴대 전화를 들었다. 그러고는 갤러리에 들어 있는 영상을 재생했다.

-내년에는 더 좋은 선물 사 줄게. 그리고…….

영상 찍는 것에 익숙하지 않은지, 지서가 어색한 표정으로 말을 꺼냈다. 그러다 눈동자만 살짝 움직여 자신을 바라보았다.

잠시 고민하는 기색이 스치는가 싶더니, 입꼬리가 부드럽게 휘었다. 눈매가 덩달아 부드럽게 풀어졌다.

-생일 축하해. 재언아.

그 말을 끝으로 얼굴에 더 짙은 웃음이 번졌다. 재언의 손이 일시 정지 버튼을 눌렀다. 그러고는 화면을 캡처했다. 재언은 지서가 환하게 웃고 있는 얼굴을 빤히 바라보았다. 그는 이 순간을 또렷하게 기억하고 있었다.

지서가 제 생일을 진심으로 축하해 주며 환하게 웃은 그때, 세상이 잠시 반짝였던 순간을. 온 세상이 배경이 되고, 이지서만 주인공처럼 눈에 콕 박히던 모습을.

그때, 제 세상이 한바탕 무너져 내렸다. 간신히 지키고 있던 자존심도 함께 쓰러졌다. 이런 스스로가 어이없어야 하는데, 비참하지 않았다.

오히려 다리에 힘 빠져 주저앉은 모습도 보여 줬는데 무슨 상관이야, 싶었다.

'수능 끝나고 꼭 연애하자.'

'……'

'꼭, 제발, 좀.'

비굴하게 애원했다. 그럼에도 부끄럽지 않았다. 이 말을 하지 못하면, 그게 부끄럽게 느껴질 정도였다.

'응.'

부담스러워하면 어쩌나 하는 고민이 무색하게 지서가 말갛게 웃으며 대답했다.

색감 옅은 얼굴에 번지던 말간 미소. 오후의 깨끗한 햇살처럼 제게 와닿던 대답. 그것들이 사진처럼 찍혀 머릿속에 남았다.

재언의 얼굴에 뒤늦게 미소가 번졌다.

그는 휴대 전화에 담긴 지서의 얼굴을 확대해 마주 보았다.

"스물에 결혼하자고 하면……. 도망가겠지. 이지서."

재언이 픽 웃다 말고 자리에서 일어났다. 그러고는 책상 위에 고이 올려 둔 모자를 챙겨 협탁 위에 두었다. 모자와 이지서의 얼굴이 시야에 담겼다.

"이번 생일, 진짜 최고네."

그제야 만족스러운 표정으로 중얼거리던 재언의 눈꺼풀이 점점 무거워졌다. 이윽고 그는 까무룩 잠에 들었다.

얼마 후. 휴대 전화 액정이 환해졌다.

[HUCC]

메시지 도착 알람이 깜빡인 것도 모른 채, 그는 꿈을 꾸었다.

푸른 바다와 파란 하늘, 모든 것들이 파란 가운데 지서와 함께 서 있는 꿈을.

〈다음 권에서 계속〉